草莓班長
焦糖風紀

牧童——著

目次

開卷話

玩過捉迷藏這個遊戲嗎？

開始的時候一個人當鬼、其他人是藏匿者。藏匿者要在指定時間內找到藏身之處。在找尋遮蔽點時，鬼會背對藏匿者或被矇住雙眼無法看見。時間到了，鬼就會轉身或睜開眼，四處找出藏匿者。遊戲的最終目的是要躲過鬼的找尋；而鬼的任務就是要找出藏匿者，摸到他為止。在鬼找尋過程中，藏匿者可趁鬼不注意時轉換位置，躲得最久的，便算是贏家。

我曾經如此喜歡這個遊戲。

現在走在街上，路過大樓中庭或學校校園，看到有孩子們在捉迷藏，都還會忍不住停下腳步，被那些好奇、興奮的表情與被抓到時開心的尖叫聲吸引。

因為這種小緊張、小冒險與大開心，我也曾有過。

有過這種和他共同的感覺與記憶。

那時的我們，天真的以為只要想玩，每天放學後都可以玩在一起。

原本我們都和妞妞、小燕子、大寶他們一起玩，但不記得為何有幾次只有我和他出來。我們玩兩個人的捉迷藏。

「1、2、3、4，躲好了沒？」我靠著牆、眼睛摀在手背上。

「還沒！」他總是緊張地大喊。

「5、6、7、8，好了沒？」我再問。

「還沒！」

「9、10。好了沒？」

「好了。」

我睜開眼，轉身，手刀直奔他躲藏的地方，一下子就把他抓到了！他不可置信睜大眼睛驚嚇地望著我的表情，總讓我咯咯咯地笑到倒在地上。

這種模式，讓我都能馬上抓到他。每一次。

「1、2、3、4，躲好了沒？」換他靠著牆、眼睛摀在手背上。

「還沒。」我開始跑。

「5、6、7、8，好了沒？」

「……」

「9、10。好了沒？」

「……」

「好了沒？」

「……」

「到底好了沒呀？」

我躲著，偷瞄他。他忍不住轉身開始找，卻怎麼都找不到我。

對於我如此厲害的原因，他始終百思不得其解，最後賭氣不玩了。

經常，我會一時心生促狹，他已經喊了「投降！我找不到啦」，還躲著故意不現身。見他在校園裡的走廊上、廁所裡、穿堂內的每個角落跑來跑去，急得哭了出來，我其實都遠遠地跟在背後偷笑。

目睹暮光餘暉中的他，拖著步子和長長的影子，用手背邊擦眼淚邊哭哭啼啼走回家，不小心踩到不平的路磚還踉蹌跌撞，然後拉正歪掉的書包，繼續哭喚著「……小雅到哪裡去了啦，嗚～，嗚～」，我就會趕快摀住嘴以免笑出聲。

在家門口向他媽媽哭訴找不到小雅了，媽媽正在詢問他發生什麼事時，我就會突然跳出來。他本來嘟著嘴、賭氣將目光埋在另一邊，不理睬我；這時我就會從口袋裡拿出一支焦糖口味的棒棒糖遞給他，謊稱是跑去買糖請他吃，讓他破涕為笑……

那時的我，覺得作弄他真是好玩，因為自從認識他以來，就覺得他真的好傻好天真。

直到……人生中的某一次捉迷藏，我當鬼，卻怎麼也找不到他……

他始終沒有跳出來，拿一顆草莓軟糖請我吃。

真的走失了的他。

第一話

拖著沈重行李，我和室友們在大慈館往大雅館的上坡路上，辛苦頂著強風。

學校是建在一個名叫華岡的山坡上，大慈館是大一、大二女生宿舍，位置較低；新學期開始，我們升上大三，就要整理寢室的個人物品搬到位置較高、提供大三、大四及研究生住宿的大雅館。偏偏像新學期換新宿舍般，吹起夏末秋初季節轉換的季風，又疾又凶，讓我們四個顫顫巍巍、差點被吹倒，不得不扶著彼此的手臂或搭在肩上，互相支撐。

「哇——！」就在腿瘆臂僵之際，一陣大雨忽然灑下來，讓我們一起驚叫起來。身軀龐大的袁芫媛哀爸哭母罵道：「靠！天下至衰莫此為甚！天將亡我嗎？」

「不行啦，這風太大了，我們躲在芫媛身後擋一下吧。」廖曉雨情急生智道。

此話有理。我和江竹鈴馬上跟著跳到芫媛身後，三個人一手拖著行李、一手推著她超有肉的虎背：「芫媛，妳撐好啊！」

「呀～～，看我神力女超人！」她對著天空做出雙腕交疊的手勢，想不到引來更猛烈的大風，狂灌進她的外套，瞬間讓她整個人像被吹飽了的熱氣球。我們手上的行李也像放風箏般從地上被吹飛，若不是還緊緊握住，恐怕早被吹到山下的士林去了。

大風像是戲弄般，把我們吹得東搖西晃、披頭散髮，最終我們放棄抵抗，一起抱住路旁的大樹大聲驚叫，狀極狼狽。

「啊，有辦法了，我們找人幫忙。」竹鈴突然叫道。我從披在額前的亂髮縫隙裡順著她的目光，發現大莊館門口，出現一個肩上扛著一張椅子、一手拖著大書箱的頎長身形。竹鈴揮手大喊：「喂，高英！」那個身形停下腳步，轉頭往這邊看。

「你能幫我們一下嗎？」

他愣了一下，先把肩上手上的東西放在門後面，再緩步當車般走過來。

大風和疾雨好像遇到他就自動游開一般，完全不影響他的步伐。

「風太大了，我們走不動啦。你能幫我們嗎？」

他瞄了我們一眼，嘴上嘟囔了一句：「煩死。」就伸出手掌。

高英。老愛擺張酷臉。鼻挺臉帥，話卻少得可以，口頭禪總是「煩死」。

我曾經問他：「你到底在煩什麼？」

「煩死。」

竹鈴和曉雨立刻將行李都交給他，並甜甜地說：「謝謝。」

袁芫媛在大一時因為心理學孫老師安排的心理實驗，被抽籤配對成為小主人高英的小天使，因此對高英頗有好感，雖然幾次告白都被打槍，還是滿心懷春。現在看他伸出另一隻手，居然雙頰緋紅：「這、這怎麼好意思……英哥，讓你這麼累人家會心疼的……」然後像條魚游動般忸捏身軀。

他翻白眼倒抽一口冷氣，轉頭把手掌伸向我：「妳的？」

「我自己可以。」

話剛說完，馬上一陣大風狂吹，讓提著行李的雙臂像章魚腳般飄浮游移，若非竹鈴和曉雨抱在一起讓我靠住，我一定會跌個狗吃屎。

「邵宣蔚呢？」

我愣了一下，沒好氣回應：「問他幹嘛？」

「他不是妳的……」

「我有說是嗎？」

「算了。煩死。」他拎起竹鈴、曉雨的行李，又一把提起芫媛的一大袋衣服，頭也不回地直接往大雅館走去。

「詩雅，妳幹嘛生氣呀？」曉雨過來低聲問。

「哼。我沒有。」

這時另一個身影從斜坡路上衝下來：「對不起、對不起！」

「你來幹嘛？」面對邵宣蔚的滿臉歉意，我冷冷地說。

昨天明明叫他十點來幫我搬東西的。

他一把搶過我的行李：「我睡過頭了，昨晚……」

「和哪個學妹夜遊去了？」

「沒、沒這回事，我打線上遊戲一不小心打到三點。」

「哼。最好是。」往大雅館的陡坡走，邵宣蔚抱著我的行李跟在後面。我瞪著前面健步如飛的背影：「……陰陽怪氣。」

高英雖然陰陽怪氣，但在竹鈴的拜託下，居然把她們三個在大慈館裝箱的書籍物品全都揹到大雅館來。

在交誼廳等待時，我問竹鈴：「煩死哥幹嘛對妳這麼好？」

「他沒有妳想的那麼怪。我平時都會借他筆記，大家互相幫忙嘛。」

「他剛剛要幫妳，為什麼妳不啊？」天然萌的曉雨問我。

「想到上次在雄友會的事還一肚子氣。」

「雄友會？」

「高雄學友會是系上學長姊組成，在放榜後、開學前依系上提供的新生名單，服務每年從高雄北上就讀的大一新鮮人，除了介紹學校環境、帶學弟妹買書、抽宿舍找租屋、寒暑提供返鄉專車服務外，也藉此社團聯繫同鄉學子的情誼，另外也會辦些社會服務營隊、與其他學校雄友會的聯誼活動。」竹鈴向曉雨解釋著。「既然有聯誼活動，就少不了聯誼女王的身影啦。」

因為我沉迷於聯誼活動，所以在系上贏得「聯誼女王」的封號。

「新生茶會上，詩雅當然趁機向新生宣傳她所辦的聯誼活動，」竹鈴當天也在場，回憶當時的過程：「結果當詩雅在向學弟妹鼓吹加入幸福社時，高英不知怎麼回事，在旁邊說了些讓詩雅不高興的話，結果就……」

「算啦，別說了，本宮不跟他計較了。」見邵宣蔚和高英一前一後扛著我們的行李進來，忽然覺得人家這樣幫我們，還要講些人家的不是，好像有點沒良心，所以我趕緊打斷。

我們向兩個男生道謝，並送上熱紅茶聊表謝意後，開始把東西抬進電梯。

當時他說了什麼話，我才不在乎哩。

因為根本沒人知道為什麼我會沉迷於聯誼。

花了一整個下午打掃寢室，並把東西歸位。女生的東西本來就拉里拉雜，整理起來特別費力。好不容易布置妥當，天色已漸漸昏暗。

我們四個從大一開始就是室友，有時聊天可以聊到掏心，有時又吵吵鬧鬧到翻臉，都曾經考慮下學期搬出宿舍自己租屋住，但學期結束前的最後一晚，卻又聊到天亮，決定下學期還要繼續當室友。兩年四個學期過去，到了大三就居然還是室友。

累了半天，大家躺在各自的床上休息；她們嘰嘰喳喳不知在聊什麼。

我自顧自地滑著手機，登入那個網站……還是沒有。

心裡輕嘆一聲。這個結果，應該要習慣了吧……

「詩雅，妳以後不要對我的英哥這麼凶嘛。」芫媛突然對我這麼說，語氣裡有發花痴的味道。

「好好好，我的好媛妹，今天算我心情不好對不起妳的英哥好嗎。嘔～～」我裝腔作勢，再故意發出嘔吐聲，曉雨和竹鈴聽了都笑出聲。

「唉唷，妳幹嘛這樣說呀。」

「夠囉，再說就多了喲。」

「人家不過暗戀小主人英哥而已，又不像妳，還有小蔚可以撫慰妳寂寞的心。」

我坐起來用枕頭甩她：「小蔚是誰！撫慰個屁！誰在寂寞！再亂說打死妳。」

「他不喜歡妳，會隨傳隨到聽妳使喚？」

「自從大一心理學抽到擔任我的小天使，他就自以為是我的男友了。」

「蛤？」曉雨驚訝地問：「妳不喜歡邵宣蔚？」

「邵宣蔚雖然俊俏，但不是我的菜。」

「那，妳是不是該跟他說清楚啊？」竹鈴問。

「說啦。但是他說沒關係，總有一天我會被他的真心感動。」

「哇，好痴情喲。小蔚！痴情小蔚！」得了花痴病的芫媛握住雙拳嬌喚道。

「只有白痴才會認為他痴情啦。」我翻了個白眼：「本宮告訴妳們這些單純的小白花，男生愈俊帥愈多人貼，女生愈漂亮愈多人追，這是千古不變的真理，也是生物界優勝劣敗、適者生存的不變法則，懂不懂？」

「意思是：邵宣蔚劈腿？」

「不算啦。我不認為自己跟他交往，他想跟誰在一起是他的事。」

「可是，他時不時纏著妳是什麼意思？」

「哼哼，當然是臣服於本宮的媚力啦。」

「哈、哈，娥眉聳參天！哈、哈，豐頰滿光華！哈、哈，器宇非凡是慧根——」芫媛居然唱起一代女皇的主題曲，還自己合自己的音。

我拿起枕頭狂砸她：「眉毛高聳上天，臉頰又肥又光，那是妖豬吧！」

芫媛和曉雨都爆笑出聲。

竹鈴卻認真問：「詩雅，妳人緣比我好，大一開始就參加社團，又經常參加各種聯誼，難道都沒遇到一個真心喜歡妳的人嗎？」

我本想老實告訴她，但想想，不知從何說起，只好隨口敷衍：「真愛難尋呀。」

「妳不是創辦了幸福社？每學期都有一堆帥哥上門報名，好吃的妳不會先挾去配？」芫媛也坐起身，正色道：「像上次那個政治系的，長得好像韓國的孔劉喔，妳不要的話，安排給我吧？」

「說到幸福社就有氣。申請創社時，課外活動組的承辦人還質疑說創設宗旨其中的『辦理各類男女配對活動』是什麼？不會是搞援交吧？他媽的思想dirty！害我把申請書拿回來全部重寫。改成『學習兩性尊重的正當活動』才過關。」

「咗。只辦這種活動我才不參加哩。」

「結果，活動每次都貼錢在辦，辦得再好還是有人嫌沒天菜，也不想想自己是不是牙歪嘴斜，還敢嫌，那些找到真愛的也不會回來感謝我。搞到最後，都不知自己為誰辛苦為誰忙。」我把眼睛瞄往對面床位：「也許是缺少正妹社員，才沒有吸引到帥哥歐爸。喂，竹鈴、曉雨，妳們什麼時候才要來加入啊？」

竹鈴長得亮麗，曉雨嬌小可愛，都是男生喜歡的型。

「可、可是人家已經有子謙了。」曉雨的男友是班上的左子謙

「文曲很好，我不會再參加什麼聯誼了。」文曲是竹鈴男友，唸法律系的。

「我知道，妳們來當我幸福社的Show Girl就好了，妳們擺擺pose讓我拍拍美照，放在社團臉書上當招牌就好，不必參加聯誼活動。」

「萬一有男生以為竹鈴或曉雨是幸福社的紅牌，指名要她們坐檯怎麼辦？」

「喂！幸福社是正當的社團，不是做黑的！」我用枕頭直接摀住芫媛的頭、不理她的嗚嗚掙扎：「竹鈴、曉雨，妳們是我的好閨蜜，就幫幫我嘛。」

想不到她們趕緊起身溜下床，抓起夾克就往門外衝：「我們餓了，先去吃飯。」

可惡！再沒有正妹幫忙，幸福社就要解散啦啊——！

「妳家裡有些什麼人？」

「爸爸媽媽和我。」

「妳說妳們唸社福系，社福系是唸些什麼的啊？」

「社會工作。像是老人照顧、青少年輔導、婦幼保護，吧啦吧啦很多。」

「將來是要以義工為職業？」

「是社工，不是義工。」

「不是都一樣嗎？」

「殭屍和薑黃一樣嗎？」

「那妳的興趣是什麼啊？」

「聯誼、聯誼、聯誼。」

「一直聯誼是要幹嘛？」

「關你屁事。」

「妳好像很難聊。」

「喂，同學，是你先把氣氛搞僵的。」我瞥了一眼他下巴那顆快爆漿的青春痘，和黑邊鏡框後面那雙黑眼圈，在評量表上寫下「言語乏味、思想直線」。

「在聯誼時不這樣問，是要怎樣認識女生？」

「這是在聯誼不是在相親！講話這樣，有哪個女生喜歡呀？建議你報名參加『討人喜歡的說話術』，我們請到專門教人說話技巧的名師，保證你以後說話幽默與智慧兼俱，不會像法官問案。過去那裡報名，費用一百。」

「那什麼時候可以介紹正妹給我？」

「你先回去把眼屎洗掉、把頭髮弄整潔了再說。下面一位。」

胖宅垂頭喪氣地起身離去。我和身邊的婷瑩學妹互看一眼，同時搖頭。

接著進來的男生讓我們眼睛一亮。

濃眉大眼、笑容陽光，超有型。

我們先請他自我介紹。

「哈囉。我是體育系的姜泰將，大家都叫我小泰。身高一八七、體重七十。」

「喜歡怎麼樣的女生？」婷瑩搶先問。

「像妳們這樣的女生。」

「我是問，你喜歡什麼類型的女生？」

「我喜歡沒有妳不行。」
眼角瞄到婷瑩居然在評量表的「心儀對象」欄內寫下「美女」兩個字。
小子，你夠油。我內心的防禦雷達開始自動警戒。
「平常有些什麼興趣？」我小心翼翼地問。
「喜歡變魔術。」
「那，變些什麼呢，撲克牌？人體飄浮？還是脫逃術？」
「不，我專攻魔法。現在就表演給妳看。」他伸出手在我眼前游來移去，彷彿半空中抓住了什麼，突然往天上一灑，然後用深情的眼神望著我：「變完了。」
「蛤？你變了什麼？」
「我變得喜歡妳了。」
我怔了兩秒才理解他在幹嘛，極力忍住想笑的嘴角：「很好。」
身旁的婷瑩可是笑得花枝亂顫。
又問了他幾個問題後，我在評量表的總結上寫下：「天菜。」
「那，我什麼時候可以參加幸福社的聯誼活動？」
「下禮拜五就有個去萬里的郊遊活動，和輔大一起辦，你可以來參加，請先交報名表。」
「我可以晚一點再交嗎？」
「為什麼？名額有限耶。」
「因為，我想先把自己交給妳。」
我怔了三秒才醒過來：「不必！」，卻瞄到婷瑩已經開心到眼角含春。
「可以給我妳的Line嗎？」

「不可以。」

「那我要怎麼介紹大家來參加幸福社、幫妳推展的社務？」

「……好吧，但如果騷擾我的話，馬上封鎖喔。」然後我在天菜後面加上「油膩」兩個字。

好不容易把這位油條的姜太公打發走了，婷瑩感嘆：「唉，學姊，如果來參加聯誼的都像小泰這樣的外型，實在不愁幸福社不會發揚光大吧。可惜，他好像只迷戀學姊啊。」

「迷戀？學妹，妳講得太誇張啦。所以妳該常常參加聯誼，男生看多了、相處多了，妳就知道顏值只是入門，真愛在內心。」

「問題是，如果顏值不優，誰想來聯誼？」她把桌上的筆電畫面轉向我，按了幾下滑鼠：「妳看看，這些是前幾次我們辦的活動回饋問卷。有百分之八十的女生認為活動應該改進的項目是『男生不優』、百分九十的男生認為『正妹太少』，最糟糕的是，只有百分之五的參與者會想要再參加本社舉辦的活動。」

「只有百分之五！」睜大了的眼球差點沒掉出眼眶，我驚覺不妙。

「顏值的確是入門，但沒有顏值真的萬萬不能，人家連門都不想入啊。」

「唔……」我思忖半晌。「好，下次活動前，我們必須至少拉十個大美女、十個小鮮肉參加。」

「只剩幾天而已耶。」

「十個都拉不到，我聯誼女王的名號從此在聯誼界除名！」

「學姊好猛啊……」

「拜託拜託啦！真的不是要妳劈腿另結新歡、也不是要破壞妳和文曲的感情，純粹就是幫忙充一下人數嘛。」

「可是……」已經盧了快一個小時，江竹鈴還是一臉為難。

「妳如果在乎文曲，那我先徵詢他同意。」我靈機一動：「或者，妳可以叫他一起來參加嘛，妳就當跟他一起參加郊遊活動囉。」

「這不太好吧，如果……」

「唉唷，妳就對文曲這麼沒信心？他怎麼可能會被別的女生搶走。」

我已經說到嘴痠，她還是一臉猶豫：「這樣對那個喜歡他的女生也不好。」

我先把矛頭轉向曉雨：「妳剛剛說要考慮的，決定如何？」

「呃……」她低頭吃一口冰淇淋，瞄向竹鈴。

「冰淇淋已經吃了，不可以說不唷。」曉雨聽我這麼說，含在口裡的湯匙吞也不是、吐也不是。為了說服她們，我不惜下重本請她們吃高級冰淇淋。

「如果竹鈴去的話，我就去。」曉雨下定決心般道。

「耶！那就剩竹鈴了。」我搖著她的手臂：「去嘛、去嘛、去嘛、去嘛！」

竹鈴一定很後悔她有個貼心的文曲。就在我苦求無效時，文曲為了接她，居然出現在門口。我立馬衝上前去拉住他：「文曲，我有很重要的事要拜託你！」

我浮誇地說著幸福社如何經營困難，只開社幾個月就面臨活動無人參與、即將解散的慘況，為了增加人數與活動熱度，拜託他幫忙。

文曲是熱心又善良的孩子，馬上就仗義答應了。呵呵。

「喂，妳的文曲已經答應了，妳不答應，小心文曲被其他妖女搶走。」我回座後隨即威脅道。竹鈴就在我的脅迫利誘下，附帶曉雨也一起加入了。

天助我呵……

為了表示感謝，我也為文曲叫了一份冰淇淋。

「為什麼詩雅這麼熱衷於聯誼活動啊？」接過服務生送來的冰淇淋，文曲問。

她們三個六道目光也不約而同射向我。

為什麼熱衷啊……

「跟你的竹鈴一樣囉。看到別人幸福，自己也會有幸福的感覺嘛。」這句話是竹鈴最愛說的，我把它拿來當擋箭牌。

「真的啊？」

當然不是真正的原因。

真正的原因發生在很久很久以前。

那時，我正準備吃草莓餅乾，喝最愛的熱巧克力。

然後就覺得身邊有一雙賊眼。

我轉頭，那雙眼睛就不見了。

繼續吃，感覺目光居然又來。

猛回頭，跟那雙晶亮對上了！

有弧度的眼頭，很流線的眼尾，配上大大一顆烏烏圓圓的黑瞳。

「你幹嘛？」

「呃……呃……」他的目光轉向桌上。

我趕緊把放在桌上的餅乾抓起來：「這是我的。」

「我可以跟妳換嗎？」

望了一眼他面前的東西：地瓜酥和紅茶。

「我不要。」

「可是我想吃妳的餅乾。」

「可是我不喜歡地瓜酥。」

「那妳可以喝我的紅茶。」

「不要。」

「老師說今天是交換日。」

交換日是小晴老師指定的活動之一，要我們小朋友學習分享。昨天指定的交換物是點心，今天每個人要帶甜點和飲料，在下午三點半的點心時間跟鄰座的同學交換。媽媽因此幫我準備日本進口的餅乾，上面用草莓作出的凱蒂貓圖形，我覺得超可愛；還有我從小就愛的比利時熱巧克力。

但是他的地瓜酥……我就想到有一回在等紅綠燈時，車窗外一個戴著斗笠的婦人站在街角的手推車後，臉上淌著汗，在叫賣著「好吃的地瓜，快來買喲」。因為味道太香甜，我拉拉身邊媽媽的衣角，說想要吃。但媽媽說：「那是窮人家吃的髒東西，吃完會放屁，我們不要吃。」

「我平常也會放屁呀。」

「妳是小公主，放屁小小聲。那東西吃了放屁會沒氣質的。」

「哦。」我還想說些什麼，車子已經啟動往前，攤子消失在窗外，我只好放棄。媽媽這樣說，應該就是這樣沒錯。

所以，我一直認為地瓜是髒東西，吃了會大聲放屁，沒氣質。

「老師說我們今天的點心要跟旁邊的小朋友交換。」他還不死心，仍然盯著我的餅乾。我望望右邊的他，再看看左邊彭渝諺面前的美羊羊蛋糕，趕緊拿出一塊餅乾：「彭渝諺我跟你換！」

「好哇。」彭渝諺很大方地把蛋糕剝一半放在我的盤子裡。

我轉頭跟他說：「我已經跟他換了，你自己跟別人換。」

他轉頭，他的右邊是牆壁。

「那我可以跟妳換巧克力嗎？」

我望了又乾又黑的他一眼，再望一眼白白嫩嫩的彭渝諺，把杯子移到彭渝諺面前：「我的很好喝喔。」彭渝諺舉杯喝了一口，點點頭：「那妳喝我的蘋果牛奶。」

我把那個盛著蘋果牛奶的漂亮杯子拿過來，對他說：「我要喝這個，不要你的紅茶。」

他跳過我，跟彭渝諺說：「彭渝諺，你還有一塊蛋糕可以跟我換嗎？」

「好哇。」

他高興地拍拍手：「這樣我跟妳都吃一樣的蛋糕耶。」

眼看彭渝諺要把剩剩的另一半蛋糕拿起來遞給他，我急忙對坐在彭渝諺左邊的林子燕說：「林子燕，妳不是說妳喜歡美羊羊嗎？彭渝諺這裡有喔。」

「我要我要！」林子燕大聲說，站起來就一把搶過彭渝諺手上的那一半，而且馬上往嘴裡塞：「嗯！好吃。那我的馬卡龍跟你換。」就直接把馬卡龍放在彭渝諺的盤裡。

「誰要跟你吃一樣的。」我對他扮了個鬼臉。

他低下頭，大眼睛上方雙眉倒垂成了失落。

我舉手：「老師，陸星晨都不跟別人換！」

小晴老師走過來：「陸星晨，你為什麼不跟別人換呢？」

他的頭更低了：「沒人跟我換。」

「他亂說，剛才彭渝諺有要跟他換啊。」我耍壞這麼說。

「彭渝諺？」

「我有要跟他換啊，」彭渝諺望著老師要解釋，但他講話很慢；「可是……」

「陸星晨，小朋友要誠實不可以說謊。」老師手指在他額頭上輕點了一下：「林子燕，妳的馬卡龍還有一塊，跟陸星晨換好嗎？」說著就把地瓜酥和馬卡龍從兩人的盤子互換，林子燕嘴裡嚼著蛋糕，被前方其他小朋友的打鬧聲吸引，根本沒聽到老師在說什麼。

彭渝諺見老師幫陸星晨換了，可能認為問題已經解決，也就沒再往下說。

老師處理完後，就到前方處理那些打鬧。然後，我就傻了。

因為我正想嘲笑他，想不到……卻看見一顆淚珠。

那顆淚珠像水晶，順著他的臉頰慢慢滑下，掛在下巴搖啊搖的，最後……噗通跌入他的紅茶裡。融成紅茶前，還分裂成一顆小淚珠，往回彈上來，跟這個世界告別說：我將不再是淚珠了，我即將變成紅茶了……

這是我第一次看到他哭。

「哼，愛哭鬼。」我倔強地低聲道。

「齁！蘇詩雅，妳把他弄哭了。」彭渝諺也發現了低著頭的他在哭。

我開始有點緊張，擔心陷害他的事被老師發現，趕忙說：「那我的巧克力給你喝嘛。」

他抬起頭，淚水還盈在眼眶裡瀅萌萌的沒擦，拿起吸管就伸進我的杯裡，大大的吸了一口：「啊……好好喝呀！」

彷彿陽光從厚厚的雲層裡和淅瀝的雨中瞬間灑下來，那般光彩閃耀、那般吸引人……這種山巒雲雨間七種顏色的絢麗迷人、這種煙霏紗幕間的曦澄耀亮，直到十三年後在山巒上的大學校園裡才能再看到。

因為他掛著淚的微笑。

我也不自覺地笑了。

但是他的紅茶真的很澀很難喝。

點心時間過後，到了老師說故事時間。

想不到陸星晨搬了塑膠小凳，就直接往我身邊坐。

「喂，這裡是人家妞妞的位置啦。」我大聲抗議。聽故事的時候我喜歡跟易巧妞坐在一起。易巧妞家裡有好多故事書，我去過一次，羨慕得要死。可能是故事看得多，老師要大家輪流上台講故事時，她也是最會講的。我向易巧妞招手：「妞妞，妳快過來啦。」

「可是，我想跟妳坐。」他小聲地說。

「不行！你是男生，這裡是女生的位置。」

我的聲音太大聲，引起小晴老師注意。她走過來說：「今天男生女生梅花座，小雅的旁邊必須坐男生喲。」

「我不要！」我瞪著他，大聲拒絕。

結果，我跟易巧妞中間硬是坐了一個他。

還好我另一邊是彭渝諺，所以聽故事時臉都朝著彭渝諺，讓屁股對著陸星晨。

今天講的是小鹿斑比的故事。小晴老師拿著大本的故事畫冊，用一支紅色塑膠小手指著畫冊裡的圖片。有一天，斑比的媽媽帶著牠來到了大草原，斑比就在那裡遇見了牠的父親，和另一隻年齡和牠相仿的小鹿芬妮。原本大家都在草原上快樂的遊戲、吃草。

後來斑比也在大草原上第一次接觸到了人類。他們正在打獵，使得草原上所有的動物都被嚇跑了。

在一個凜冽的冬天裡，斑比和牠的媽媽一起到了被冰雪覆蓋的大草原上，並找到了一些新發芽的綠草，代表了春天即將來臨。正當牠們吃著草的時候，斑比的媽媽感覺到了一群獵人正在接近，媽媽就叫斑比趕快跑回森林中。當牠們在逃跑時，槍聲不斷，直到斑比跑回牠的樹洞時，才發現媽媽並沒有跟著一起跑回來。

後來，斑比的爸爸出現了，告訴班比說：「媽媽以後不能和你在一起了」，然後就把牠帶走了。這個故事告訴我們——

「哇——！」老師故事講的正精彩，身後突然傳來大哭聲，我被嚇得跳了起來睜大眼睛狂拍胸口。

「嗚哇～～小鹿斑比的媽媽死掉了，我不要！嗚嗚……」

陸星晨居然哭得聲嘶力竭兼抽噎，兩條鼻涕像瀑布，滿臉淚痕似大江。

啊是怎樣啦……

怔怔望著他，想不到他的哭聲感染了我。想到小鹿斑比的媽媽死掉了，那以後誰來幼稚園接牠？真的好可憐喔……想著想著我也不禁放聲哭了出來：「哇～～我想回家……」

「我要媽媽，嗚嗚嗚嗚嗚——」

「我也要回家，嗚……」

一分鐘內幼兔班竟然哭成一片，把小晴老師和小禎老師嚇壞了。

愛哭的陸星晨，看你眼淚闖的禍啊。

陸星晨原本不是幼兔班的。但學期中不知道從哪裡轉進來的，好像從外太空空降而來，搞不清楚男女有別的地球倫理。

他在還沒來之前，我都是找林子燕、易巧妞一起玩紙娃娃時尚換裝；我們三個女生總是愛玩這個遊戲，看著一件又一件各種款式和顏色的紙衣服就好開心。而彭渝諺他們那夥小男孩則愛推小車車、玩變形金剛。原本男耕女織大家相安無事，在午後的幼兔班裡多麼平安和諧桃花源。

在小晴老師和小禎老師好不容易把全班都哄平靜，開放自由活動時，可惱的陸星晨又湊過來了：「我可以一起玩嗎？」

我怕他的眼淚又淹死了全班，只好把手中的紙娃娃遞給他。

愛哭還會想玩紙娃娃，當時的我以為他其實是女生，只是頭髮被剪得很短、被穿進小男生的衣服裡。這樣想，我就比較能跟他玩在一起。

幸好玩了幾天後，彭渝諺過來問他要不要一起玩，他還是放下了紙娃娃，接過了小車車跑到男生那邊推。

從那次交換日之後，我、他就經常跟林子燕、易巧妞、彭渝諺玩在一起。

不過，他跟女生玩紙娃娃這件事，即使被嘲笑到畢業那天，甚至好多次班上大個子的男孩欺負他，都不曾再看到他哭了。

很久很久以後，我才知道他當時為什麼哭。

可惜知道的太晚。

第三話

小學開學第一天，我在媽媽的帶領下，到學校認識新的班導師。

拉著新衣服的裙角，我踩著小碎步，滿心期待地在媽媽身邊轉來轉去。媽媽把我打扮的很漂亮，粉紅色襯衫配上淡紫小波浪的及膝長裙，長髮被有著小蜻蜓圖案的髮帶綁成髻，出門前媽媽拿鏡子給我看，還在頰上大力地親了一口：「我的小公主真漂亮。」，讓我的心情極佳。

從校門口到教室這段路上，看到好幾個在幼稚園的同學，更讓我覺得上小學真是開心。因為整個暑假我跟著爸媽到美國旅遊，都沒跟同齡同伴分享。

「蘇詩雅！我們在這裡。」林子燕、易巧妞在走廊那邊向我揮手。

媽媽、老師和幾個家長在講些什麼。我向媽媽比手勢表示要找她們玩，媽媽望了林子燕她們一眼，笑著點點頭，就把視線轉向老師。

我奔向她們，一齊坐在走廊水泥護欄上，從書包裡拿出鉛筆盒，互相比較誰的圖案比較漂亮。

「小星星來囉！最帥的小星星來囉！」

一個矮小身影隨著亢奮的叫聲出現在教室走廊另一頭，斜揹著的帶子太長，以致書包在屁股上彈呀跳呀的，他像陣風般呼嘯而來，讓走廊上每個人的視線都被吸引。他跑得太快，幾個家長唯恐被撞到，還連忙把身邊的孩子拉近自己。

「哪家的孩子啊？」我聽到媽媽生氣地說。

老師、媽媽和附近的家長都以為他要衝進教室，不自覺閃離教室門邊。想不到他瞥見我們，居然在門邊緊急髮夾彎、沒停下腳步的腳緣一扭就直接衝到我們身邊：「哇！是小雅、妞妞跟小燕子耶！」

滿頭亂髮、白襯衫一邊紮進褲頭一邊掛在褲外飄啊飄的，他用手背抹了一下臉頰上的汗水，白白的牙、瞇彎著眼對我們笑：「嘿嘿，我們同校又同班耶。」

一條黃黃的小蟲從他微黑的鼻頭下方偷偷探出頭，往下爬到上唇邊時，被咻地吸回鼻孔裡。

「陸星晨！」我們三個同聲驚叫。

「你怎麼理了個大光頭？好醜呀。」林子燕指著他的頭頂說。

「蛤？不會呀，這樣涼嘛。哈哈。」摸了摸後腦笑著說，其實他只是小平頭而已。「妳們在幹嘛啊？」

「我們在說暑假到哪裡玩。」林子燕驕傲地說：「我媽媽帶我和弟弟去香港迪士尼玩喔。妞妞說她們全家去日本。小雅她跟爸媽去環球影城還有黃石公園。」

「你知道黃石公園在哪裡嗎？是在美國，要坐很久的飛機才能到。」我也炫耀道。

「哇，好厲害。」黃色小蟲又從他鼻孔探出來，緩緩往嘴邊爬；「但是我的最厲害，我跟我媽去星河公園玩！」

「黃石公園有大峽谷、大瀑布和很多野生動物。我還有坐直昇機，一開始好可怕，可是後來飛到天上，風景就很漂亮了。」林子燕和易巧妞聽著我說，臉上露出羨慕神色。我轉頭問陸星晨：「你的星河公園風景好看嗎？你也坐直昇機嗎？」

「當然好看！那裡不用坐直昇機就可以看到一大片好漂亮的風景。」

「真的嗎？」

「真的啦。只要躺在草地上，眼睛閉上，過一下子睜開的時候，就發現自己已經飛上天了和星星在一起，然後身邊就都是漂亮的風景，看都看不完。」

「有峽谷跟大瀑布嗎？」我不服氣問。

「比那些還大，多到妳們看都看不完！」

真有這樣的地方？那我還真想去：「那個公園在哪裡？」

這時上課的鐘聲忽然響起，老師扯起嗓子：「各位同學，上課了！快進教室！」

在嘈雜聲中陸星晨說了星河公園在哪裡，但當時我被媽媽喚著進教室，一時忘了他說的地名。

「真的啊。你不知道你的竹鈴影響我多深呀。」收斂起回憶，我應付道。

竹鈴和曉雨的表情顯然不相信，但文曲微笑說：「這樣很好啊。」

從冰淇淋店出來和她們分開後，我獨自在校門外的光華路上踱著步。

為什麼這麼熱衷於聯誼活動啊……

那些關於沉迷的真正原因早已埋在心底最深處，最初決定要辦聯誼的心情在一場又一場的活動之後已經被擠壓在潛意識裡，有時面對一份又一份報名名單，初衷或許已經麻痺到無法甦醒，卻又不自覺地一場接一場辦下去。耗費大把時間投入社團的結果，上學期期末考若不是靠竹鈴的筆記和曉雨的紙條，社會倫理和社會統計這兩科一定會被當到必須重修。

真的忙得有意義嗎？在每一場活動結束後，疲累不堪的意志總是這樣吶喊。

如果，有人根本不屑參加這樣的活動……那現在的沉迷有何意義？

比如說……他。

我用手機連上網，登入那個網站……還是沒有。

他沒出現，反而為自己招來一堆爛桃花和不想要的追求，所以每晚睡前刪掉騷擾訊息、封鎖垂涎外貌的渣男，變成像寫日記一般的習慣。

異性緣好到讓人嫉妒，我也充分利用這個優勢，但……

錯過了的，要如何才能找回來。

本我與超我衝突的結果，讓自我已經陷入矛盾掙扎與失去理智，甚至好幾度都告訴自己：放棄吧。隨緣吧。心裡不知多少次輕嘆如此。

「詩雅。」有人在身後輕喚。回頭髮現是邵宣蔚。

他騎著重機，身著帥氣黑夾克；「在想什麼?車子靠近妳了妳都沒發現？」

「看臉書囉。」

「上來吧。」

我以沒有安全帽為由拒絕。他趕緊下車，推著車一起走進學校。

這個時候還真想要有個人陪著一起走，即使只是安靜的走一小段路。

大一開始，邵宣蔚就一直在我身邊。

即使兩年來，也曾試著和其他男生交往，但不是話不投機，就是個性不和。

邵宣蔚很會察顏觀色。如果發現我的心情不好，他不會多話，如果我開始抱怨，他聽著聽著也會同仇敵慨和我一起罵人。因為這個優點，我讓他在我身邊，不像其他男生被毫不留情的封鎖拒往。

經過大一、大二的相處，他應該已經很瞭解我了。

我們就這樣安靜地在嘈雜的人群中往前走。他如往常般陪著，不語。

有時會檢討自己太自私。明知他對我的心意。

從小被父母百般呵護，也知道自己公主病症難免，有時心情不好，還會對他發脾氣，但他始終選擇忍讓。大二上學期有一回活動辦的不順，心情惡劣，回寢室又跟竹鈴起口角，正好他打電話來問要不要出來吃宵夜，我說不要，他半開玩笑說「跟哪個男生吃過了是不是」，我就在電話裡就把他狂罵一頓，還驚動了許多人開門出來走廊上察看是發生什麼事。

他原本想跟我解釋，但我罵開了，把所有不滿的情緒都遷怒於他，還叫他滾蛋以後都不要再來煩我了，過程中甚至包括……

超難聽的三字經。

任何有點自尊心的男生應該都會跑了吧。

第二天因為寒流來襲，氣溫低到只剩三度。

一大早第一堂有必修的課要上，我頂著刺骨寒風衝出大慈館，才出門口就撞到一個人。抬頭發現是邵宣蔚拎著早餐、把脖子縮進大衣衣領裡在等我。

「對不起，昨天讓妳那麼生氣。」他凍得的嘴唇都發紫了。

走過身邊的學妹們不是流露出羨慕的表情，就是竊竊私語說「好幸福喲」。

那一剎那，我覺得自己有罪。

也許辜負了太多對自己付出真心的男孩，所以到現在自己仍然沒有找到想要的幸福，罪有應得，莫此為甚；但邵宣蔚何罪之有？何其無辜？

我趕緊接過早餐，而且握緊他手心的僵冷，用力搓揉：「為什麼這麼傻？你明明知道我亂罵一通的。」

他笑了。笑出我認識他以來最真實的開心。

我們在一起吧。感動到差點脫口而出的我，第一次覺得自己被從過去的漩流裡解救出來。那一秒，真的想著「就接受他吧」。對自己好的男孩很多，能容忍公主病的卻太稀少呀。

他輕擁著我：「沒關係，以後妳想罵就罵，我不會介意。」

我也笑著，讓他擁著，只想不負責任地享受讓人疼愛的滋味，跟他一起步入大恩館的教室；所以很多人都認為我們真的在一起了。但……

「沒關係，以後妳想罵就罵，我不會介意。」

彷彿好久好久以前，另一個男孩也曾對我說過同樣的話。

蘇詩雅，妳還要辜負多少男孩的真心？

我真是壞女生。

當我們走過大仁館時，突然一個人從旁邊靠過來。

程國硯。中文系系草。最近一直糾纏我的傢伙。

「我能跟妳說幾句嗎？」他覷了邵宣蔚一眼，低聲問我。

也許是剛剛對於邵宣蔚的罪惡感作祟，決定什麼都該講清楚才是，我給邵宣蔚一個沒關係的眼神，然後跟著程國硯往前走了幾步。

「妳現在是決定跟他在一起了？」

「沒有啊。」

「那妳整天跟他在一起？」

「我們只是同班同學，你想太多了。」

「那我們呢？」

「我一直當你是朋友。」

「朋友？」

「嗯。」

「妳知道我的心是怎麼對妳的。我想做的不只是朋友。」

「我知道你對我好，但是，我現在不想交男朋友。」
「騙人。真是這樣，妳一天到晚參加聯誼？」
「我是幸福社社長，辦聯誼是我們社團的主要活動。」
「妳不想交男朋友卻跟他走得這麼近？」他回頭瞪邵宣蔚一眼。
「我們不是你想像的那樣。」
「那是怎樣？」
「就一般的同學而已，最多就是好朋友，跟你一樣。」
「我不信。」
「我被前任傷得太深。沒辦法這麼快進入下一段感情。」我開始說些言情小說裡的對白了。
「妳說出來，說出來會好一些，妳會得到療癒。」
「我不想說。」沒有的事叫我說什麼啦！你才需要療癒吧。
「我願意等。妳想說的時候，我願意傾聽。」
「嗯，謝謝。我會打電話給你，如果我想說的話。」
「我可以抱抱妳嗎？」
「為、為什麼？」
「因為妳被傷得那麼深，我心很疼。」
「沒、沒那麼嚴重，已經快要好了。」
「妳要拒絕我到什麼時候？」
「我不是在拒絕你……我需要一點時間考慮我們的關係。」電視劇裡的對白。
「好，希望妳認真考慮我們的關係。」

「我會的。」我勉強給他一個微笑。

他依依不捨地轉身離開，還一連回頭看了我三次：「記得Line我喔。」

邵宣蔚跟上來：「他又來了？」

「他被前任傷得很深，不適合這麼快進入下一段感情。」

「妳怎麼知道？」

「猜的。不然怎麼變得這麼偏執。」

「妳猜對了。我去他系上打聽，他在大二時被一個學妹甩了，聽說對他打擊很大，直到在聯誼時遇到妳，才又重新振作。」

「我看人很準，不必參與他的過去也知道他的過去，對吧。」

但是對於陸星晨，我始終看不準，也不知道他的過去。

他平常在班上總是話很多，老愛發表意見打斷老師的上課。有時老師制止得煩了，就會叫把他到教室後面去罰站。

小一的我年紀雖小，身高是班上前三高的，所以老師把我排在後面的位置，那位置，跟陸星晨被罰站的位置有夠近。

這時，不甘無聊的他，就會趁老師轉身寫黑板時，模仿老師的手勢和說話樣子。但因為小一的他長得有點醜，又在換牙，門牙黑了一個洞，學起來超滑稽，害我和坐在一起的林子燕不小心瞄到了，都緊緊摀住嘴，生怕忍不住笑出來會被老師責罰。

但可惡這小子發現了，居然朝著我們露齒微笑，邊作出「妳們在笑屁呀」的口形、邊翻白眼，害林子燕和我終於忍不住爆笑出聲：「好醜呀！」

「妳們在幹嘛？」老師冷冷地拋來眼刀，把我們嚇到怔住。

「老師，我不小心放了一個屁，她們說好臭呀，嗯，我自己也覺得很臭。」他向老師鞠了一躬：「老師對不起。」

身邊其他同學紛紛驚嚇得彈開，唯恐被薰到。

「全部回座位坐好。」老師白了他一眼，又繼續上課。

「老師，我站著會想放屁，怕會臭到同學，可不可以回座？」

老師忍住想笑的表情，終於叫他回座。

不過他這種小聰明，也有失靈的時候。

尤其是白目發作，加上自以為聰明時。

小一下學期某天早上，因為隔壁班有一個跛腳的同學，被班上的周文騏和曾哲宇嘲笑戲弄，傷心得痛哭。老師知道後，把他們訓了一頓，然後機會教育全班：「你們覺得周文騏和曾哲宇這樣欺負同學的行為，應不應該啊？」

「不應該！」全班一致用童稚的聲音回答。

「那以後我們看到殘障的同學，是不是應該幫助他們？」

「是！」

「下次再讓老師知道誰欺負殘障的同學，一定會處罰。周文騏和曾哲宇，你們下次不可以再這樣了，知道嗎？回座吧。」他們低著頭默默回座。

「老師，什麼是殘障？」陸星晨突然舉手問。

「殘障就是身體上有障礙的人。」

「什麼叫有障礙？」

「例如我的腿可以走路，有跑跑跳跳的能力，你沒有，你就是有障礙；又比如說，我有手指，可是你因為發生意外手指被切斷了，沒有手指了，手的功能就有障礙。」

「我知道了。我有，你沒有，就是殘障。」陸星晨歪著頭想了一下大聲說。

「那殘障的人好可憐喔。」有同學接著說。

「是啊，所以看到身體有障礙的同學，看他們需要什麼，我們就幫助他們，而不是欺負他們，對不對？」

「對！」全班齊聲回應，讓老師很滿意。

下課後，這個窮極無聊又調皮白目的陸星晨，居然去調解四年級學長的糾紛。

他經過兩個正在吵架、個子比他高兩個頭的小四男生身邊：

「幹！你怎麼把我的漫畫弄破了！」

「哪有，那是你自己弄破的，我拿來看的時候就已經這樣了。」

「你還不承認？」

「又不是我弄破的我怎麼承認啊。」

「你要賠我一本新的！」

「怎、怎麼賠？」

「一本五十塊。」

「我一天才十塊錢零用錢耶，你要我五天不喝飲料喲。」

「不管！你一定要賠。」

這時一直站在旁邊的陸星晨插嘴：「可是你怎麼證明是他弄破的？」

「我只借給他呀，借的時候還好好的。」那個被害人忿忿道。

「真的是你弄破的？」

「就說不是了呀。」那個被告喊冤喊得更大聲。

「你要他賠一本新的，可是你借他的時候是新的嗎？」他又轉向被害人。

「呃，我只看過一遍。」

「那也應該不算全新的吧。」

「什麼意思？」

「不然他賠你二十五塊錢好不好？」

「為什麼？」

「不然他五天沒喝飲料，會變成殘障，很可憐。」

被害人學長聽了，怒眉一擠：「你是他的弟弟嗎？不然管什麼閒事啊？」

那個被告學長聽了也不高興，捲起袖子：「你說誰是殘障？」

陸星晨大概是出生以來第一次學習察顏觀色，我在座位上看著窗外走廊上的他已經快要被打了，他竟不知死活還笑著繼續說：「因為別人有飲料喝，你沒有，你就是有障礙。」

笑著，因為覺得自己能舉一反三很聰明吧。

但語畢，他就被兩個大個子揮拳猛K，K得他嚇一跳、K得他哀哀叫、K到他像聽到鞭炮炸開的老鼠急忙四處逃竄再也不敢笑。

別看他當時個子矮小，逃命倒是一溜煙不知躲到哪裡躲得好好。

終於看得懂別人的喜怒哀樂了。

上課鐘響，老師已經進教室了，他才跟在屁股後面溜進來。

他的額頭上長了個腫疱，眼圈黑了一個。我舉手：「老師，陸星晨受傷了。」

「陸星晨，你怎麼了？」

「沒什麼，我不小心跌倒了。」

「要不要去保健室擦藥？」

「不要。」

「唔。下次小心一點。」老師的注意力轉到其他同學的吵雜聲：「大家坐好，上課了，把課本打開。」

第四話

但是下課鐘響後，我無意中往窗外一眺，對面教室裡衝出兩個大個子，正穿越操場直直往這邊過來：那兩個四年級的男生顯然餘怒未消，還要來打人。

「他們來了！你快跑！」我馬上轉頭跟陸星晨警告。

他也望到了他們，腳下立刻像長火箭般火速往教室後門衝。

林子燕靠過來問：「他怎麼了？」

「他白目。」反正不關我的事；我就約林子燕去福利社買科學麵吃。

上課鐘快響前，我想小便，讓林子燕把我吃剩的科學麵先拿回去教室。

進到廁所，把廁所門關上及門栓鎖上。

掀起裙子把內褲脫下，舒服地享受解放的感覺，但我沒注意到門栓其實沒有扣進去。

突然，門外傳來急促腳步聲，有人跑進女生廁所……

一陣疾風拂面，我眼前的門倏地被打開，一個人影隨即閃進來！

那個人立即把門關上，並且瞪大了眼睛望著我，嘴巴像快乾死的魚大口呼氣。

我被嚇到站起來，驚愕地望著那個人——陸星晨！

女廁外傳來兩個人的對話：「那個小子跑哪去了？」

「我到男廁所找過了，沒看到人呀。」

「算了，快上課了。走吧。」然後腳步聲逐漸離去。

我整個人處於驚嚇不知如何反應的失神狀態，就看到他的視線逐漸往下移動……我、我該尖叫，還、還、還是該給他一巴掌？

「妳要穿褲子嗎？」他忽然問。

「喔，謝謝。」我趕緊放下裙子把小內褲拉上來。

謝什麼啦！事後超後悔忘了大罵他變態！我豬頭。

「為什麼妳沒有？」他怔怔地問。

「蛤？」

他把自己的褲子脫下。我傻傻問：「為什麼你有這個？」

他馬上把褲子穿上：「原來妳也是殘障。」

「為什麼？」

「因為老師說，我有妳沒有，就是身體有障礙，我們要幫助他們。」

對耶，老師確實是這麼說的。

他把門打開，先走出來，然後回頭伸手扶助我：「我幫妳。」

我就這樣讓他攙扶著走回教室。

回座位時，林子燕好奇地問：「妳怎麼了，身體不舒服嗎？」

我揮揮手、低著頭嘆氣沒回應。想著：原來我也是殘障，好可憐。

放學後，我鬱鬱寡歡地盯著電視，連媽媽叫我吃晚飯了都沒聽到。

「詩雅，妳怎麼不來吃飯？叫妳半天了。」媽媽站在電視和我之間了我才從恍神中醒過來。

「妳在哭什麼？怎麼了？」媽媽發現我的臉上有淚痕，緊張地摟著我問。

「我是殘障，嗚嗚嗚……我不要啦……」我居然難過地啜泣起來。

「誰說妳是殘障的？」

「老師說，如果別人有的我沒有，我就是身體障礙。」

「妳覺得妳沒有什麼？」

「我沒有男生小便那裡那個啊。」

媽媽一臉錯愕，接著聽懂了我在說什麼，笑到眼角都溢出了淚：「傻女兒！」

接著媽媽跟我解釋男女有別的道理。讓我知道自己是多麼無知。

釋懷後，我開開心心地坐上餐桌吃飯。

心裡發誓明天起若不整死陸星晨我就不叫蘇詩雅。

多年後想起，才覺得自己幼稚又羞窘得可以。

畢竟，那時我們才小一，小到還沒脫離懵懂無知的年紀。

第二天上課，老師說要選舉班級幹部。

結果因為我穿得太漂亮，居然被推選為班長。

人美真好，從小孩子僅憑顏值選班長就知道。

「風紀股長就是要管班上同學的秩序，如果有上課愛講話、不專心、不遵守規矩的同學，風紀股長就要記下來，交給老師處罰。」

長大後才知道原來風紀就是爪耙子，又名廖北訝。

陸星晨昨天上課就超多話的，當然就被選為風紀股長。這也是他災難的開始。

「安靜！」每節上課鐘響後、老師來教室前，總是聽到他大聲喊著。

一開始大家還會立即安靜個幾十秒，但三天後，這句「安靜」就像放屁一般，每個人聽到都嫌惡到當作沒聽到。五天後，任憑他喊得多大聲、喊破喉嚨喊到火冒三丈，都被淹沒在一片喧鬧聲中。

只有坐在教室最後排座位的我，眼角瞄到老師在走廊上的身影時小聲喊了句：「老師來了！」，全班才會像被電到般立即安靜下來。

有一次，我也在跟前座的林子燕聊天，沒發現老師已經走到門口了，未能及時發出警告，結果老師進來非常生氣，拍桌子斥責：「為什麼這麼吵？」

全班陷入一片死寂。

「這樣我們怎麼可能贏得這週的秩序榮譽班？」老師怒目轉向陸星晨：「你是風紀股長，結果自己還在跟周文騏講話？」

「老師，我在叫周文騏和曾哲宇不要講話啊。」他委屈地小聲辯解。

「下次上課後，如果教室還是這麼吵，我就處罰你，聽到沒有？」

才七歲的我們，哪管得住自己的嘴巴，不愛講話就不是小學一年級吧。

一週後的朝會上，我們班得了全校秩序比賽最後一名。

因為前一週的那個星期一下課後，林子燕、易巧妞在討論我的頭髮和髮帶，她們都說好看。想不到陸星晨不知何時站在我們身後偷聽，當我正沉醉在讚美之中，他竟然接口：「還好而已吧。」

「什麼意思？」我不高興地問。

「就只是髮帶上有隻狗而已，我不喜歡狗。」

「狗狗很可愛耶。」

「狗會咬人。」

「很煩耶！我們又沒有要你喜歡。」

然後我們又開始聊昨天在手機上看到的韓國偶像團體防彈少年團。
「我最喜歡金碩珍，他真的好帥喲！」林子燕比出雙手握拳顫抖的花痴動作。
「我比較喜歡閔玧其，他饒舌很厲害。」易巧妞說著，臉上都是粉紅泡泡。
「還是田柾國比較帥，他又會唱歌又會跳舞。欸欸欸，妳們知道他的韓國名字怎麼唸嗎？是Jeon Jung Kook。」
「哇，小雅妳好厲害，居然連韓文都會講。」
「我比較喜歡貝爾利傑納姆。」陸星晨在我們身後又插嘴。
「貝爾利傑納姆？」我想了好幾秒：「防彈少年裡面哪有這個人？」
「有啊，他是宇宙電梯守護組織中樞衛隊旗下的飛行員候補生。」
「候補生？是實習生的意思嗎？」
「差不多吧。」
「如果是實習生，那就還不是團員啊，會不會出道都還不知道呢。真遜。」
「妳的烏龜才遜咧！」他不高興回嗆。
「什麼烏龜？」
「妳那個什麼偶像，韓國話唸起來好像窮窘龜喲。」
「可惡！不准你這樣說！」
「呵呵，又窮又窘的烏龜。」
「你才是烏龜咧！而且還是個矮龜！你再說，看我打爆你的烏龜頭！」他的個頭矮小，我一掌伸出去，位置剛好往他後腦上K，啪的一聲超響脆！
他嚇得連忙躲避，但還是邊跑邊扮鬼臉：「窮窘龜、窮窘龜！」

居然醜化我最心愛的偶像，可惡！

後來我無意中聽到彭渝諺和周文騏聊天時在比較誰的金剛戰士比較強，才知道原來貝爾利傑納姆是鋼彈裡面的一個角色……

鋼彈和防彈，差很大好嗎！氣死我。

所以那一整個禮拜，我從窗戶看到老師走近，都故意不出聲警告，結果班上吵成一團，連老師進教室了許多人都沒發覺而仍然打鬧。

「陸星晨！你這個風紀股長是怎麼當的？給我到後面罰站反省！」

「陸星晨！你有沒有記下吵鬧的同學？沒有？去後面半蹲！」

「陸星晨！走上廊就可以聽到你們的聲音！你手伸出來！」

「陸星晨！我在校門口就聽到你們的聲音了，去罰跪！」

「陸星晨！班上已經吵到外太空啦！過來，打屁股！」

「陸星晨！班上還是這麼吵？出來交互蹲跳！」

「陸星晨！！！」

辛苦你了，陸星晨。超衰小朋友。

搓著被藤條抽過的屁股，他兩眼淚汪汪的模樣，而且從禮拜一被修理到禮拜五，原先讓我覺得超爽。但最後看到他跪在教室後面，趴在地上寫作業，邊寫還邊吸著哭過殘留鼻腔的鼻水時，我的愛心善心良心慈悲心憐憫心媽媽心忽然大噴發，覺得他這樣好可憐。所以第二節課上課時，當他面對全班的吵鬧喧嘩，虛弱無力地乞求：「安靜！安靜好嗎？不要講話好嗎？求求你們回座位坐好好嗎？」時，我搖搖頭，決定出手。

啪！！我步上講台，拿起老師的竹條往講桌上一抽，發出可怕的巨響，同時冷冷地說：「誰再講話試試看！」

全班一陣錯愕，頓時安靜到連灰塵落在地上恐怕都會把人嚇到死。

我回座，經過陸星晨身邊時發現他嚇到嘴開開、眼死死地盯著我。

我挑眉回應他。

「起立！敬禮！」當老師走進教室時，我喊道。

「老師好！」大家齊聲道。

老師臉上露出不可思議的意外表情：「陸星晨，有進步喔。很好。」

這是他第一次被老師稱讚，臉居然脹紅了起來。樣子……還蠻可愛的。

第三節上課前，全班還是吵成一團。我迅速記下幾個在打架的男生，把紙條遞給他：「你是風紀，為什麼從來都不記名字？」

他接過紙條看著那些名字，很為難地說：「可是，這樣老師就會處罰他們……」

我沒好氣地問：「那你不怕老師處罰你嗎？」

他望著那幾個還在你推我擠、打架打得火火熱熱的臭男生：「害他們都被處罰？算了，我一個被處罰就好了。」

我整個人怔住，整顆心瞬間軟掉。

「那怎麼辦？他們這麼吵，你如果都不制止，待會兒你又要倒楣了。」

他想了一下，下定決心般走到前面：「你們再吵，我就要告訴老師了。」

有人終於發現他手上拿著紙條，提醒大家注意。

像病毒散播般，安靜的氛圍立即讓吵鬧的大家冷靜下來。

但那幾個臭男生還在推打。我也回座，然後小聲說：「噓！老師來了！」

那幾個臭男生像聽到鬼來了般，立刻回座打開課本，不敢再出聲。

之後的上課，每節課就在他的紙條和我的警告合作無間之下，我們班週週都得秩序榮譽班。

陸星晨從此為本宮所收服，哈哈哈哈。

下課後，我和林子燕、易巧妞去福利社買冰。

一路上我一直覺得有個背後靈跟著，回頭找，又不見什麼人影；心想大熱的白天，應該不會被髒東西附身才對。

開開心心從福利社出來，跑到校園芒果樹下的涼亭坐著，一面跟她們討論防彈少年的表演，一邊舔著最愛的草莓口味，覺得人生真是美好。

突然林子燕發出一聲尖叫，把我和易巧妞都嚇得跳了起來。順著她的目光往身後看，陸星晨在我們背後笑得傻兮兮的。

「你幹嘛？」我給他一個白眼，沒好氣地坐回。

「妳們下課都會去福利社買東西吃喔？」

「對呀。」

「我……我想請妳們吃冰，所以、所以……」他吞吞吐吐。

「這麼好喔？可是我們已經買了耶。」易巧妞挪出一個位子，讓他坐在我們中間。「還是，明天再讓你請？」

「可是……我現在就想吃。」

我撇嘴瞪他：「想吃不會自己去買喔。」

「可是……我沒有錢。」

「沒錢還說要請我們吃冰？吃屁喲。」我提高了聲調。

「可是……妳們可以先請我吃嗎？」

蛤？這隻矮龜！我們彼此互看。

易巧妞心地真是善良：「沒關係，那我的請你吃一口。是巧克力口味的。」說著，就把手中的冰棒送往他面前。

「可是……我想吃草莓口味的。」

耶？三個人六隻眼全射向我手上的草莓冰棒！

「我不要！你很髒，都流鼻涕！」

他不自主地吸了兩下鼻子：「我吸進去了，不髒了。」

「不行！你還是會流出來。」

「不會了，妳看。」他蹲在我面前，把頭仰起來讓我看鼻孔，嘴還張得啊啊。

那雙烏溜溜的黑瞳無辜又期待地望著我手中的冰棒，好像一隻狗。

我連忙站起來，把手舉高：「你走開啦！」

「一口可以嗎？」

「很煩耶！」

「小雅，妳的冰融化了啦。」林子燕提醒，我才發現冰棒表面融化成果汁已經順著手腕流到手肘上了。

「唉呀，怎麼辦，妳們有帶面紙嗎？」

她們一起搖頭。我怒瞪陸星晨：「都是你害的！」

「沒關係，我幫妳。」他的眼睛閃過一道亮光，說著，就馬上站了起來。

下一秒發生的事，讓整個校園的空氣都瞬間凝結——

身邊所有的人都靜止不動、地球也停止轉動——

我的心臟也在那一秒裡，不再跳動——

連呼吸都不敢再動一下——

他伸長了舌頭，從我的手肘往上舔……

一直到手腕部位，把那條草莓果汁吸乾淨……

一邊舔一邊吸，還發出「啵啵啵」的聲音……

林子燕和易巧妞睜圓了眼，齊聲尖叫：「啊——！！！」

完全被嚇傻的我，愣看自己的手肘……欸？真的乾淨了，不需要面紙耶……

這時候應該這樣想嗎？

這時路過的周文騏忽然大叫：「吼！男生愛女生！」

周文騏的死黨曾哲宇也跟著大叫：「好色痾！」

我這才被驚醒，羞怒交加大罵：「陸星晨你很噁心耶！去死！」

然後對他一陣拳打腳踢！

他痛得哀哀叫，雖然跑給我追，眼睛還是盯著我手：「小心妳的冰棒。」

經他這麼一提醒，我停下腳步，發現冰棒又開始流汁了，浸得手腕都溼了。想不到抬眼見他已站在身邊：「我來負責。」一接近就往我手腕伸舌頭……我嚇得尖叫，把冰棒往他一扔——

他居然接住：「妳不吃了嗎？」

我頭也不回地衝向走廊，打開洗手檯上的水龍頭狂沖，覺得手上都是細菌。

氣死我了！

進教室後，發現黑板上居然被人歪歪斜斜寫著：

「風紀　愛　班長」

「小星星愛你喲　小雅啾咪」

然後覺得同學看我的目光與表情都跟平常不一樣。

我生氣地趴在桌上哭出來，嘴裡咒罵：「死陸星晨！死矮龜！」

易巧妞趕緊衝上去把黑板上的字擦掉。

林子燕一邊安慰我，一邊罵那些取笑我的人。

「詩雅，別哭了，老師來了。」易巧妞在我耳邊說。

我坐起身，望向窗外，老師果然接近中。而班上還吵成一團。

陸星晨拿著紙條：「誰再吵我就交給老師了。」

沒人理，他反而被周文騏嘲笑：「小猩猩愛小公主，吱吱吱！」還扮出猴子的模樣。曾哲宇更賤，居然抓起蔡大寶的手：「他就這樣吃她的手！」然後一口咬下去，蔡大寶痛得哇哇叫：「這哪是愛呀，這是吸血鬼！」

我起了壞心腸，決定不警告，讓事態自然發展下去。

「為什麼又這麼吵？」老師步入教室，臉色比大便還臭。

一陣乒哩砰啷，吵鬧的傢伙都跌跌撞撞急忙爬回座位坐好。

「陸星晨？」

面對老師銳利似劍的目光，他低著頭回望我一眼，奇怪我怎麼沒跟他合作提出警告。我回給他一個大白眼。

他嚅嚅艾艾地站起來：「老師……」

「紙條咧？」

「……忘了記。」紙條明明捏在手裡，他還這樣說。

「忘了？你怎麼沒忘了吃飯？」

「老師，他紙條握在手裡。」我直接吐他的槽。

老師走過去抓起他的手指，把紙條搶過來：「唸到名字的出來！」

一排人在教室後面罰站。陸星晨頭低到快從脖子上掉下來。

「陸星晨，你也到後面去站。誰叫你欺騙老師！」

活該，婦人之仁。我朝經過座位的他吐舌扮了個鬼臉。

想不到他居然鬆了口氣般，開心地跟周文騏他們一起被罰站。

當時我覺得他真的不知羞恥。

從此開始，一直到小三分班，因為害怕同學把我們送作堆，我都不再與他講話，遠遠看到他就躲開。

以免又看到他的乞食。

和他烏黑黑、無辜辜的眼瞳。

直到很多年之後，我才知道那是屬於他的善良與義氣。

第五話

升上三年級重新編班；我跟林子燕、易巧妞被編在同一班。

每天下課我們都結伴，不論去廁所、去福利社或整潔打掃。

下學期有一天上體育課，我們班打躲避球。大家正玩得開心時，突然一顆球滾進我們球場，然後一個矮子跑來撿：「拍寫、拍寫。」

「陸星晨？」我訝異地不由自主輕喚。

他聽到了，扭頭望我一眼：「呵？是小雅？咦，原來妳和妞妞、小燕子在一班啊？」幾個月不見，他好像沒那麼黑了。

笑容還是很傻兵，但門牙和頭髮不知何時都已經長出來了。

我有點尷尬，不想回答：「……嗯啊。」

「我現在在五班啦，有空來找我玩啊。」

「……喔。」

誰想找你玩呀。

旁邊有人開始竊竊私語：「是詩雅的男朋友嗎？」

誰要傻兵當男朋友呀，我的男朋友是韓團偶像柾國！

「小星星，快點啦！」他班上的同學在外邊叫著。他往那邊的球場跑，豐鬆的頭髮在陽光下隨著步伐彈跳著，個子雖然還是比我矮，但好像沒有以前那麼小。

就在我要收回視線之際，他霍然回頭，對我微笑……牙齒還是很白。
「笑屁啊……」我低聲嘀咕。
「原來他的外號還是小星星。」易巧妞望著他道。
「不是猩猩嗎？嘰嘰嘰！」我故意學猩猩叫。
「其實有一次他在路上遇到我，還有問起妳喲。」
「問我什麼？」
「他問說小雅是不是還是當班長？」
「當不當班長關他什麼事。」
「他說他又被選為風紀喔。」
「哼，沒有我罩他，他的屁股不被老師打爛才怪。」
「他還說，改天想請我們吃冰。」
我眉頭一皺，忽然有想洗手的衝動：「我可不要。」
砰的一聲，我的腳被不知從哪飛來的球打中！
「嘶～好痛！」
「耶！班長死了。」死蔡大寶你才死了咧，膽敢趁我不注意砸我？
「蘇詩雅，打球要專心，不要講話聊天。」
害我被球砸中又被體育老師唸……可惡的矮龜！
下午的課後整潔活動時間，我和易巧妞負責外掃區。那天正在芒果樹下清掃落葉時，突然竄出兩個男生在我們身邊奔跑繞圈，還用掃帚揮來打去，搞得躲也不是掃也不是，他們還把好不容易掃在一塊的枯枝落葉堆丘踢散。我氣到掃把舉起來作勢要揮：「幹什麼東西！走開啦！」

兩個男生本能反應地跳開，其中一個開罵：「哪來的恰查某！」

「你說誰呀？說你媽嗎？」我毫不客氣反擊。

「妳說什麼？」那男生比我高一個頭，用鼻孔瞪我，一副要打人的樣子。

「你把我們辛苦掃好的又弄亂了，還好意思凶？」

「那又怎樣？」他瞄了一眼被踢散的垃圾堆丘，居然用掃帚把剩下成堆的落葉胡亂揮開，加上一陣大風吹來，剛剛的辛苦全白費了！「有什麼了不起？」

「你是哪一班的，怎麼這麼沒水準？」

「要妳管！八婆。」

「你說什麼！有本事欺負女生沒本事把地掃好，算什麼男生！」我可不怕這種傢伙，欺身上去。但想想，其實地沒掃好也可以是男生啦，覺得自己好像不太會吵架，所以又罵：「「鼻毛那麼長不會修剪一下呀？鼻孔還那麼大，醜八怪！」

「臭三八！」他被我惹惱了，一巴掌就要打來，幸好我閃得快，沒被打到；但想不到我的長髮被他抓住，痛得我大叫。

易巧妞見狀嚇到尖叫：「放手！我要去告訴老師。」

在鼻孔男旁邊、原本跟他打鬧的瘦皮猴也上前制止：「算了啦顧仁賢！」

他想算了我還不想！我反身跳起來也抓他的頭髮，而且超用力。他也痛得哇哇大叫，另一隻手企圖推開我；但我沒放手，反而讓他更痛。

但我的頭髮也被他抓到痛死啦，怕漂亮的長髮被他扯下，只好先放手。

可是這可惡的鼻孔男卻趁機扯得更大力！

「喂！顧仁賢！放手！」不知道是誰突然冒出聲制止。

然後一陣天旋地轉，我不知發生什麼事被甩出跌坐地上，頭皮痛到哭出來。

但巧妞還在尖叫……

我從散亂的髮隙間抬眼：一隻猩猩跳騎在那個顧仁賢背上拉扯著，他才鬆手放開我的。然後兩人扭打成一團。

呃，不對，那人只是身形瘦小弓縮著身子，但不是猩猩……是陸星晨。

班上幾個女生圍在一起七嘴八舌。

我好奇地靠過去，因為身高比較高，視線越過她們頭頂上往中間看……

一支手機上的照片：七爺八爺頭頂著三本書，站在學務處前的走廊上。

七爺是鼻孔男顧仁賢，八爺是矮龜陸星晨。

「借我看一下。」我一把搶過手機，心上好似被鐵錘敲了三下：「他們為什麼被罰站？」

「好像是攻受過程動作太不雅，被老師發現。」

「當時還有其他三個人在場，怎麼可能在攻受？聽說是兩男搶一女啦。」

「搶誰呀？」

「好像是搶我們班的班花。」

「我們班的班花是誰？」

「不知道。」

「咦，這個矮的不是早上打躲避球的時候，跑來撿球那個五班的男生嗎？」

「對啊，他好像還有跟我們班一個女生講話。」

「誰啊？到底是誰？」

靜默五秒後，她們的目光全部轉向我。

「妳們有完沒完！哪有小三生像妳們這麼八卦的。」我把手機丟還，轉身跑到易巧妞的座位：「陸星晨怎麼也被處罰了？」

「為什麼？」她也很訝異。我們一起跑到訓導處。

經過陸星晨身邊時，他瞥了我一眼，頭上的書顫抖到差點掉下。

我們跟學務主任解釋一個小時前發生的事，強調陸星晨是為了救我才和顧仁賢打架的。

「打架就是不對，就是違反校規的行為。」聽完我們的證詞後，學務主任無情地說。

我又說了許多陸星晨的好話，說他在小一、小二時對同學都很好，雖然擔任風紀股長，但總是不忍心記下違規同學，就算記下了也總是勸導、不希望同學受罰，所以剛才如果不是情急之下，而且顧仁賢不聽制止，他絕對不會出手的等等。

「風紀股長自己還不守規矩，當什麼風紀股長？」

講半天，您老人家就只聽到風紀這兩個字是怎樣……

我一氣之下，跑回教室從書包拿了三本書再跑回來，頂在頭上，站在陸星晨旁邊一起主動罰站，以示抗議。

當年本宮還是小妹妹，就有這樣大義氣，如今想來還感動得不要不要的。

「小雅妳幹嘛？」陸星晨頂著書的頭不能動，他只能斜著眼珠瞄我。

「罰站呀。」

「主任又沒有說要罰妳。」

「我自己罰自己不行嗎？」

「為什麼？」

「我害你被罰，不該嗎？」

「我身為風紀，本來就有職責管好同學。」

「我身為班長，有義務管好自己的脾氣。」

「……」他愣了，不知該如何回應。

我們三個就這樣站在學務處門前。直到易巧妞將我們的照片上傳臉書，我媽打電話來學校詢問，才驚動學務主任跑出來，把我狠罵一頓：「妳身為三年一班的班長，這樣怎麼作為同學的模範？」

小妹妹我脾氣執拗來，才不管你是模範還是稀飯。

主任把班導師叫過來要她勸我，還碎唸什麼「現在的小孩愈來愈難管教」、「以前的小學生哪有這麼多意見」吧啦吧啦的。老師問發生何事，我臭著一張臉不想回答。老師轉問易巧妞，才知道前因後果。

老師溫柔地解釋處罰的教育意義，是要讓孩子知道自己錯了，不是真的要傷害顧仁賢和陸星晨，最後又勸我：「好了，詩雅，老師知道妳受了委屈，妳再不回教室，班上同學都沒心情上課了。」

「陸星晨才委屈，我不委屈。」

小妹妹我才九歲，帥吧？

老師沒轍，把五班的導師也叫來，兩個老師一起和學務主任說了些什麼。

五班的導師問他們發生的經過，至今只記得陸星晨說了句「我認為男生打女生就是不對。」，讓我以往對他的惡劣印象起了奇妙的改變。

至於九歲的他為何會有如此超齡的想法，直到很久以後，我才明白。

五班的導師把書本取下，唸了顧仁賢和陸星晨一頓，叫顧仁賢向我道歉。

「對不起。我不該鬧妳又動手。」顧仁賢向我鞠躬。

「對不起，我也有錯。」我也主動向他鞠躬，同時從裙子口袋裡抓出一把抓下來的頭髮還給他。他愣了一下才接過，恐怕是心有餘悸。

「對不起，我沒做好風紀。」陸星晨竟也主動道歉。

「對不起，我害你被處罰。」我也向他道歉，同時附加一句只有他才聽得懂的話：「以後該做的事，還是要做。」

「好了好了，我們各自回教室吧。」老師揮揮手。我與易巧妞跟在老師後面，快到教室時，回頭望了一眼。陸星晨與顧仁賢跟在五班導師身後，他沒回頭，因為人矮腿短，腳步動作必須比老師和高個子的顧仁賢快，才能跟得上。

你快點長高吧，當風紀股長管同學時才不會被人輕視呀……

這件事經過沒多久，夏天就來臨了。

小三生的暑假，原本應該是無憂無慮的玩它兩個月。

但媽媽可沒這麼好心，一定要我去學鋼琴和說話課。

學鋼琴是要陶冶有公主病脾氣的我，可以接受。

但說話課是怎樣？上次連學務主任都臣服於我的口才，還有需要嗎？

「讓妳學習跟別人溝通的技巧，有什麼事要好好講，不要動不動就跟別人抓頭髮打架。」媽媽面對我的反彈這樣說。但抓頭髮事件那天後來我們都回教室上課了，媽媽才殺到學校來找學務主任理論，理論的聲音從學務處傳至校園角落，好多人都振聾發聵，下課後紛紛打聽哪個門派高手的獅吼功內力雄厚，可以如此了得？

校園內開始傳說獅吼高手是來自於三年一班班長蘇詩雅的老母。我馬上找上門對於傳播這個事實的人表示震怒，並提出嚴厲的譴責：「敢再說是彎老母就企跨嘍！如果質疑我的九陰白骨爪，可以去問五班的顧仁賢。」

後來果然沒人敢再提這件事，讓我相信謠言從來就不是止於智者，而是止於恐嚇。

拍寫啦學務主任，面對我媽的獅吼，您老人家辛苦了。以後三年我一定努力表現，爭取記功或嘉獎，不會再讓您頭痛了，呵呵。

所以應該去學習如何與人溝通的，是媽媽才對吧！

有一天從才藝班下課後，我跟林子燕、易巧妞相約回校園玩。

我好喜歡校園裡那些芒果樹，聽說好像除了我們學校，沒有其他學校的校園裡有這麼多的芒果樹。它們長得好高好大，幾乎把半個校園的天空都遮住了，為酷熱的夏天帶來了涼意。我常在下課時靠在窗台邊仰望著它們和天空的交際線，幻想有個穿著白色衣服的美正太坐在樹梢上，吃著草莓餅乾，發現了我的注目就對我施展魔法，讓我輕飄飄飛起來，飛向他身邊，跟他一起坐在樹梢上吃餅乾……

還有，每年學期末快要放暑假前的那兩個禮拜，它們就會結實纍纍，熟透了的芒果就會自動掉落，許多同學都會在下課時跑去撿來吃；所以這些芒果樹真的是我們每個學生都喜愛的校寶。

那天我們三個在芒果樹林外玩盪鞦韆。隨著小腿施力，我愈盪愈高，臉上迎著微風舒爽極了。就在嘻嘻哈哈比誰盪得高之際，我好像……

好像看到了什麼……透過髮隙間……

在芒果樹的樹梢上，與天空的交際線邊……

那是……我不禁放緩了速度，讓鞦韆慢下來。

「耶！我比較高。」林子燕以為是她比贏了，高興地叫道。我無心管誰盪得高，站在鞦韆上自言自語：「奇怪，那是誰？」

她們也停下來，順著我的目光方向往樹林裡看……

那是……猴子在採芒果嗎？還是，幻想中的仙子美正太……

「會不會是別的學校的跑來採？」林子燕問。

「如果不是我們學校的，那就算是偷了？」我訕訕道。「怎麼可以讓別人偷我們學校的芒果？我們去告訴老師。」

「現在是暑假，辦公室裡哪有老師啊。」

「那我們去制止。」

「蛤？」林子燕看了我一眼：「我不敢，萬一他打我怎麼辦？」

「妳怕什麼？我們三個，他才一個，要打也是我們打贏啊。」

她們覺得我說的有理，所以我們從鞦韆上下來，往那株樹走去。

我們慢慢接近，發現芒果從樹上被丟下來，掉在柔軟的泥土地上。

在我們進入樹林裡時，蟬鳴叫的得超大聲，在枝葉篩透光點、紛飛落葉飄影與樹幹明暗對比所形成的視線朦朧中，那個身影像松鼠的身手般輕巧地溜下樹，開始彎腰撿拾地上的芒果。

而且撿得超多，還把衣服的下擺撩起來變成袋子在用。

「咦！是他！」易巧妞先認出了，驚訝喊道：「陸星晨，你在幹嘛？」

是小猴子，不是美正太……

挺直了身子，轉頭望向我們，一朵燦爛的笑容綻開：「妞妞，原來是妳們。」

「你怎麼來學校偷芒果？」我以正義女神之姿質問他。

聽到「偷」這個字，他臉上的笑容瞬間僵住，尷尬地望著抱在胸前的芒果。

「校長之前在朝會上說，學校的芒果已經發包給廠商採收，我們只能撿掉在地上的，你居然爬上去採，我要告訴老師。」我擺出班長的架子訓斥道。

「這個我知道，可是……」他歪著頭，回想著什麼說：「我記得校長還有說，採剩的就是廠商不要的，如果掉下來的話我們也可以撿，對吧？」

我望了一眼他攬在衣服上的、以及他腳下還沒撿起來的，不是又青又小、長歪形拐，就是已經過熟流湯的。這些果實因為賣不到好價錢，廠商雇請的工人都會捨棄或不採。

「校長是說我們可以撿不能採，因為爬樹對小朋友來說很危險。」

「不會呀，對我來說不危險。」漆黑烏亮的目瞳瞇成一彎新月，他又笑了。

「這樣看來，他好像也沒有違反規定耶。」林子燕歪著頭，思索了一下說。

「可是你一個人拿這麼多芒果，怎麼吃得完？太貪心了吧。」身為班長的我好像就是要糾正些什麼才算稱職。

「我可以分給妳們吃呀。」

「真的嗎？」她們兩個聽了超級高興。這下子我反而成了多管閒事。

「嗯啊。」他馬上蹲下，把衣服裡的芒果都鋪排在地上，我這才注意到他身邊有個小水桶。他找了兩個比較黃的放在水裡清洗一下，遞給她們：「請吃看看。」

「嗯，好甜好好吃。」易巧妞剝開一顆嚐了口，驚喜道。

林子燕也接過一顆，咬開一端啜了口，點頭附和。

以為他記仇，故意不分我，所以我把視線轉開。想不到他回頭在地上的芒果堆裡挑了一顆浸水清洗，返身就遞給我：「小雅也來一顆吧。」

「哼，誰稀罕。」

「上次妳幫我，還沒謝謝妳哩。」他說的是在訓導處罰站那件事。

「……算你有良心。」我嘟著嘴接過。

給是給了，但明顯比她們的小很多，我不禁低聲抱怨：「這麼小……」

「這顆我本來要帶回家給我媽媽吃的。」他聽到了，連忙解釋：「它是今天我撿到最好吃的。」

「怎麼可能。」我不相信這又小又綠的傢伙會是最好的，但也不好意思要他換別顆，只好勉為其難咬開它的外皮，想不到——哇，酸酸甜甜，而且很香。

「沒騙妳吧。」他見我的臉不臭了，用手臂抹去臉上的汗水，笑得更開心。

我邊吸果汁邊問：「你撿這麼多哪吃得完？」

他有點難為情：「我是想……撿回家給媽媽……」

「你媽也吃不完呀。」

「這些我媽不會吃，她會醃成芒果乾，拿去賣。」

「騙人。你準是打算自己吃一整年吧。」我真壞，邊吃邊質疑他；「而且這種營養不良的芒果作成乾，能賣多少錢？」

「真的，不信我可以帶妳們回家去看。」講完，表情又變得很怪。

我認為他在說謊，應該是大話講太快，又想到如果我們答應去他家，謊話就穿梆了吧。所以我故意拆穿：「我媽說菜市場賣的芒果乾是便宜的東西，是窮人才會吃的東西，如果想吃，她都會買日本進口的給我吃。」

收起笑容，他開始把還放在地上的芒果都放進水桶，稍微搓洗，再把水倒在樹根附近，低著頭小聲說：「其實我媽媽做的也很好吃。」然後拎起水桶，就往校門方向的穿堂走。

「咦，你要回家了喔？」

「嗯。」他揮揮手，沒回頭。

拎著水桶，踽踽晃晃地走在夕陽餘暉中，身上披著金黃色的暮光，彷彿即將走入時光裡的小孩。我望著他愈來愈小的身形，喁喁自語：「貪吃鬼……」

「他媽媽做的芒果乾我吃過。」想不到易巧妞突然說：「真的很好吃喲。」

她說其實陸星晨家在她家附近。有一回她陪媽媽去菜市場買菜，聽到一個小男孩叫賣聲。她循聲望去，居然是陸星晨跟他媽媽在賣東西；她趁媽媽忙著跟魚販殺價時，溜過去找他。他媽媽知道是兒子的同學，送了一包芒果乾給她吃，當時他還很得意地說是媽媽親手做的、不是工廠生產的。

所以她知道陸媽媽做的芒果乾是真的好吃。

「菜市場是什麼？」

「菜市場是賣菜和買菜的地方呀。」易巧妞一邊吸著芒果的心，同時露出奇怪的眼神問：「妳沒去過嗎？」

「喔，那我有去過，那裡的冷氣都很強。」

「有嗎？」

「嗯。有時我媽也會開車載我一起去。」

從小只逛過百貨公司和好市多的我，從不知傳統菜市場是什麼地方，所以後來幾年，只要有跟媽媽去百貨公司或好市多，都會不自覺望向那些有服務人員的攤位，看看陸星晨有沒有跟他媽媽一起賣東西。

直到升上小學五年級後，發生了那件事，才知道許多事情根本不是我想像的那樣。

第六話

「時間到了，各位帥哥美女，請自動換位，往下一桌起身，謝謝！」我望著手錶大聲宣布。男生和女生同時起立，開始換位子。

這次的聯誼在戶外進行，天氣晴朗，人數足夠，流程順利，身為社長的我極感欣慰滿意。手中握著名單，在場子裡來回巡視各檯位，掌握各個鐘點——呃不是，這樣講好像變成酒店老鴇媽媽桑了——是掌握各個會員的動態。

換桌聯誼只有在人數達標時才能進行，這是初見面時自我介紹、讓對方留下好印象的活動。大正妹或小鮮肉外貌出眾，根本不需怎麼自我介紹就能吸引所有眼球，但素人級、路人級，甚至不小心長歪長膨的，這一關就非常重要，如果不能在有限時間內讓異性留下深刻印象，後面的團康或郊遊活動就只能當小壁花或透明人，嚐盡被人忽視、暗自飲泣的滋味。

體重破八十、號稱豐腴界久令的袁芫媛就深諳此理。起初幾次參加聯誼，最後都淪落到只能站在把費桌前與美食共處，自信嚴重受挫；身為同學兼室友的我實在看不下去，傳授她幾招，現在她可是運用自如。就像剛才她在第一桌時，前面幾個女生不管男生說了什麼笑話、或條件優秀到天妒英才，不是低頭滑手機就是翻白眼，特別是在姜泰將這樣外型優、嘴巴甜的撩妹王講了好幾個笑話、讓同桌其他男生都笑翻時，還在搞內向演陰鬱裝嬌羞假閉鼠，把場子弄到一整個冷吱吱！這時芫媛運用起我教的絕招，突然向對面的姜泰將說：「有地震嗎？」

「……沒有啊。」姜泰將觀察了一下，滿臉疑惑。

「有啊。」

這時每個人的目光都抬起來了，開始互看觀察是否地震。

「嗯？哪有？」姜泰將左看右看，都沒發現有人有感覺。

「我心裡有啊。」

「什麼？」

「我的心裡，正在為你震動呀。」芫媛漲紅了臉羞怯的說。

全桌的男生頓時鬼叫起來，女生也都笑得花枝亂顫，假掰又尷尬的氣氛頓時一掃而空。留賴的留賴、開玩笑的開玩笑，嗨前像地獄、嗨後簡直就是天堂。

呵呵，聯誼女王的名號，本宮從來就不是浪得虛名。

芫媛也因此在聯誼活動中贏得好人緣——雖然始終不是她期待的姻緣。

誰叫她遲遲無法下定決心減肥？誰叫來參加的男生都是外貌協會？誰叫人有悲歡離合事無十全十美？這可不能怪我。

幸福社的總幹事林瑩婷拍完了活動照片，來我身邊坐下：「學姊，這次的活動應該算很順利吧。」

我望著手中的報名表，嘆了口氣：「……希望如此。」

「學姊，今天報名的人，素質好像都很不錯。」

我滑著手機，上那個網站流覽：「嗯，很難得。」

「學姊有沒有數過，到底辦過多少場聯誼啊？」

我點閱著的電郵、臉書：「沒數過耶。」

「我從社務紀錄幫妳數過喔。自從妳創社以來，已經辦超過五十場了！」

「這麼多了……」其實不止吧，在大二創社以前，大一開始就參加了無數場，大至多校聯誼、跨校聯誼，小至寢室聯誼，甚至線上聯誼，我都參加過了。

「那應該是閱人無數囉。可是……」她慧黠眼珠轉啊轉的：「都只看到許多男生對妳告白，怎麼都沒見妳真的跟誰交往？」

「沒找到囉。」

「這怎麼可以，連大美女社長都找不到幸福，太沒說服力了吧。這樣幸福社會招生困難的喲。」她瞄了我一眼：「而且我發現，妳經常盯著手機上網，是在找什麼嗎？」

「沒、沒有啊。」我趕緊放下手機，把它放進包包裡。

「而且，妳看手機時好像……都不太高興？」

「我有嗎？咦，時間差不多了，該進行康樂活動了。」我維持鎮定轉移話題，趕緊起身拿起大聲公：「時間到了，各位帥哥美女。我們接下來要玩捉迷藏的遊戲，請大家往草地上移動，謝謝！」

十二個男生先抽號碼決定當鬼的先後順序。十二個女生則藏在固定的十二個地方，當鬼的男生在矇眼數到十後，自己決定到哪個地方抓人，抓到誰就要跟誰單獨相處二十分鐘。

如果找到的女生是心儀的對象，都會喜不自勝；如果找到的是龍妹或腐女，也只好學習如何展現風度與氣度。所以在抓人的時候總是懸著心，旁邊排隊的男生則萬般祈禱正妹不要被別人先抓走了。

被我硬抓來充數的優質男文曲顯然是被眾女生鎖定，所以他當鬼時，幾乎每個女生都露出期待的神情。

結果他當然是抓到原先講好地點的江竹鈴。現場女生一片嘆息聲，只好無奈地重新換藏匿點。畢竟竹鈴是我的好室友，我可不想人家好心來幫忙，卻害人家的男友被花痴糾纏。

最後一個男生不必當鬼，直接跟還沒被人抓到的芫媛配對聊天。

那個男生是姜泰將，整個人被雷到僵直。誰叫你要抽到第十二號。

因為竹鈴和文曲是暗樁，所以跟我和瑩婷躲在樹下的野餐桌偷聊天。

他們三個打屁閒聊著系上的事。我有一搭沒一搭的聽著，不自覺拿出手機。

應該是瑩婷偷偷跟竹鈴講我不時盯著手機上網的事。竹鈴靠過來想偷窺，我趕緊收起手機：「幹嘛？」

「男友借看一下又不會死。小氣。」

「誰跟妳講我在看男生照片啊。」

「不然妳在看什麼？」

「……沒什麼。」

「看著報名表就嘆氣、盯著手機上網就皺眉，嗯？肯定有古怪。」

「什麼古怪？」

「妳平常說話直來直往、做事爽快乾脆，就只有看著手機和報名表時多愁善感，講話也變得吞吞吐吐，能說沒古怪嗎？」

「是有古怪。」我把其中一份報名表伸向她面前：「為什麼這個人來了？」

她望了一眼：「高英？」

「對，就是高英，字煩死，號厭世帥，別號臭臉王子。」

「因為、因為曉雨說她和子謙臨時有事沒辦法來，我們怕妳生氣，文曲找了他同學韋蘋來參加，我找不到人，只好拖了高英來。」

「那妳看看他現在在幹嘛？」我指指湖邊的長椅子。

高英雙掌墊在腦後，翹著腳，望著天空的白雲。

他身邊被配對的女生，低著頭在滑手機。

竹鈴不知如何反應，僵在那裡：「他……他的個性，不就是這樣嗎，呵呵……」

「這樣對那個女生，情何以堪？」

「呃，那該怎麼辦？」

我再指指文曲：「他去拯救她，把厭世帥換回來。」

「誒？」竹鈴睜圓了雙眼：「哪有這樣，我們只是暗樁不是嗎？」

「而且還是救援隊員。」我變了一張臉，抱著文曲的手臂搖來搖去撒嬌：「曲曲拜託你了、求你了、求你了，那個女孩多可憐啊，至少讓她留下一點好的回憶嘛。」

文曲靦腆地望著竹鈴，竹鈴看著那個坐在高英身邊的女生，猶豫了半晌，可能覺得無害，才百般不高興地說：「去吧。」

為了我的幸福社大業，即使利用好友的善良與同情心，也在所不惜。

文曲去換回了高英。

文曲開始和那個女生聊天，才坐下一分鐘不到，那個女生就笑得花枝亂顫樂滋滋。我問竹鈴：「看到別人幸福，自己是不是也有幸福的感覺？」

她賞我一個白眼：「這次就當作功德，下不為例！」

孤傲的眼神在長睫之下顯得冰冷，深黯的黑瞳透著神祕，烏黑的髮散在耳邊柔軟濃密，稜角分明的下巴看來堅毅……論外型，頗為俊帥，但為何總要冷著臉這麼不討喜？我瞥睨了坐在身邊的高英一眼：「你便祕啊？」

「哪有？」

「那臉怎麼會這麼臭？」

「臉臭跟便祕有什麼關係？」

「從內臭到外，怎麼會沒關係？」

「妳一個女生，一定要這麼不會講話嗎？」

「和你同學兩年多，聽到你說過的話不超過二十句，你又多會聊天？」

「聊天一定要講很多話嗎？講一堆廢話或講錯話了，對方心情還會好嗎？」

「像你這麼省話，誰聊得下去？女生光找話題腦細胞就累死了好嗎？」

「如果沒有話題就不要聊了，幹嘛還要辛苦找話題硬聊？」

「不要聊了是要幹嘛？呼吸？發呆？還是等死？」

「發呆、等死是怎麼回事？」

「你不聯誼找不到對象，一生孤獨人老沒人推輪椅，不就等死？」

「聽說妳已經聯誼兩年多了、一天到晚在聯誼妳不也沒對象？」

「你這麼不適合聯誼，有什麼資格批評我辦的聯誼？」

我的語氣裡已有火氣。竹鈴卻噗嗤笑了出聲：「你們兩個好好笑喔。」

「笑屁呀。」我居然跟高英異口同聲。我和他互瞪一眼，再同時轉開視線。

「呵呵，你們用二十個問號在聊天耶。」竹鈴別具興味地望著我和高英：「而且高英今天講的話，比他在大一、大二全部所講過的話加起來都還多耶。」

那、那是什麼意思？

但高英似乎沒有聽到竹鈴在講什麼，且火氣也被我撩起：「我是在批評妳辦的聯誼活動嗎？我是說妳一天到晚辦聯誼，到底是為了什麼？」

既然想吵架，姊又不是沒吵過：「為了幫大家找對象、找幸福，不行嗎？」

「找到了嗎？」

「很多人都找到了啊，哪像你！你到底哪裡不爽？每天都生理期嗎？」

「我是問妳自己。那麼多人追妳，如果妳真的是要找幸福，為何不選擇？」

禮拜五我生日，許多追求者送花到班上。他是在說下課時看到我桌上男生送的花束多到被堆成花塚的事。「我選了怎樣？沒選又怎樣？」

「如果妳選了，就不需要這麼辛苦辦什麼聯誼活動了吧？」

「我有得是高帥富的男生可以慢慢挑，你是羨慕還是嫉妒？」

「高帥富？」一抹鄙夷寫過眉頭，他扁扁嘴：「妳以為妳是誰？」

「有知識、有內涵，長得好看還健談的蘇小雅！你還不認識我吧？」

「哼哼，像妳這樣只在意外表虛榮，能找得到什麼幸福？」

我氣到站起來睨著他，卻意外發現他濃髮好看、鼻樑很挺：「像你這種整天裝酷裝帥、假鬼假怪的傢伙，懂得什麼叫幸福？不懂裝懂誰會給你獎金呀？」

「獎金？我們都還沒出社會就想著錢，不嫌俗氣？」

「我俗不俗氣關你什麼事？」

「只是覺得，我們都已經唸大學了，不再是不懂事的孩子了，對吧？」

「想說什麼能不能說清楚點，煩死哥？」

「不高不帥不富有，也可以很幸福吧？」

「女生如果小鼻闊嘴綠豆眼、平胸肥腰頭長癬、牙歪背駝大餅臉，你娶了會幸福？騙鬼呀！」我的音量愈吵愈大聲，火氣整個被撩起。

竹鈴卻摀著嘴笑到雙頰緋紅：「又是二十個問號？哈哈哈哈……」

一抬眼，才發現社員幹部和參加這次活動的男生女生不知何時全部圍著我們彷彿觀賞一齣精彩的分手擂台！專注眼神之興奮、臉上表情之八卦，莫此為甚！恐怕全都認為我和高英是吵到快要分手的一對……哇哇哇哇哇～～費盡心力籌畫、打算爭取年度社團最佳成績獎的聯誼活動，就這樣毀在你這個死臭臉厭世帥千年冰屍的手中！可恨啊！！

我正火燒頸子熱氣沖腦，在不知該先罵完還是先向會眾打圓場解釋中為難，他卻漠然起身，輕淡若霜地說：「這個世上，應該還有一種幸福叫知足吧。」

然後就揮揮衣袖不帶走一片雲彩般離開露營場地，往停車場走去。

像被雷擊般傻在當下，我不知該怎麼辦……少了一個人怎麼聯誼呀！本宮總不能馬上宣佈「其實我下面有一段，只是男扮女裝，嘿嘿！小姑娘，來吧來吧？」，就下海充數配對呀！

還有，他說的那句話，很久很久以前，有個人也曾跟我說過啊……

一個我喜歡過的男孩。

大雅館宿舍是學校裡眺望台北盆地的好地點，視野之開闊無處可比。

雖然是晴天，但是望著整個台北盆地煙籠霧鎖，一片蒼霧紗霏，遠方那支拔地參天的101大廈即使獨傲群立，也不得不隱晦幽茫，看不出原貌。

我趴在窗台上，看著這一片明明可以很壯觀，卻讓人霧深不知處的景觀發呆。

你到底在哪裡啊……

會在這個城市裡的哪個角落，還是，根本在我看不到的哪個地方嗎……

如果那年不說那些話，不發生那些事情……

我會在這裡只剩想念，還是我們已在一起？

那些我們，到底是如何的前因後果所以開啟？

如今你我，僅靠想念維繫是否終成一聲嘆息？

「唉……」我斜著頭倚在自己的肩上，望向天邊那朵取笑我的白雲。

「唉！」身後傳來更大聲的嘆氣。

我都忘了寢室裡還有室友，翻了個白眼：「妳們在幹嘛啦。」

她們三個格格地笑成一團。

「學妳哀聲嘆氣呀。」曉雨邊笑邊說：「妳這樣發呆嘆氣了整個早上耶。」

「學屁啦。」

「那妳到底在哀什麼？」

「我在哀悼台北的空氣污染不行嗎。」

「再哀下去，明天妳的社會研究法恐怕會被當掉吧？別忘了王老師很嚴格。」竹鈴瞄了一眼她擺在我桌上影印的筆記，它還停在第一頁。

「妳唸給我聽吧。」我無精打采地隻手撐腮說：「我一個字都看不進去。」

「妳到底怎麼了？生病了嗎？」她緊張地伸手摸我的額頭：「咦，沒有呀。」

「沒有啦，只是覺得有點累而已。」

「是昨天辦聯誼太累的關係嗎？」

「不准跟我講昨天的事。」

「昨天妳和高英的辯論好精彩喲。」芫媛聞言，反而從床上探出頭來；「好多人在回來的遊覽車上都說，對於昨天活動印象最深刻的不是配對的對象，而是幸福社社長和帥哥的分手擂台秀。」

果然……殘念……唉。「誰跟妳說我們在辯論。我們是在吵架。」

「想不到沉默寡言的高英會跟妳吵架，他在班上總是省話一哥。」曉雨訝異道。

「誰叫他那麼白目？上次雄友會在高雄舉辦的迎新茶會散會，要他幫忙載學妹回家，他已經在那裡要死不死，害幹部學姊們都沒面子，昨天又講些什麼老子莊子的，害我整肚子火。」我斜瞪曉雨一眼：「說到底，是誰昨天食言沒來的？」

曉雨吐舌，趕緊把視線轉向桌上的書本，不敢再作聲。

「Shut Up！」

「咦！」芫媛跳坐起來：「會不會是他對妳有意思啊？」

「有可能喔，人家不是說，有些男生笨拙不知道如何對喜歡的女生表示，居然就捉弄女生，為的是引起女生的注意。」

「那是小男生才會做的事，高英身高快一百八了，還會這麼幼稚？不可能啦。」竹鈴忖思片刻，望著我說：「而且他昨天不是說：我們都已經唸大學了，不再是不懂事的孩子了，對吧？」

「哇靠，他說這句話的時候，帥到一整個人發光發亮照耀了在場所有少女心的無窮小宇宙，我差點沒口吐白沫被帥到死！啊，我如果真的因此香消玉殞，此生也了無遺憾了啊。」芫媛怪聲怪調，惹得我已經快發火了竟兀自演著什麼古裝劇；「不像有些女生行情太好，完全不知世間情為何物，還不知珍惜跟這麼帥的人吵架，簡直是暴殄天物。比如名叫蘇什麼什麼的、什麼什麼雅的。」

我拿起橡皮擦就往她頭上丟：「閉上妳的肛門！」

「娘娘息怒，奴婢告退。」說完，她就抱著書躲回被窩裡。

我逼自己專心準備明天的期中考，這學期蹺課太多，如果還考壞了，期末考以前所有的社團活動都別想搞了。

埋著頭一直啃著教科書和竹鈴作的筆記，一直到月亮掛在樹梢了才挺直了又痠又麻的腰，吁了口氣。

「累死人！人生最累的事就是抱佛腳。」我打了個好大的呵欠，接過竹鈴幫我從外面買回來的湯麵：「好香。」

「妳生氣我也要講，妳真的花太多時間在社團了，才會這樣。」

「喏，累到死了的前一天我也要在幸福社辦活動的。」我大力啜了口熱湯。

「喂，我猜，妳花這麼多精神在社團，一定不是什麼為了幫人找幸福之類的。」

「喔，那是為了什麼？」

她張口欲言卻又作罷，沉吟幾秒，只是淡淡一笑：「一定是為了妳自己。」

我吃著麵沒回答。我們作室友已經二年多，她也了解我的個性，所以自動轉換話題：「明天的社會研究法考試，有沒有問題？」

還好上學期繼續跟著竹鈴當室友是正確選擇，她的功課很好，如果沒有她這尊大佛，我早就死當光光了。聽她這麼一說，我趕緊拿起她的影印筆記：「這題這題，超難的！」

研究人員進行調查研究時，都希望能獲得最多、最深入、最真實的意見，但可能就在這樣的過程中無意的傷害了被研究的對象，讓受訪者難過或違害受訪者的權益，這些都是研究倫理應該重視的議題。請問調查研究經常會碰到那些倫理難題？我們應該有那些研究倫理的規範？

誰知道在問什鬼啦！

竹鈴笑笑，靠過來用筆在白紙上邊寫邊說：「我的答案是，碰到的倫理難題包括『壓力或傷害』、『欺騙』和『隱私侵犯』。對於受訪者的壓力或傷害，應該有的規範，是事前的『知會同意』和事後『對參與者進行追蹤調查與必要治療』。針對受訪者的欺騙，則應採取角色扮演、模擬實驗和誠實——」

「等一下，講太快了。」我把筷子放下：「為什麼我們的調查研究，會造成受調查者壓力或傷害啊？」

「舉例說明比較容易理解。」她思索了一下說：「比如說，妳今天發現妳的男友可能有個祕密，妳很想知道，妳會怎麼辦？」

「要他說呀。」

「如果他不想跟妳說呢？」

「逼他說，再不說就打斷他的狗腿。」

她的額上浮現三條線，怔愣三秒後說：「好，妳就這麼威脅他，那他會有什麼感受？」

「壓力應該很大吧。」

「是啊。如果妳真的打斷他的腿，他不就受傷了嗎。」

「咦，可是這跟社會研究有什麼關係？」

「妳想要調查研究妳男友的祕密，就好像一位社會工作者要調查研究一個社會問題一樣。只不過這個祕密也許是遊民為何總是寧願路宿街頭不回家、也許是兒童受虐的後遺症與處遇方法、也許是老人獨居面臨的心理狀態……」

啊，原來如此。

那時的陸星晨，我老是覺得他有什麼祕密，吸引著我去揭開它，但是，當年的我太年輕，根本不知道如何面對它對我們造成的影響。

是不是因而使我們必須承受超出負荷的分離與思念呢……

第七話

「他媽媽做的芒果乾我吃過。真的很好吃喲。」

易巧妞居然知道陸星晨家在哪裡，還吃過他媽媽親手做的芒果乾，這件事讓十歲已經唸小四的我都還無法接受。

為什麼我不知道他家在哪裡？為什麼他媽媽會做芒果乾？

還有，陸媽媽的芒果乾到底有多好吃？

所以，我決定查出陸星晨的家在哪裡。

某個星期六才藝班下課，我和易巧妞在等家長來接。是易巧妞的媽媽先出現，我逮住機會就問：「我可以去妞妞家玩嗎？」

易媽媽高興地說好。我用手機跟媽媽說想要去妞妞家看故事書，易媽媽接過手機說晚飯前會送我回去。我對自己小小心機就輕易達成目的還暗自竊喜。

在她家吃著零食，看著各種漂亮的畫本和故事書，過了很愉快的課後時光。

「妞妞，記得妳以前說過陸星晨家在妳家附近？」

「對啊，妳想去看看嗎？」

「好啊。」這不就是我來的目的嗎，科科。「要先跟易媽媽說一聲嗎？」

「不用。」她起身把小王子畫本放回書架上；「其實很近啦。我帶妳去。」

妞妞的家是一整排透天厝其中的一間，門前隔著街就是一座公園。公園的樹木很多，另外有幾個供孩子遊玩的設施，還有一片翠綠草皮隆起的小丘坡；公園中間有個人工荷花池，許多蜻蜓飛來飄去。我們穿過公園，在公園的那端是一條狹小的巷道，巷裡亂停著許多機車，水溝在熱天裡冒出水油混垢的異味，幾個攤車擺放在巷內緊靠住家的牆邊，讓通行更顯侷促。妞妞領著我往巷底走，在一扇漆色已經斑剝的紅門前站住，對著門內大喊：「陸小星！陸小星你在家嗎？」

我們兩個都太矮，伸直了手也搆不到門鈴。

「誰啦？」裡面傳來的果然是陸星晨的聲音。

「我啦。妞妞。」

門倏地被打開，他探出頭來：「幹嘛？」

「小雅說要來你家玩。還想吃你家的芒果乾。」妞妞好厲害，居然知道我來是對他家的芒果乾好奇。

事後我問她，她居然淡淡反問：不然他家有什麼好看的？

外表看來老舊的二層樓房屋？是沒什麼好看的。

也許我當時就覺得好看的不一定是他家，而是……

兩顆黑瞳四處顧盼，目光與我對上，他綻開笑容，露出的牙齒已長得很整齊：「好啊。可是我媽媽不在。」

「你媽不在我們就不能來你家玩嗎？」我覺得奇怪，斜著頭問。

「家裡已經沒有芒果乾了，但是我可以帶妳們去找我媽拿。等我一下。」他返身往屋裡跑。我注意到他身上穿著一件俗稱吊嘎的白色背心內衣。

不一會兒他換了件T恤出來，腳上的拖鞋也換成球鞋。T恤已經些微褪色，球鞋前端也有個小裂口，但是他笑著跑出來，富有彈性的頭髮隨著步伐一蹦一跳的樣子，讓人還是覺得很有精神。

我們跟著他穿過巷尾，經過幾家商店。其中有一家是招牌上繪有粉紅小豬的甜點店，因為太可愛，我們還停下腳步趴在櫥窗玻璃上看那些五顏六色的糖菓。我說我喜歡草莓軟糖，妞妞說她覺得青蘋果的和菓子應該比較好吃，陸星晨則大聲地說他一直很想吃焦糖口味的棒棒糖。

嘰哩呱啦聲音太大，引起店裡的店員姊姊注意往我們走來。陸星晨緊張地說快跑，我和妞妞不知所以跟著跑；三個小孩一哄而散跑開，又在前面集合在一起。陸星晨說之前他也是趴在櫥窗上對著焦糖口味的棒棒糖垂涎，手印和口水把玻璃弄髒，惹得店員姊姊不高興出來趕，所以要跑。

他的憨笑，引來我們哈哈大笑。

他領著我們再往前走，一路上經過早餐店、文具行、服飾店、乾洗店、冰品餐廳。我東張西望，對於出門返家向來都是媽媽開車載送的我而言，眼前一切的街景都是從未見過的新奇。尤其是第一次跟同學在街上自由行走，有一種在城市裡冒險的興奮緊張感。

一堆攤販、機車交雜亂放，許多人提著菜品水果的塑膠袋從裡面走出來的街口出現眼前。這裡充滿了叫賣的吆喝、殺價的吵雜和車亂停以致走路必須繞來躲去的混亂。

「我媽賣東西的菜市場就是這裡。」陸星晨回頭，笑著說。

原來，這就是菜市場……根本就不是我想像的那樣……

空氣裡有可怕的血水味和生肉味，地磚破損形成小凹洞裡的污水把我漂亮的小紅鞋都濺髒了。

「媽！」陸星晨在一個攤位前停下腳步。一股香甜味充鼻，完全蓋過了其他的異味。我抬眼，一張慈藹的臉帶著盈盈笑意，聽著陸星晨介紹我和妞妞是他幼稚園和小一小二的同學。

這個陸媽媽我好像在哪裡見過……

「妳們好啊，歡迎妳們來找小星玩。」

「她們說想吃芒果乾。」陸星晨的語氣裡有著驕傲。

陸媽媽馬上從攤車上拿出兩包芒果乾遞給我們。

透明而密封的塑膠袋裡，有幾片酥黃的果乾。它不像媽媽平常給我吃的蜜餞包裝，上面完全沒有任何可愛的圖案。我正好奇地望著它發怔，陸媽媽又從攤車上拿了個小紙袋，遞給陸星晨——它好香好香啊！

我們跟陸媽媽說謝謝，她吩咐了陸星晨幾句，用長袖套快速地拭了一下額頭上的汗珠，就轉頭招呼攤子前的客人。陸星晨帶我們跑回那個公園，找了一張樹下的長椅坐下，把媽媽給他的東西從紙袋裡拿出來，分給我和妞妞一人一個。

又熱又香，口水不自覺泌了滿口。完全不好看的外表剝開，裡面的金黃色冒著熱氣，肚子忽然叫了起來，催促我趕快咬了一口……

天底下居然有這麼好吃的東西？

我問這是什麼零食，陸星晨說它叫地瓜。

我忽然想起來，唸幼稚園時，有一天在路上看到一個戴著斗笠、站在街角的手推車後，臉上淌著汗在叫賣的婦人。

那婦人原來就是陸媽媽。

「好吃吧？」陸星晨問我們，明亮烏黑的眼瞳裡寫著期待。

妞妞和我一起點頭。我說：「想不到世上還有這個東西，我從來沒吃過。」

他聽了，嘴角往上勾了勾：「以後妳還可以來吃呀。」

「嗯。」

這時有一陣喧鬧吸引了我們。原來有其他孩子在玩捉迷藏。

看他們玩得頗開心，陸星晨問我們：「妳們也想玩嗎？」

妞妞看了一下手錶：「可是好像該回家了。」

「我想玩！」我興奮地說。我是獨生女，回家誰跟我玩捉迷藏呀。

「那，我們玩一下沒關係吧。」他起身跑去跟那群孩子其中一人交談，好像對方答應了；他就朝我們招招手。

那個下午，我玩了生平最緊張好玩的一次捉迷藏。

尤其是陸星晨當鬼的時候我超怕被抓到，所以蹲在離公園中心最遠的一堆樹叢後方，頭低到快碰到地上，裙角也沾到泥土。

「蘇小雅，妳在哪裡？」當他找到所有的人後，約定的十分鐘已經快到了，只剩我還沒被抓出來，我就聽到他緊張的呼喚聲。

「十、九、八、七……」被抓到的孩子們開始倒數了，他的腳步聲也愈來愈接近；緊張與興奮交織讓我屏住了呼吸。

「蘇小雅在哪裡？我來了。妳快出聲被我抓吧。」他的聲音幾乎就在身邊咫尺，我緊張到有點想小便。

「……二、一，時間到！」外面的孩子們喊得高興；「陸星晨你輸了！」

「耶！」我激動地衝出去。因為他沒有把我找出來，我們這一隊贏了。

他們排成一列，接受我們這隊的懲罰

贏隊可以彈輸隊的耳垂。

輪到陸星晨時，他整個耳朵已被其他人彈得紅通通了。

頭低低的站在面前被我手指大力一彈，發出好大的啪聲，他還摀住耳朵發出「哦嘶」的聲音，把大家都惹笑了。

這時妞妞的手機響起，易媽媽打來叫我們回家。

我們和陸星晨約好以後還要常常一起出來玩。大家才各自散去。臨分開前，他把那兩包芒果乾塞給我們，向我們揮揮手，踩著夕陽餘暉往公園那頭走走跳跳。

因為猜拳而與陸星晨同一隊也被彈耳的妞妞，在返家的路上突然說：「陸星晨好像喜歡妳。」

「哪有？妳不要亂說啦。」

「不然他剛剛站在那裡，明明應該可以看到妳了，為什麼不把妳抓出來。」

「他本來就笨笨的，搞不好是被鬼遮眼，所以看不到我。」

「妳這樣好像在說自己是鬼喲。」

「我如果是鬼，也是漂亮的女鬼。」

我們嘻嘻哈哈走回她家。

我在心裡暗忖下次當鬼時，一定要第一個把陸星晨找出來，如果他當鬼，我一定要讓他找不到、躲到被我嚇哭為止。呵呵。

「妳的鞋子怎麼髒成這樣？裙子上也是土？」

回家後，媽媽謝過易媽媽後把門關上，隨即對我投來銳利的掃視。

「蛤？有嗎？」望著媽媽那兩道往中間倒的眉頭，我深知大事不妙，撒謊道：「喔，在妞妞家門前不小心跌倒了。」

「唉唷！有沒有受傷？」媽抓著我從頭到腳巡視了一遍，恨不得眼睛能發出X光穿透身體檢查有沒有內傷。「易巧妞她媽媽也真是的，怎麼孩子跌倒也沒跟我說。」

「就沒有怎麼樣咩，是要說什麼。」

「我看下次妳還是不要去妞妞家好了，她家好像很危險。」

「人家還要去啦，她家有好多好看的故事書我們家都沒有。」

「妳想要看什麼，媽媽買回來給妳，叫妞妞來我們家一起看。」
「不要啦，老是待在家裡，好無聊。」
「外面危險，壞孩子多，家裡比較安全。」
「哪有多危險。」今天我就很安全，還玩得很開心哩。
「妳年紀小，懂什麼。想去哪裡，媽媽開車帶妳去。」
「那我的腿生來是幹嘛的？」
「走秀啊。」
「走秀是什麼？」
「妳不要管走秀是什麼，我問妳這包是什麼？」她拿出我藏在書包裡的那包芒果乾，疑惑地問。
「那、那是我同學請我吃的芒果乾。」衝過去想要拿過來，但媽把手舉高不讓我拿到，還臭著臉說：
「這種劣等的零食小孩不要吃。」
話還沒說完，那包芒果乾就在空中劃出一道弧線，唰地被扔進圾垃筒！
「啊！為什麼？」我驚叫，聲音充滿了悲愴。
「一包才多少錢？那是給野孩子吃的。妳想吃，吃媽媽買的日本進口蜜餞。」
我趁媽媽起身去廚房找蜜餞，趕緊把它撿起來拍一拍，再衝進房間藏在書桌的抽屜裡。
因為在公園裡吃了地瓜、晚飯前又把整包芒果乾偷吃光了，以致晚飯根本吃不下，還一直放屁。
把我當小公主在養的媽媽急壞了，一定要拉著我去看醫生，因為怕護士手中那一管可怕的針，我只好坦承一切，希望坦白從寬。
「以後妳再敢吃這些髒東西，我就去辦轉學！」媽媽氣得火冒三丈皆目皆裂，甩上我的房門前還說：
「還有，妳以後不准再跟那個家裡在賣地瓜的男生玩，聽到沒有！」

地瓜那是窮人家吃的，吃完會放屁，我們不要吃。
媽媽灌輸給我的觀念，是基於她認為的愛。
但這是不是種下我們註定分離的原因種子呢……小星星？

升上小五，又要重新編班。陸星晨和幼稚園的同學彭渝諺居然和我們都編在同一班。而且，五年級的上課座位是六人併桌，不像小三小四是前後排桌。和我併在一起的是易巧妞、林子燕、陸星晨、彭渝諺和周文騏。

其中我最討厭周文騏。他五年級個子已經比我還高，是班上最高的。但他老愛欺負個子比他小的同學。

對，他既然是全班最高的，所以全班同學都被他欺負過。包括我。

身高還在努力往上拔的陸星晨就更不用說了。

我們都曾向班導師告過狀，但老師不是訓斥、就是只罰抄課文，對於老爸是醫師公會理事長又是學校家長會長的周文騏而言，根本就無關痛癢，而且就算被罰抄課文，他也是給錢找其他同學代寫，無恥又無理。

分組報告時，都是我們五個在蒐集資料、剪貼圖片、製作書面和上台報告，周文騏則毫無作為，就能坐享成績。尤其我們這組有用功的妞妞和彭渝諺，成績常常是全班最高，他卻只掛名就能同沾榮譽，更讓我忿忿不平。

這天中午，學校廣播要各班學藝股長到學務處領回教室日誌，學藝彭渝諺那天請病假沒來，陸星晨便當盒還沒打開，自告奮勇代理去領。這時周文騏以為神不知鬼不覺，偷打開陸星晨的便當，迅速放了什麼東西進去；殊不知被擦完黑板轉身要去洗手的妞妞撞見。妞妞不太敢招惹周文騏，把我叫到走廊上講。

「陸小星等一下！」我怒氣沖沖地進教室，瞥見已從學務處回來的陸星晨正要大口扒飯，大聲制止。陸星晨嘴張在半空中、口裡的飯菜不知該吞還是吐，我喝斥他：「吐掉！」

想不到他聽了不但沒吐，還邊咀嚼邊說：「幹嘛吐掉，這是我媽媽煮的耶。」

我一把搶過他的便當，發現裡面果然有奇怪的東西：「周文騏！你把什麼東西放進陸小星的便當裡？」

周文騏直勾勾望著陸星晨吞下那口飯，拍桌哈哈大笑：「哇哈哈哈……陸小星！你居然把橡皮擦屑和蟑螂腳都吃下去了耶，好噁喔！」

陸星晨一聽，連忙衝到廁所去嘔吐。我氣得大罵周文騏：「你很賤耶！」

「都是妳！不然他會把整個便當都吃下去，那更好玩。」

「你不要以為你爸是醫師又是家長會長老師特別照顧你你就可以放肆，人家的便當你放那些髒東西是要人家怎麼吃，換成是我在你的便當裡吐口水放蟑螂腳你敢吃嗎，如果你也不敢吃為什麼要這樣害別人，難道你沒聽過己所不欲勿施於人的道理嗎你爸媽花錢讓你來學校受教育你就只學到這些害人的技倆，你不覺得羞恥嗎？」我把以前訓導主任教訓壞學生的詞，加上說話班學得的技巧一口氣罵完，居然贏得全班一陣掌聲，還有人叫道：「班長說得好！」

媽，妳替我報名上說話課的才藝班，錢沒白花吧。

料不到周文騏居然惱羞成怒，突然伸手把我的便當盒打開就往裡面吐口水，還嘻皮笑臉地說：「妳如果要吐口水在我便當裡我是敢吃喔，那妳敢不敢？」

這個傢伙真的欠打耶！我的拳緊握，恨不得把他的頭髮都扯光，但又想到自己是班長，不能暴力否則不足以領導全班，氣得全身發抖、眼淚在眼眶裡打轉。

「耶？班長要哭了啊？」周文騏故意挑釁：「啊妳剛剛不是很神氣？」

從廁所回來的陸星晨見狀，把我的便當拿了去，用自己的湯匙把被吐口水那區挖掉：「沒關係啦，這樣還可以吃，不要浪費。」語畢，真的就舀了一匙吃給我看。

「你可不可以有點骨氣啊？你風紀是這樣當的？」我遷怒他罵道，還一把將自己的便當掃到地上，嚇得全班鴉雀無聲。

他望著灑在地上的飯菜怔了怔，拿起湯匙默默地蹲下，舀拾起來。班上還是沒半點聲響、沒人敢吐一口氣。時空彷彿全部靜止，身邊的事物好似都淡入陰晦，只剩撿拾飯粒的他，獨自蹲在地上、蹲在投射燈光圈裡，撿得很仔細，每顆飯粒、每片菜葉地撿。

須臾，易巧妞也蹲在他身邊用手撿起飯粒。

另外幾個同學見狀，也主動加入幫忙撿拾。

周文騏自討沒趣，抓起自己的便當跑出教室，不知死哪裡去。

我的氣漸消，也蹲過去撿：「這些飯都不能吃了。你的飯也不能吃。待會兒我們去福利社買東西吃。」

「那妳這些飯菜能不能給我？」

「就跟你說不能吃了，吃了會生病。」

「我回去用鍋煮一煮，還可以給美女吃。」

「美女？你缺德啊！」

「我家旁邊公園裡的流浪狗。我給牠取名美女。」

「喔。」

我們到福利社，我買紅豆麵包配牛奶。陸星晨卻只買了一包餅乾。

「喂，只吃這樣你會飽嗎？」

他的表情很奇怪：「呃，會呀。」

我們到校園的涼亭坐。我一邊吃一邊罵周文騏，罵到一半忽然發現他在偷瞄我手中的麵包：「幹嘛？」

他馬上收回視線：「沒、沒幹嘛。」

咦，有古怪。我吸了一口牛奶，又碎唸道：「你當風紀都是這麼軟弱，難怪人家都不怕你還敢捉弄你。我記得你從一年級到四年紀都被選為風紀對吧？」

「四年級是清潔股長，因為我們班教室旁邊就是廁所。」

「嗯？所以你還要管理掃廁所的同學？」

「對啊。」

「不對吧。」我睨他一眼：「以你的個性，最後也沒什麼人受你管，我猜最後你只能自己管自己了吧？」

他怔了怔，心虛地望著我：「……想不到妳連這個都猜得到，不愧是班長。」

「是不是，我就說嘛。」

「也還好啦，用水管接水快速沖一下，只要小心不要把大便沖出來就好。」

「喂！我在吃東西，不要講髒東西。」

「喔。」

我發現他又在偷瞄我手中的麵包，思忖了一下：「喂，你只買餅乾，該不會是身上帶的零用錢不夠吧？」

神情瞬間變得尷尬，視線也轉到另一邊：「沒、沒啦。是我想吃餅乾。」

「也不早說。我這裡還有錢，我們可以再去買。」我從小就不缺零用錢，起身想帶他再去福利社買，但發現距離午休打鐘時間只剩五分鐘，買了恐怕也沒時間吃，只好坐下剝開麵包，把一半遞給他：「來不及了。不然，我的分你一半。」

他接過那一半，大口地吃起來……表情看起來非常滿足。

還抬頭望我一眼，然後雙眸就下勾成了兩道上弦月，兩腿在石椅下晃呀晃的。

紅豆麵包而已，有這麼好吃嗎？

我自己吃了一口，再望著他滿足的笑容……奇怪，今天的紅豆麵包好像真的比較好吃。

偷瞟他一眼，更奇怪。今天怎麼覺得他變得……有點可愛。

把手中剩下的另一半牛奶遞給他，他一下子就喝光光了。放下紙盒時以手背快速擦過嘴角，還發出「啊」的滿足讚嘆聲。

我忍不住笑了：「這麼普通的牛奶，哪有這麼誇張。」

想不到他居然說：「跟妳一起吃東西，什麼東西都會變得好好吃。」

「為什麼？」

「因為這就是享受分享啊。我喜歡跟妳分享，也喜歡妳分享給我的東西。」

「我們以前有一起吃過什麼東西嗎？」

「有啊。草莓冰棒。」

臉頰上突然有種奇異的熱度升起，我不自覺趕緊將視線從他的笑容移開。

「喂，班長，以後我們還可以在一起吃東西嗎？」

「下次零用錢記得帶多一點。」我不知如何回答，起身丟下這句話往教室跑。

後來才知道，這種感覺叫害羞。是初次喜歡一個異性才會有的感覺，也是一生只有一次的那種害羞。

雖然反對我再到妞妞家去玩，但升上五年級後，媽媽的公司變得很忙，聽說是業務擴充的關係，經常必須到各地視察業務開會，分身乏術無法接送，爸爸經常到國外的醫療機構考察交流，一年回家不到幾次，更不用說了。結果媽媽加班時，反而經常叫我先到妞妞家寫功課等她下班再來接我回家，有幾次甚至讓我直接在妞妞家過夜，以免我一個人在家她覺得危險。

危險什麼？她不知道其實我去妞妞家才危險。功課寫完後，我們都一定去找她所謂的野孩子陸星晨玩。抓樹上的夏蟬、挖地底的蚯蚓，和公園裡的孩子玩跳高、玩捉迷藏、玩官兵捉強盜，玩累了到公園邊的攤子上打珠台、吃烤香腸，我這輩子沒玩過的遊戲通通玩遍了。在這之前，我只玩過手遊，獨生小女孩沒有兄弟姊妹，唯一的陪伴就是手機一支，在媽媽過度保護之下，覺得自己過去的十一年都像白活了。

還好自己認識了陸星晨，一成不變的童年才有了不一樣的色彩。

而且他懂的東西超乎我的想像。天上的星星為什麼那麼多？他說是大爆炸；蚯蚓被切成兩半為什麼不會死，而會一條變兩條？他說是再生能力；我說那把它切成四段會不會變成四條，他反而說不會。如何摺紙飛機才能讓它飛得平穩飛得遠、怎樣的姿勢射小石子才能在公園的水池裡打出五個水漂、哪些人是黃花岡烈士哪些人是漢奸走狗、哪些星座有什麼美麗的神話故事……也許他的名字裡有個星字，所以他特別喜歡跟星星有關的事物，有時來公園的孩子少，妞妞會邀他到家裡一起看故事書，他總是挑那本講星星與星座的故事書看。

有一天，我想起了他在一年級剛開學時說的那個可以看到漂亮風景的星河公園，問他在哪裡。他偏了偏頭沉默片刻，想了一下，露出神祕的笑容：「現在我不能帶妳去。」

「為什麼？」

「我們現在還太小，長大了再去吧。」

「它在哪裡？美國？還是歐洲？」

「它在一座山上。」

「因為你零用錢不夠嗎？我可以跟我媽要啊。」

他有點訝異我會這樣說，凝望我一眼：「等我們考上大學再去好了。」

「真的喔，不可以食言。」我伸出小指要跟他蓋手印。

他嗯了一聲，也伸出手指，與我的小指和大姆哥勾印在一起。

那時他臉上的露出一定做到表情，我至今記得如此清晰。

認識以來，他總是掛著的笑容，始終給人無憂無慮無拘無束的溫暖，唯一會有苦惱表情的，就是寫數學作業時。他懂的東西很多，但是似乎不包括數學。

有一堂數學課是教分數與倍數，他好像完全無法理解，結果考卷發下來，坐在對面的我就發現他的表情有異。

下課後我約妞妞、子燕要去福利社買東西吃，睨見他望著小考考卷發呆，湊過去一瞄：八分。我眨眨眼，直直看清楚：對，不是八十分，是八分。

他靦覥地將考卷收進抽屜，被顧人怨的周文騏發現，一把搶過來看，大聲恥笑：「哇哈哈哈，才八分呀！」然後衝上講台，把考卷貼在黑板上：「快來欣賞一下八分的考卷長怎樣呀，哈哈哈哈！」

陸星晨羞得面紅耳赤，倉皇推開圍觀的同學把它拿下來，面對議論紛紛和異樣眼光往座位走，再慌亂地將考卷藏在書包裡，然後把自己的臉藏在課本裡。

之後幾節課下課，除了去廁所外，他都悶悶不樂地坐在位子上看著數學課本。

那苦惱表情，顯然還是無法理解什麼是分數、什麼是倍數。

放學後，我和妞妞跟在他身後。

媽媽這時已習慣放學後我到妞妞家作功課了。而因有我作伴，易媽媽也很放心讓我們步行回家，等媽媽下班後再來她家接我。

快走到公園時，我喚他：「陸小星。」

他回頭：「咦，原來是妳們。」

「你不要氣餒嘛，要不要我教你？」

「蛤？」他意識到我在講數學的事，悶悶地說：「沒、沒關係……」

「什麼沒關係？你沒看到周文騏那張討人厭的嘴臉嗎？」我憤慨地問。

「奇怪，你上次小考明明考九十分的呀。」妞妞突然問。

「我……這禮拜上課沒專心聽，所以……」他低著頭低聲回應。

「唔，我有注意到你上課在打瞌睡。」

「你在打瞌睡？」我意外得很，驚訝於自己坐在他對面居然沒發現：「你從來不會這樣的啊。」

「呃……嗯……我下次一定不會了。」他欲言又止。

「你的頭怎麼了？」一陣風拂來，他額上的髮被吹開，我發現一個腫瘀。「你是不是多管閒事，又被六年級的打？」

「不是啦……我自己不小心跌的。」

「你跟我們去我家，讓小雅教你呀，她這次考一百分。你如果不學會，月考你還是會考爛的啊。」

「……」

「不要不好意思啦，我實在不想再看到周文騏囂張的臉。」我覺得他可能覺得男生還要女生教數學很丟臉，所以說：「大不了你請我們吃地瓜酥嘛。」
他勾了勾嘴角，終於點點頭。

第八話

甲數能被乙數整除，乙數就是甲數的因數。反過來，甲數就是乙數的倍數。也可以說，甲數可以整除乙數，則甲數是乙數的因數、乙數是甲數的倍數。而公因數則是：幾個不同數的因數當中，有相同的因數，叫做公因數。

講到這，我瞅他一眼。他的表情寫著困惑。

舉例來說，六是被除數、二是除數，六除以二得三，也就是六能被二除盡。所以六就是二的倍數、二就是六的因數。

講到這，我再瞅他一眼，他的雙眉開始舒展。

若一個數字除不盡，而有餘數，則被除數不是除數的倍數。在除法裡，除數是主角，是切蛋糕的刀子；被刀子切的蛋糕是被除數。能整除的就是一塊蛋糕能平均分配的意思。

講到這，發現他手掌托著下巴，一派輕鬆地望著課本：「懂了。」

「那我問你，任何一個數字最大的倍數是多少？」

「無限囉。例如二的四倍是八、四百倍是八百，它可以有無窮倍，所以它大到N倍，所以任何一個數字最大的倍數都是無限大的N。」

「那任何數字的因數從何開始？」

「從一開始。因為任何數字都能被一除盡。」

「那任何一個數字的因數終於哪裡？」

「它自己。因為任何數字被自己除，結果都是一。」

「唔，孺子可教也。」

我望向他，突然發現他的側臉……真可愛。

「結論就是，任何數字的倍數都是從自己開始，終於何時？無盡頭！對吧？」

我滿意地點點頭，和他相視一笑：「你沒有我想像那麼笨嘛。」

結果這個學期中的月考，陸星晨的數學考滿分。

反而我自己，因為粗心大意還錯了一題，只得九十八分。

第二天放學後，陸星晨跑到妞妞家來，說要請客以報答我教他分數與倍數。但妞妞因為牙痛要去看醫師，易媽媽把鑰匙交給我，讓我能自由進出。所以只剩我跟陸星晨兩人。

「你要請我什麼？」

「等一下妳就知道了。」雙頰因興奮而緋紅，看來他想嘗試什麼。

我們走過幾家商店。來到那家招牌上繪有粉紅小豬的甜點店。

他靜靜地望著那個櫥窗，像是鼓足勇氣般點點頭，喃喃自語：「我終於可以進去吃點什麼了。」

「你從沒進去過嗎？」我好奇。

「因為我家很窮，我沒有什麼零用錢。」卸下心防般，他認真地這麼說。

說這話時，雖然他只是轉頭凝視我於一瞬，但這瞬間，我像明白了什麼，心底的湖水起了波動。想起幼稚園時他為何會想吃我的餅乾、想起他說不出國名位置的星河公園、想起他為什麼會羨慕我可吃草莓冰棒、想起他為什麼要趁沒人的暑假去學校撿青芒果、想起我說芒果乾是便宜的東西時他消失的笑容……原來，他一直因為自己家境不好而自卑吧；原來，不是每個孩子都有媽媽準備好的日本進口糖菓可以吃。原來，他真的跟我不一樣。

而現在，他願意毫無遮飾直接說出來，表示他的放心，認為我絕對不會看輕他吧……。

「那你今天為什麼……」

「上次我的數學考太爛，媽媽看我很沮喪，鼓勵我說，如果我月考能考滿分，就給我加倍的零用錢作獎勵。」他說了一個金額。

驚訝於這個金額只是我每日零用錢的十分之一，但看他的模樣，我感染了他的歡快：「我記得你說過，很想吃這家的焦糖口味的棒棒糖？」

「唔。」他推門進去，直接站在糖果玻璃櫃前：「我要買草莓軟糖。」

那個曾經跑出來趕他的店員姊姊，面露懷疑地站在櫃前：「要買多少？」

他說了，數量是他這次零用錢的全部。

我嚇了一跳：「你不留一些買焦糖口味的棒棒糖？」

他搖搖頭：「我記得妳喜歡草莓軟糖。」

鼻涕什麼時候不再掛在人中了……個子什麼時候快跟我一樣高了……在店員包裝時，我居然在想這些奇怪的事。

結帳時，我發現他袖子裡的手臂上有一些奇怪的傷痕。我問他，他說那是晚上睡覺時不知被什麼蟲叮會癢自己抓的，讓我懷疑他家是不是衛生條件很差。

結帳後，我們步出店門，坐在店門前屋簷下的長椅上，他把那包糖菓奉上：「班長，謝謝妳教我，我的數學生平第一次考滿分。」

胸口的暖上升到雙頰，我笑著接過：「那我就不客氣了。」

這家的糖真的好吃。我們都甜彎了眼線、甜勾了嘴角。

我還舉起手機，為正在吃草莓軟糖的我們留下自拍照。

不知為何，剛剛還有陽光的天空，這時開始下起雨了。

我起身到隔壁的茶店想買兩杯珍珠奶茶，但是身上帶的零用錢恰巧不夠，他說沒關係，向店員姊姊要了兩根吸管。我們坐在長椅上望著愈來愈密的雨絲，用兩根吸管一起吸著珍珠，香純的味道讓我們開心地兩腿踢啊踢的，距離屋簷滴下了的水線只有一點點。

「跟妳一起吃東西，什麼東西都會變得好好吃。」晶亮的眼眸裡，寫著滿足；「我們以後還可以一起吃東西嗎？」

「嗯。」這時的我，竟然覺得如果他的腿再長一點，個子就會再抽高一些，也許……自己就會喜歡上他了吧……

「班長，」他忽然開口，打斷了我的胡思亂想：「妳以後會唸哪個國中啊？」

我想了一下：「好像是中山吧。」

「嗯。我想也是。」他低著頭，吸了口奶茶。沒說他也是，卻選擇沉默。

望著他睫毛光影覆著臉龐，我問：「問這幹嘛？」

「我希望以後還能跟班長同校啊，如果能同班那就更好了。」

「我記得妞妞說她家的學區也是中山，而你家離她家很近，應該也是吧？」

「也許吧。」

「那我們一定同校。說不定你又被選為風紀哩。」

「蛤？還是不要吧，其實我不太喜歡當風紀耶。」

「哈哈哈哈，搞不好你當風紀太軟弱已經有口碑了，所以大家老是選你，才不會被你管得很痛苦吧。」

「也許吧。」他搔搔後腦，傻笑。「不過我希望妳還能繼續當班長。」
「為什麼？」
他偏了偏頭，想了一下：「因為妳看起來就像是會當班長的人啊。」
雨愈下愈大。當時我不知道他這句話的意思，只當作是對我的讚美。
後來才知道，班長其實就是我們之間的距離。

日子就在日出日落、上課下課、安親班與才藝班中飛逝，小五暑假的腳步在不知不覺中就到來。休業式結束那天下午，我在才藝班下課後，都還到妞妞家玩手遊和看故事書。
「後天我們全家要去大陸的黃山和九華山。」妞妞一邊吃著煎餅一邊說。
「我爸工作太忙沒法回來，我媽和我要去澳洲找我爸，再一起去大堡礁玩。」
「聽說林子燕她家要去韓國。」
「不知道陸星晨暑假會去哪裡玩。」
「沒聽他說耶。」
「以前他說的星河公園是哪裡？該不會是妳家門前這個公園吧？」
「它只不過是社區公園而已，哪有什麼漂亮的風景。」
「叫他過來問看看吧。」
「昨天有人送我家一大箱梨子，吃不完，我媽叫我送一些去他家，不過他家都沒人在。」妞妞拿起電話按了號碼鍵，話筒那端一直傳來嘟嘟的聲音，等到不耐煩只好放下。「妳看，還是沒人接。」
「今天發考卷時還有看到他吧？」
「有啊，不過，放學後，好像看到他跟一個女的走了。」

「陸媽媽？」

「不是，也許是他阿姨還是誰，那個女的我從沒看過。」妞妞露出回想和困惑的表情。這樣想來，對於陸星晨的家人，我好像也只看過他媽媽而已。

我和妞妞開始討論暑假旅遊會各自到哪些景點，就把陸星晨的事擱在一邊。

意外是在想不到的情形下，偷偷放一顆名為措手不及的炸彈在你家門前。

開學後第一天，上課鐘已經響起，我對面的座位仍然是空的。

陸星晨人咧？第一節課就遲到嗎？

導師進來，在大家起立敬禮後就先一陣精神訓話，要我們收起暑假的玩心認真學習，然後開始點名。從學號第一號點到最後一號，每個人都喊了有，老師就很滿意地放下點名簿，說要選舉新學期的班級幹部。

咦，老師沒注意到班上少了一個人嗎？我心裡莫名著急起來，用手肘推了一下坐在旁邊的妞妞，眼神掃一下對面座位。她聳聳肩，也是一臉疑惑。

舉手投票結果，這學期我仍然被推選為班長。

我不禁翻了個白眼，管人真的很累，不知為何以前當過班長的人總是很容易再被選為班長。

選完學藝、康樂後，輪到選風紀股長。有幾個人把目光投向我對面的空座位，其中一個人舉手：「老師，可以提名今天沒來的人嗎？」

「可以啊。」班導師低著頭應道。

「那我要提名陸星晨。」

「提名別人吧。陸星晨轉學了。」

欸？轉學了？怎麼會？我和妞妞相對一顧，眼睛都睜圓了。

殊不知上學期休業式當天，竟是我在小學畢業前最後一次看到陸星晨。

連句再見都沒說，矮龜就不見了……

下課後我藉著幫學藝股長妞妞送全班暑假作業簿的機會，一起到導師辦公室，趁導師抬頭喝茶時問：

「老師，陸星晨為什麼轉學？」

導師推了推眼鏡：「問這個幹嘛？」

對啊，我問這個幹嘛？我一時也傻住。

幸好妞妞幫我：「他上學期向我借了一本書，還沒還我咧。」

導師從抽屜裡取出一本《能看見星星的甜點店》放在桌上：「是這本嗎？」

妞妞點點頭，默默收回那本書。

我不死心又問：「他轉去哪間學校了？」

「我不知道。」導師移開視線，苦笑著說。

情人節。我實在不該答應和邵宣蔚出來夜唱。

之前就發現他的身邊正妹很多。只是他對我很好，我沒有點破。

反正平常和他在一起，只當他是同學與好朋友，就不以為意。今晚為了避免罹患情人節自怨自艾症候群，對於他來ＫＴＶ唱歌的邀約也答應得很乾脆。

既然如此，他是否交女朋友、或腳踏幾條船，都與我無關。我是這樣告訴自己。這樣的心理建設在原本包廂裡只有我們時，都還堅固。

就算在男女對唱時他的手攬著我的腰，還輕輕觸撫，我仍不以為意。

「等一下唱完，一起去我那裡吃消夜吧。」歌曲間奏，他在我耳邊輕聲地說。

「吃什麼？」我不認為他的租屋處有什麼清粥小菜可以當消夜，故意問。

「嗯，都可以啊，看妳愛吃什麼。」

「待會再說吧。」我打太極，並順著跳出歌詞的畫面唱：「孤獨萬歲、失戀無罪！誰保證一覺醒來有人陪？我對於人性早有預備，還不算太黑——」

這時包廂的門被推開，不是服務生換毛巾或送餐，是一個女生飄進來。她大咧咧坐在邵宣蔚身邊，就直接盯著他看。像泰國片咒怨裡的女鬼般。

「……小喬，妳怎麼來了？」

「她能來我不能來嗎？」犀利目光射向我。從講話和穿著看來是個高中女生。

「可、可以。那，大家一起唱吧。」邵宣蔚的語氣裡透著尷尬。

「我要點歌。」她一把抓起遙控器，就把我正在唱的歌切掉。

放下麥克風，我無奈地拿起飲料喝。

「喂，妳跟我家宣蔚是什麼關係。」她斜著眼睛睨我，超沒禮貌地問。

「同班同學而已。」

「真的？」眼刀在邵宣蔚和我的臉上掃來掃去，彷彿已經破門而入抓姦在床般審問著姦夫淫婦。「同班同學？情人節在一起唱歌？」

邵宣蔚企圖淡化：「就是好朋友而已，妳不要多想。」

這樣的回答有比較好嗎？白痴。

果然讓她更起疑，雙臂交疊胸前一副正宮臉：「好朋友？我看她是小三吧。」

望著邵宣蔚極為尷尬的表情，原先對他的愧疚與罪惡感，頓時煙消雲散。

這樣也很好。真的。

「哼。我先走了，不妨礙你們。」我抓起帳單就起身要往外走。

想不到她衝過來一把抓住我手腕：「妳把話說清楚才准走！」

「小妹妹，姊只是排遣寂寞而已。」我甩開她的手，不屑地說出實話。

「妳這個婊子！」她一掌搧來就想給我一耳光，幸好我閃得快。想不到她惱羞成怒，扯住我的衣襟狂罵：「賤女人爛女人！妳以為妳奶大就能隨便勾引人家的男友嗎？妳知不知道人家喜歡宣蔚多久了！」

「走開啦！」慶幸自己是留短髮才不會被她扯頭髮，我用力把她推開。

她順勢跌進邵宣蔚的懷裡，開始假哭：「宣蔚你看她啦，她推我！嗚～～～」

「妳比我幸福。至少妳喜歡的人不論多久，都在妳身邊，不是嗎？」

我冷冷地說。留下發怔的她和邵宣蔚，甩門離開。

步出ＫＴＶ，一陣冷風拂面，吹進臉上的細胞，一陣心寒。

什麼鬼情人節。單身的人就該死嗎。

不想在這種鬼節日再去想過去。可為什麼一個人時總是會不自覺想起過去。

到超商買了一手啤酒，獨自坐在公車站牌下的長椅上灌著。

也許今晚麻醉了，會好過一點。

為什麼就這樣不告而別呢……知道有人會被這個心結綁到窒息而死嗎……

累了。尋覓了這麼久。多少次告訴自己，身邊隨便選一個都比浮沉在不斷尋找的人海裡強千百倍，再這麼尋覓下去，一定會溺死掉的。

但，心底深處那個身影始終不肯離走，我又該如何自救。

上了公車，望著窗外熱鬧喧嘩的街景、雙雙對對的遊人，原來從社團活動抬起頭來面對現實的我，是如此可悲不堪。

意識逐漸模糊前，只記得有個男生坐在旁邊座位，和自己臉頰上的一道溼熱。

「這個人到底是誰？為什麼要找他呀？」

「不知道耶，從來沒聽她說過。」

「幸福社活動報名表最後一行好像總會有『認識陸星晨嗎』的勾選題齁。」

「這個留言會不會是騙人的啊？」

雖然刻意壓低聲音，但唧唧咕咕傳進耳裡，讓我頓時清醒了一半。

睜開眼，室內日光燈的光線刺得我皺起了眉頭。

我居然在大雅館自己寢室的床上。探頭往自己書桌方向望去，發現是曉雨和竹鈴，一個在偷看我的手機，一個在看我的電腦。

「喂，妳們看夠了沒？」

曉雨嚇得跳起來，把手機往桌上一甩。竹鈴倒是淡定：「我可沒有偷看唷，是它的叫聲吵死人，我要幫妳關電腦才看到的喔。」

坐起身下床，後腦因為宿醉疼得要命，讓我眉頭緊揪。

竹鈴端來一杯熱水遞來，我一飲而盡：「妳胡說什麼？」

「不可能的任務的主題曲呀，一直吵呢。」

我睜圓了雙眼，整個人像被電流通過後般跳起來大聲問：「真的？」

竹鈴被嚇得睜圓了雙眼：「真、真的啊，我不知道發生什麼事，搖妳又叫不醒，怕吵到妳睡覺，就看看妳電腦到底發生什麼事啊。」

轉頭瞪著曉雨，她也以顫抖音說：「妳的手機也是一樣狀況啊。」

四年前，我在一個流覽量最大的尋人網站張貼尋人啟事，因為深怕有人留言回應而未能及時掌握，所以貼上我申請一個專門的電郵帳號聯結，而且設定通知答鈴：只要有人留言，手機及電腦就會自動響起《不可能的任務》的主題曲提醒自己，而且是循環播放，即使睡著也會被吵到醒的那種。

我馬上抓起滑鼠，點入我的電郵信箱：果然有封新的郵件。

一千六百多個日出日落過去，即使每天進來看，這個信箱始終是空的。

現在，終於……

以顫抖的手點開它，留言者只寫下：「妳為什麼找陸星晨？」

雖然不知道對方是誰、是否知道陸星晨在哪裡，僅僅看到這八個字我就突然失控，激動得全身顫抖、淚流不止，全身癱軟到差點昏倒，把曉雨和竹鈴驚嚇到手足無措，抱著我直問：「到底怎麼了」、「別激動啊」。

一千六百多個晝夜。一千六百多個思念。

如果能卸下這麼多這麼重的思念，怎麼能不激動。

我抹去眼淚振作起來，並開始移動滑鼠。留言者沒有留下任何聯絡方式，只有一個暱稱「別離」。我聯結回尋人網站，在留言者「別離」二字上按下滑鼠，畫面轉換成「此帳戶用者不公開個人資料，請寄出朋友邀請」。我立即寄出，但只能期待對方上線時同意。退出回到原畫面，發現對方的上線時間是寄出留言後的一小時，再看留言時間，是昨天晚上從ＫＴＶ出來在路邊喝酒……咦，更晚一些。要是昨晚沒有跟邵宣蔚去唱歌，就不會醉到昏睡不醒，錯過留言者線上交談的機會。這讓我懊惱不已。

自己還醉到怎麼回來寢室的，都完全沒記憶。

低頭發現自己身上的衣服已被換過，忍不住問：「竹鈴，我昨天……」

「妳吐了，身上的衣服都髒了，我和曉雨幫妳換的，妳忘了？」

我搖搖頭。她也搖頭：「沒看妳這麼醉過，簡直癱到不醒人事。」

「是高英送妳回來的唷。」曉雨插嘴道。

「高英？」

「是啊，我們還在奇怪妳不是跟邵宣蔚下山去嗎，怎麼換成高英送妳回來。」

「怎麼可能。」

曉雨快速點滑她的手機，遞到我面前：「有圖有真相。」

照片上是在大雅館門口，低著頭的我看起來癱軟無力，顯然已經醉死，左手臂被竹鈴架著，右邊攙扶我的是果然是高英。看來兩人對於我正在「辦理交接」。

往右滑，前一張是他從大典館往大雅館走來的瞬間，而我竟然躺在他的懷裡被他公主抱──

「丟臉死啦！下次看到他一定提醒我閃著點呀！」我把手機推開，羞得頭都抬不起來。「那，也就是說，我昨天被……撿屍？」

「那算是，也算不是。他說妳在公車上喝醉了，被一個痴漢盯上，坐在妳身邊對妳毛手毛腳，剛好他與妳同車發現了，就抓著對方理論。對方見事跡敗露，一拳打在他臉上，就趁機逃下車。他叫妳半天妳都不醒，只好護著妳，直到公車抵達校門外的公車站，他打電話來叫我們下去幫忙把妳扶上來。」曉雨得意地揚揚手機：「這種雷神抱珍的救美畫面，怎麼能錯過，當然要拍下來啊。」

我搶過她手機打算刪掉，瞥見照片中高英的額頭和眼圈有一塊瘀青，剎時怔住：「他真的被打喔……」

曉雨連忙把手機搶回去：「就說有圖有真相了妳還不信。」

「大不了改天請他吃牛排報答他囉。」我嘛嘴斜頭，聳肩道。

「乾脆以身相許吧。」曉雨扮了個可愛鬼臉。我作勢要打她。她立刻跳躲到竹鈴背後。我瞄見竹鈴一臉嚴肅：「幹嘛？」

「妳這樣說，高英會不高興的。」她非常認真的說。非常認真。

「有什麼不高興的？」

「一切都用錢解決嗎？」這種天雷滾滾一箭斃命的問法，最讓人心虛。

我愣在那一瞬。因為知道竹鈴的意思不是財大氣粗或揮金如土，而是揶揄我的態度。我早就知道自己經常認為事情不能解決時，最後手段就是用錢。

辦活動租場地、訂餐點、作道具，哪樣不需要錢？幸福社的活動我卻能一場接一場辦，僅憑那一點點的會費和報名費，哪夠？全都是我自己從媽媽給我開的帳戶領的。

從小就用最貴的書包、最高級的鉛筆盒、穿名牌的漂亮衣服上學，媽媽一直是用富裕來教養我。多年來很多同學喜歡跟我作朋友，也只是因為能感染我的虛榮。潛移默化之中，確實養成我反正世上最大大不過錢的錯誤觀念。

直到自己在高二那年，重重跌了一跤，跌碎了虛榮心和真心，才真正得到教訓。這四年多來因而時不時警惕自己，絕不可再犯。但從小根深蒂固的觀念有時就在不經意間流露，讓自己也覺得厭惡。我曾請竹鈴幫忙，若自己的俗氣冒出來時，不論我如何發脾氣都要召喚諫醒我。

「是是是，我一定會很正式地跟高英道謝。」所以我立即低聲下氣。

「道謝是一定要的，妳醉成這樣的原因也一定要講。」

「呃……」

「妳不講，下次真的被人路邊撿屍，可不一定會再遇到高英。」

「……一定要講嗎？」

「陸星晨到底是誰？說！」

第九話

陸星晨是誰？是升上高一後第一個被我拳打腳踢的人。

開學典禮好不容易結束，我和妞妞從禮堂快步走回教室。九月的南台灣還是熱得像煮沸的火鍋，我們走超快，巴不得飛回清涼的教室。

就在樓梯間轉彎處，突然一個身形撞上來！眼前一黑，我整個人跌坐在地上。我一手摀著額頭好讓金星不要猛竄，一手被妞妞攙扶起來：「哪個冒失鬼走路不長眼睛看到美女來了還瞎撞亂撞個什麼鬼呀！」。

睜眼一看，藍色校服裡包裹著結實的胸膛。

「對不起、對不起。」對方的臉靠得超近，兩顆深不見底的黑瞳直盯我臉：「有沒有怎麼樣？」過世已經十幾年的蘇氏阿公都出來向我說哈囉了你說有沒有怎樣？本想這樣嗆回去，但定睛瞧——眼眶弧度流線，鼻樑直挺成峰，配上稜角分明的臉龐與健康的小麥膚色，帥成這樣要人家怎麼嗆得出口啦。

「沒、沒事，我很好。」不知怎麼回事，自己的聲音忽然變得好嬌弱。

「沒事就好。」他收回視線，開始彎腰撿拾地上的書包和散落的書籍文具。

我的腰際有人推擠。是妞妞用手肘在碰我。我用唇語問：「幹嘛？」

她眉揚眼擠，使眼色叫我看對方。我轉瞬，仔細望向那男生。

直起身，把背帶往肩頭一甩，書包隨著他的轉身在空中劃出一條弧度流線的迴旋，在澄金耀熾的陽光灑滿的走廊上，被無數晶亮粒子環繞托抬著，彷彿是從雲端空降而來的俊美天使，那般瞰麗炫燦，讓人無法逼視。

真的好帥喔……

他回頭看我一眼：「我們……是不是在哪裡見過？」

蛤？國中三年遇到的不是滿臉爛條啊一身汗味、就是無聊推擠打鬧為樂的臭男生，如果有這麼帥的鮮肉怎麼可能沒印象！我呆呆地笑、嘴啊啊的說：「有嗎？」

「喔。」唇角揚起，露出神祕的微笑，他逕自踏入教室，在來來往往的人河與光線迭動的交錯裡，顯得那般鮮明光亮。

「小雅！妳不覺得他像一個人嗎？」妞妞低聲問。

「像啊，像是在少女漫畫裡才會有的男主角嘛。呵呵。」

「重點是他走進教室了耶。」

「蛤？上課鐘響了，他當然會走進教室啊。呵呵。」

「呵什麼呵啦。他是走進一年四班的教室。」

「那，我們該走進哪間教室啊？」

「一年四班呀。」

「妳供蝦毀！」我抹掉嘴角快淌下來的口水，睜大了眼。

「對，他和我們同班。妳可以不要再發花痴了嗎？」

「妳、妳自己還不是目不轉睛。」

「我是覺得他很像一個人呀。」

「不，他不像人，像神。像男神。」

「還在花痴！我以後叫妳花痴雅好了。」

我們兩個就這樣笑鬧推打地進教室。走近座位時，我差點沒昏倒。男神就坐在我後面的座位。他的學號比我後面，而且個子比我高一點。導師進來前，好多女生回頭往我這邊投來目光。呃，精準地說，應該是往我身後猛瞧。害得我也好想回頭，恨不得自己後腦長出一對眼睛。

這時一個頭上綁著雙辮的女生從前門進來也望向這邊，臉上馬上展開笑靨快步衝過來：「你來了喔？剛剛開學典禮點名時沒見你應答，我還以為你死了咧陸星晨。」

陸、陸什麼！我馬上轉頭，和坐在右邊的妞妞眼神對上！

妞妞的表情意思是：我剛剛就快想起來他是誰了，如果不是妳發花痴的話！

下一秒我起立，一個華麗的轉身，居高臨下直接抓住他的衣襟欺近他眼前五公分：「那個以前掛著鼻涕被四年級學長毆打的陸星晨？那個像猴子爬上芒果樹摘果子的陸星晨？那個當風紀當到自己老是被處罰的陸星晨？那個只是放個暑假就不知死哪裡去的陸星晨？那個陸星晨就是你？」

「原來妳並沒有罹患失憶症嘛。」他居然雲淡風輕地發笑道。

沒錯，就算換了時空，因為成長而變了容顏，細看，眉宇間還是我記得的那片藍天，黑瞳裡仍然有我記得的深邃無限。

「你還笑得出來喔？」然後他就被我一把從座位上抓起來，用臂彎勾住脖子，一陣拳打腳踢。

周圍許多人驚嚇得四處逃開，課桌椅也因此被推亂。

其實開學典禮時導師原本有點名，只是身處大禮堂中，人多嘈雜，加上我和妞妞被點名後就自顧自地聊著暑假去哪裡玩，根本沒注意到導師有點到他，不然現在也不會又驚又氣直想打他。

「你們在幹什麼？」前方講台傳來導師的聲音，我趕緊放開手臂；教室裡也響起一陣慌亂的回座聲。

我回頭瞅了一眼。兩抹通紅從他的臉頰飛刷到耳根；他抬眼迎睇，與我目光對上，好像因為靦覥而更紅了。

開學的第一堂課，照例是選班級幹部。

大家來自不同的學校，彼此大多不認識，所以沒人敢先提名。

「既然大家都這麼客氣，不好意思提名，那老師就幫大家先找個人選看看。」導師拿起點名簿，幾許端詳後分辨出我和陸星晨的學號與座位，接著轉身就在黑板上寫下「蘇詩雅」三個字。「老師也不認識大家，所以提名沒有別的意思，大家不必作什麼聯想。如果想到其他適合人選，也可以再提出來。」

老師指定的怎麼可能有人會再提名？明明就是誤會我跟陸星晨在打架才指定我的，還說沒別的意思？老師，太奸詐了吧！

我自己跟自己競選的結果，當然當選班長。

然後同樣的道理，陸星晨就被選為風紀股長了。

「誰叫妳那麼粗魯，這麼久沒見面了居然就送人家拐子和拳頭，妳是女生耶。」下課後我吐苦水，卻被妞妞吐槽回來。

望著下課鐘一響就被雙辮女硬挽著手臂拖出教室的陸星晨，我酸道：「要不是老師及時進來，他的頭髮恐怕也會被我抓光光。」

「妳心裡真的是這麼想嗎？」妞妞睇我一眼，遠引曲喻地問：「抓光他的頭髮，在公園玩捉迷藏會不會感冒啊？」

我語默了。升上六年級的開學那天，從導師的口中問不出結果，走出辦公室就莫名其妙的哭了出來，把妞妞嚇了一大跳。

後來問遍了全班同學，完全沒人知道陸星晨到哪去了。

之後的四年，每次去妞妞家寫作業或找她玩，總會不時從她位在二樓房間的窗戶眺向那個公園，心思飄到過去時空的長廊裡，看著那些重複播放的片段：在校園裡盪鞦韆時發現芒果落地的樹梢、穿過窄巷到菜市場沿途店家的櫥窗、在公園裡玩捉迷藏的驚叫嘻笑聲、在粉紅小豬甜點店前愈來愈密的雨絲……

「我們以後還可以一起吃東西嗎？」

從此，心的形狀就缺了一塊，笑的喜悅就無法完滿。

彷彿，成長的歷程中多了一個失落和許多的思念，融成一種苦楚，名叫遺憾。

午休時，我跟坐在妞妞前面的男生徐正翰換座位，把便當放在她桌上，把椅子轉過來面對面與她同食。

「我的左後方是有鬼還是有帥哥？」妞妞白眼一翻，酸我道。

「什麼啦。」

「專心吃飯，不要老是偷瞄我左後方。」

「他又不在座位上。」我小聲嘟囔。

「有什麼問題就大方問吧，現在這樣鬼鬼祟祟，真不像妳。」

「……問、問什麼啦。」我的聲音愈來愈像蚊子。

「升上六年級以後，你轉學到哪去了？你家搬到哪去了？為什麼都沒跟我們聯絡？」見我默不作聲，她額頭頂著我額頭，透過眼鏡直盯我雙眼：「害人家老是想起你又不知何處尋找你？」

「胡說什麼。」

「現在麻煩的是，他身邊好像有個小佳人陪伴了，真是傷心啊。」

「小佳人？」我意會到她說的是那個嬌小的雙辮女。

「丁嘉嘉呀。妳身為班長，到底有沒有在注意班上的人啊。」

眼角餘光瞄到他拎著便當走過來。我一掌往她臂上巴過去，低聲說：「閉嘴。」

那個丁嘉嘉也跟在後頭，跟徐正翰說：「我跟你換位子好嗎？」

徐正翰滿臉疑惑起身：「今天怎樣，吃個午飯老是有女生要跟我換座位。」

她竟然大大方方反坐在我的位子上，和陸星晨面對面坐著一起吃便當。

接著就開開心心在我們的注目之下，從便當裡挾起一雞肉，直送陸星晨的嘴前：「來。啊——」

更可惱的是陸星晨，居然就真的張嘴準備……受了那塊雞肉！

就在他要咬下去的剎那，應該是感應到右前方有一陣殺氣，眼劍冷冽的光芒正對準他，所以緊急煞車縮退幾公分，尷尬地說：「妳自己吃吧。」

「嗯～～，不管啦，人家要你嚐看看嘛。」小妖女居然使出嬌嗔這招。

「呃哼！」再不出聲，傷風敗俗的餵食秀豈不就要上演？「丁嘉嘉同學，那塊雞肉麻煩妳自己吃就好了，在教室午餐不要餵食他人，謝謝。」

她聞聲疑惑地望向我：「為什麼？」

「因為這是班規。身為班上的一分子，請遵守班規，以維持全班榮譽。」

「蛤？誰規定的？」

「我規定的。」

「憑什麼？」

「就憑我是班長。」

她白我一眼，氣嘟嘟的把雞肉收回自己便當。

為了搶回陸星晨，本宮濫用職權也在所不惜。

但是直到放學的鐘聲傳來，都還沒有機會私下找陸星晨問個明白。因為一下課，他不是跟班上幾個男生勾肩搭背衝出教室，就是被小妖女拖去福利社。

踽踽悶悶地來到車棚，我踢開支架牽出腳踏車。妞妞跟著我也將腳踏車推出來：「下午的數線幾何有點難懂，什麼數線上任意兩點最短的距離，就是小 a 減小 b，到底什麼意思。」

「唔。」我騎上車，漫不經心地回應。

陸星晨跟我之間最短的距離，應該就是小雅減小佳人吧。

我們同速騎出校門，併排騎在路邊有一整排木棉樹的自行車道上。這時後方傳來輕順的車鏈滑動聲，一陣微風刷過身邊，一雙上弦月的笑眼回頭望來：「妞妞、小雅，好久不見。」

好久。一千五百多個日出日落。真的好久。

妞妞加速騎過去，和他併肩邊騎邊敘舊，兩人有說有笑。

雖然我也很想上前去，但手腳不聽使喚，硬是保持兩個車身的距離跟在後頭。

也許，在他的心裡，我根本不算什麼吧。

不然，怎麼上了一整天的課，一點也沒有想找我敘舊的主動。這麼久沒見了。

當年坐在甜點店門前的我，是怎樣的女孩？上課就坐在他前面的我，如今又是怎樣的女孩？他的心裡到底是怎麼想的……

也許過去的四年裡，已經有更好的女生可以選擇，就像那個嘉嘉小佳人什麼的，所以如果不是在走廊上無意中相撞，他可能也認不出我吧。

甚或，早已忘了我吧。

想到這裡，不禁有股酸酸苦苦的味道湧上心頭。

沒喚他們一聲，把車頭掉轉自己家的方向，就猛力踩下踏板。

「喂，小雅，妳怎麼一聲不響就回家了？」妞妞半個小時後打電話來質問。

「沒呀，看他跟妳聊得那麼起勁，不想打擾而已。」

「欸，蘇小雅，妳該不會在吃我跟他的醋吧？」

「沒啦。只是覺得……他好像也不太想跟我作朋友。」

「妳唷，真是三八。」妞妞在電話那端一邊大笑、一邊罵我。

妞妞說，陸星晨其實很高興能再與我們同班，過去四年他經常想起小學和我們一起寫作業、在公園玩的時光，那些快樂是他在轉學後不再有的經驗，有時也會想起幼稚園同班時的點點滴滴，他一直祈禱能有機會再與我們相遇。所以高中聯考放榜時，在錄取名單上居然發現妞妞和我的名字，他回家時興奮得邊走邊跳呢。

但是今天早上進教室前不期而遇時，發現我們兩個居然都變了，跟印象中童年的蘇詩雅和易巧妞完全不同，讓他充滿奇特感動：原來隨著時間的流動，每個人的身高、臉形、髮型甚至講話的方式都會變動，也許這就是所謂成長。當下他就決定下課後要找我們好好敘舊。

想不到發生了一件事，讓他整天都不敢靠近我們。一直到放學時，發現我們三個回家會走的路，居然還是小學時的同一條木棉道，他才卸下心防越過我們的腳踏車打招呼，也很開心妞妞馬上就能跟自己聊開。正想那個留著長髮、從小看來就是小公主的班長怎麼沒跟上來，兩個人同時回頭卻發現不知何時班長已經自行離去。

聽完妞妞的轉述，心房暖暖的，原來他沒有忘記我呀。但是……

「等一下，發生了什麼事讓他不敢靠近我們？」

「妳還好意思問？」妞妞在手機那端嘆了口氣，我猜她一定同時翻了白眼：「妳一聽到陸星晨三個字，做了什麼？」

「我做了什麼？」

「對，妳做了什麼？」

「我就……問他是不是當年那個陸星晨啊。」

「只有這樣？」

「呃，還有就是……跟他有一些麻吉麻吉的互動嘛。」

「麻吉？妳把他嚇死了。麻煩妳以後端莊一點行嗎？妳是女生耶。」

「這麼膽小，真沒用。」我噘起嘴，不想認錯。「人家只是熱情的示好，打個招呼而已。大不了下次見面，請他吃頂級牛排囉。」

「他以為當年有欠妳錢，妳一見面就要他的命啊。」

「他……真的這麼怕我啊。」其實也不知道早上自己幹嘛會那麼激動。

對於不告而別的生氣，對於重逢的驚喜，對於四年來的想念，對於經過這麼久不安於自己在他心目中剩下的質感，對於突然現身的他自己不知如何說出第一句問候的話……也許這些都是早上變身女漢子的複雜成因吧。

「嘻嘻，妳果然還是很在意他嘛。」妞妞忽然轉變語氣：「如果在意的話，現在就來我家啊。」

「咦？」

「妳再不來，人家陸小星要回家了喔。」

「妞妞妳——臭妞妞！」我切斷通話，從書桌前的椅子跳起來，原來他在妞妞家等我。那、那、那我該怎麼辦？在自己的臥房裡小慌亂地轉了兩圈，居然開始緊張該換什麼衣服去她家。

見他。

按下妞妞家的門鈴後，我還在猶豫第一句話該怎麼啟齒、見了面該說些什麼。

好久不見。小六那年你轉學到哪裡去了啊。為什麼轉學呢。國中唸哪裡呀。我們不但考上同一間高中而且還同班耶，好有緣喔。那家甜點店不知還在不在，哪天放學後再一起去好不好。還記得小時候我們在公園裡玩捉迷藏嗎，就是你找不到我結果被彈耳朵的那次，好好笑喔……不行不行，這樣好見外呀。

我記得你曾經為了吃我手上的草莓冰棒，害全班誤會風紀愛班長、小雅愛小星，現在回想起來都還覺得好丟臉。我那時不是逞一時之勇喔，是真的心疼你為了我被訓導主任處罰的。這幾年你有沒有想起我們在雨中分享一杯珍珠奶茶的情景啊……不行不行，這樣好羞人呀。

門被打開，我正打算用此生最嬌美的聲音打招呼，卻只有妞妞站在門後，只好硬生生把到口的「嗨，好久不見」吞下去。

「嘩！妳這身淑女打扮是打算進宮選王妃嗎？」妞妞視線逡巡在我身上的雪紡紗連身洋裝，讚嘆。我向客廳內四處張望，沒見到陸星晨，她一盆冷水潑下來：「別找了，他走了。」

「蛤？怎麼會？」

「丁嘉嘉可能是跟在我們後頭，突然找上門，說什麼她肚子突然好痛，想找陸星晨。陸星晨跟她講完話說改天再約，就走了。」

「肚子痛？應該去找醫師吧，找他幹嘛？」

「需要嗎？去買一包衛生棉不就得了。」

「妳的意思是……她裝的？」

「那個來了也許不是裝的，但是她的聲音倒是裝得很假。」

妞妞不以為然地說，丁嘉嘉講話聽起來就像女友向男友撒嬌的語氣，她一聽就知大事不妙。

「那……我回去了。」低著頭轉身，心情沮喪到無以復加。妞妞在後頭喊：「喂，我有把妳的手機和臉書給他，他說會跟妳聯絡。」

我沒精打采地應了聲喔，就騎上腳踏車回家。

第二天進教室，我比陸星晨早到。

聽到身後有拉椅子聲音時，右邊的妞妞向我拋來詢問的目光。

我完全沒有回頭的動作，視線仍停留在地理課本，預習待會兒上課的內容。

將地面上高度相同的各點連結成的封閉曲線，就叫做等高線。

絕對位置就是以經度和緯度準確標示出一地的位置。

相對位置就是以國和國、區域和區域間的相互關係來表示位置。

基本的地圖投影原理有心射投影法和正射投影法，其中，心射投影法是——

「這題到底是怎麼解的嘛，人家都不會」、「這題很簡單，要先弄清楚這個公式的定義，是這樣的……」、「原來是這樣，你好厲害。那這題這題咧，人家也弄不懂」、「這個啊」，後面傳來的對話打斷我的定力，尤其是那個丁嘉嘉的嗲聲，惹得我超想打人。

也不想想當年因數與倍數是誰教的；現在可以教別人了？翅膀硬了是不是？

「呃哼！」我坐直了身子，頭也沒回就大聲說：「早自習時間請不要講話，以免打擾到別人，謝謝。」

「蛤？那我們到外面去，你再教我吧。」她顯然要拉他到走廊。我又出聲：「早自習時間請遵守規定在教室裡安靜準備功課，不要到外面去。」

「……」她一定在身後猛翻白眼。我再以後腦面對他們說：「早自習時間請回自己的座位坐好。」，她才心不甘情不願地跺著步子回座。

丁嘉嘉的個子很嬌小，座位在教室地理上的相對位置，與最後一個和倒數第二個座位的陸星晨和我，距離超遠。再以經度和緯度準確標示來看，陸星晨和我是處於較近的絕對位置。

也就是說，我是處於優勢的絕對位置。

「班長，對不起。」身後的他低聲道歉。但是我現在一點也不想理他。因為對於他的那些期待與失落，連結成起伏的等高線，現在還緊緊封閉著。盯著手機一整晚，沒有來電、沒有加入好友、連在臉書上按一個讚都沒有。

地理老師這節課的內容很多，都是地理的重要入門知識。

我一定要專心上課，不再去想那個自作多情的蘇詩雅。

低頭在筆記簿上抄著黑板上的簡圖與重點，一張摺起來的紙條卻突然落到眼前。抬頭，找不到從哪個方向的誰傳到我桌上的。

那紙條背面有娟秀的字跡：「麻煩轉給陸星晨」。

我毫不猶豫地打開它：「下課一起去福利社？我想吃冰。嘉」

丁嘉嘉偷偷窺向這邊時，我揮揮紙條，回敬凶狠瞪視，還以食指連併中指向黑板比了個手勢，叫她往前看，嚇得她不敢再回頭。

我在紙條內容後方加註：「班長警告：身為風紀，請以身作則專心上課，並且管好你的粉絲。」就把它往肩後拋。

當了這麼多年的班長，第一次覺得這個職位還不錯。

下課後，我帶著服務股長和兩個值日生把教學地圖搬回教具室，再搬下節課老師指定的參考書回班上。步下階梯時，服務股長在我背後出聲：「咦，班長，妳的頭髮好像沾到什麼東西。」

把長髮甩到胸前，一張小小的藍色索引便利貼紙黏在髮尾。我摘下來，發現上面用極小的字寫著：

「可愛的班長，妳都不想回頭一下嗎？」

我忍住，把貼紙捏在手心，以免服務和值日生回去班上亂傳：「沒什麼。快點搬，要上課了。」心中卻不知哪裡飛來一隻小麻雀跳呀跳的。

回到教室後，在講台上宣布一些學務處交代的事項，然後請康樂股長上台告訴大家這學期要辦的課外活動。康樂股長一邊在黑板上寫著幾項擬定的活動名稱、一邊解釋活動內容徵求大家意見。這時台下有個奇怪的表情引起我的注意。

模仿康樂股長說話樣子，長長手臂還學人家的手勢，看起來超像猴子；我趕緊轉開視線，以免驚忍不住，卻想起小一時他被老師罰站，模仿老師的調皮嘴臉，既醜又搞笑，連忙摀嘴，以免笑出聲。

康樂股長無意中瞅見我的肩膀抽搐，不禁頓住並轉頭問：「有什麼問題嗎？」

全班的視線都轉向我。

「蛤？喔，沒有，我覺得你辦的這個活動應該很有趣，所以才……笑的。」

康樂望望黑板上的字，再望望我，問：「參加天文社的觀星營……為什麼會好笑？」

「觀星？呃，就，看星星嘛，看星星，很好啊——」腦筋急著想圓場，殊不知一眼瞥見他蹲在椅子上竟學起了猩猩吃香蕉，側頭猛抓鼓起的腮幫，視線與我對上，還回敬鬥雞眼和大爆牙，實在讓我忍不住爆笑到蹲下去：「很好笑啊，哈哈哈哈……」

「……真、真的嗎？」

「我是班長，我說看星星很好笑就是很好笑。」我逼自己不去看他，快速抹掉眼角的淚水，強忍笑意正色回道。

康樂搔搔後腦，滿臉疑惑：「那，選觀星營的人請舉手。」

然後全班就在一片疑惑和好奇聲中，表決通過去參加觀星營。

回座位時，我瞪了一眼回復正經的他，小聲罵：「下次你敢再假鬼假怪鬧我，就給你好看。」

畏畏縮縮，一個眉頭倒八的無辜表情，又快惹笑我。

下課後，我跟妞妞一起去洗手間。妞妞好奇問我上課前在笑什麼。我告訴她昨晚陸星晨並沒有跟我聯絡；可能察覺我因此不高興，他居然趁我在台上時惡整我，搞得我哭笑不得。妞妞聽我說到一半，忽然往我背後伸手：「咦，妳後面的頭髮上是什麼東西？」

她摘下來，又是一張藍色索引便利貼紙，我們靠在一起，不約而同小聲唸出上面細細的字：「班長笑的時候，臉頰紅紅的，好可愛呀。」

心中飛來好多隻小麻雀，跳呀跳的，不知怎麼回事啦。

妞妞盯著我逐漸發燙的臉頰，興味盎然地說：「搞得妳哭笑不得？不會吧，我看妳笑的蠻燦爛的呀。」

對他的喜歡，彷彿心射投影法的光源，熨平心裡每個河谷、映照每個山巒上。

那個有點傻、有點可愛，會讓人放在心上的陸星晨，確實就是他。只是臉型蛻變了，個子往上了，成長到知道逗我開心，不再是當年那個掛著鼻涕的傻兵。

之後雖然丁嘉嘉還是常常纏著他，我好像也沒那麼難過了。

不過，畢竟已經分開四年，要一下子回復以往的熟悉，好像又隔了些什麼，無法立即拉近彼此的距離。如果像開學第一天那般急切，恐怕只會讓他誤會蘇詩雅變成一個隨便的女孩；我決定做回當年那個小公主，並自以為是地化身為高貴的少淑女。

「上課囉，不要講話好嗎？」幾個星期過去，大家逐漸熟絡，上課前的秩序也愈來愈亂，聊天的、化妝的、玩手遊的、吃東西的、追逐打鬧的，吵成一團。身為班長的我當然要維持一下秩序，所以用極為溫柔的口氣說：「安靜」、「請大家安靜」。

但，誰理我？Nobody！Nothing！

對，我不是風紀，但不得不協助維持秩序。因為風紀比我更溫柔。他居然像幼兒園的小晴老師般到每個座位上各別勸導：「手機收起來，乖」、「上課囉，請把化妝品收起來。」、「靜下心來，先預習一下吧」、「請不要講話好嗎」、「小心不要推擠、注意安全」、「請回座坐好」……

哈囉？Who cares？

終於有一天班導師臭著一張臉把我們叫到辦公室：「班上在上課前吵鬧也就算了，連開始講課了都還有人在講手機、聊天，好幾個課任老師都這樣向我抱怨！陸星晨你是風紀，蘇詩雅妳身為班長，有沒有盡到維持秩序的責任啊？」、「已經升上高中了，不必老師用處罰或記警告的方式處理吧？」

我們低著頭聽訓。我偷瞄陸星晨一眼，他似乎風平浪靜。

但老師都已經這樣講了，身為班長，這個臉我可丟不起。

在走廊上，我問：「喂，你這個風紀，好像一直都沒進步啊。」

「我可不可以不做風紀，管人是很麻煩的事呀。」

「可是這樣下去，會影響想專心上課的同學嘛。」

「那，妳說怎麼辦？」

「是你問我的唷。我覺得，你應該凶一點。」

「蛤？」

「你這輩子到底有沒有凶過人啊？」

「……」表情變得很奇怪，猜不透他在想什麼。

「如果我凶一點，你會不覺得我很可怕？」

「怎麼會。」他別過臉，眺向中庭裡高大翠綠的密葉天使樹：「……妳一直都粉口哀呀。」

「什麼？什麼唉呀？」最後一句含在嘴裡講得含糊，我不自覺倚近了些。

「我是說，」他回頭望；我驚覺靠得過近，步伐輕輕跳離。「維持秩序如果必須凶一點，也是不得已的吧。」

「嗯。」

這天上課鐘響後，整個教室的吵，借一句國中時候老師最愛罵的話：連南極企鵝都可以聽到你們的聲音！

「拜託大家坐好，不要講話。」

還在溫馴、溫和、溫柔地勸導？陸星晨啊陸星晨，你真耐人尋味。

我火冒三丈，快步上講台用手掌拍講桌，大聲喝斥：「不准講話！」

少數幾個人聽見，稍微自制，但大多數的聲浪仍在。我站穩腳步，運功提氣，高舉厚厚的三本書，重重地往講桌上摔，發出極可怕的「砰」！餘音還在教室的每一個空氣分子間迴盪著。這下子全班像被炸彈轟過般，立即肅靜無聲。

我用冷峻低沉、不寒而慄的語調說：「誰敢再講話，就給我試試看。」

這時丁嘉嘉才進來，不知天高地厚地衝向陸星晨：「逞晨！你看這個膠帶紙上面有奇奇拉拉耶，好可愛唷。」

嗲聲嗲氣用疊字暱喊晨晨，完全到一個無法無天的地步！

「丁嘉嘉同學，妳給我回座閉嘴！」我大聲怒斥。

她嚇了一大跳，怔怔地望著我：「幹嘛那麼大聲啊？」

「現在幾點了還在混！想被記警告嗎？」

「逞晨，你看她嘛，人家會怕。」外表柔弱、楚楚可憐，已經淚盈於睫地埋在陸星晨懷裡。我認定她故作小白花狀，更是火大，拍桌大罵：「丁嘉嘉，妳信不信我叫老師找妳爸媽來學校！」

嘶～～，拍太大力，手心好痛。

想不到丁嘉嘉雙唇顫抖、兩眉搐動，居然淚水像湧泉般嚎啕大哭。

還把陸星晨抱得更緊。

這下子全班的目光都投到男主角身上，等著看好戲。

「班長，講話可不可以不要這麼凶？」

鏗鏘有力、義正辭嚴，那個向來溫和的陸星晨居然面帶慍色指責我？

意思是，現在我像後母虐待孤女一般……

全班目光又轉向我。

第十話

不可置信地瞪他一眼，我指著丁嘉嘉：「妳回不回座？再不回座試試看！」

哭得更大聲，眼淚像水龍頭壞掉般流個不停，她顯然趁機討拍。

他居然低聲在她耳邊安慰幾句，然後扶著她回座。

「好好跟嘉嘉說，她會聽的。」他回自己座位經過時，朝我丟下這句。

許多異樣眼光射來，意思好像是：人家那麼可憐還這麼凶，班長就了不起？

現在是怎樣，我錯了？

英文老師這時進來，似乎對班上一片靜默感到很意外。

「起立。」我邊走下講台邊喊道。「敬禮。」

「老師好。」

「坐下。」入座前，小腿肚故意大力推開椅子，撞得陸星晨的桌子晃到不行。

之後幾節課的上課前，沒有人再吵，連一個講話的人都沒有，上課時的秩序出奇的好。這讓我更覺得委屈。

也不想想若風紀做得好，秩序管得住，我這個班長需要這樣不顧淑女形象齜牙裂嘴嗎？搞得我像苦毒灰姑娘的繼媽、又似迫害白雪公主的壞皇后一樣。

結果好人和王子卻是你陸星晨在做。哼。

前面傳來老師發下的考卷、學藝發回來的作業簿時，我都頭也不回就往後扔在他桌上，讓考卷及作業簿代替我發出不滿的聲音。

「小雅，對不起啦。」下課後發現髮上的藍色小貼紙上這樣寫著。

哼！再理你我就不叫蘇小雅。

我上了高中以後，媽媽的公司業務更忙，也經常到外地洽公，只得任由我騎單車上下學，對於從國中開始妞妞跟我互相的照應，也很放心。

但今天放學後，因為妞妞到學務處接洽壁報比賽的事，還要帶參賽同學去買美工材料，只有自己獨自先回家。

一路上原本在心裡默背今天教的數學公式，經過公園時，看到裡面幾個小孩玩捉迷藏，不自覺速度放慢，目光被吸引住。

幾幕追逐嘻鬧的場景與眼前的現實交疊，依稀見到自己當年在那些孩子中跑跳追逐的畫面。

「陸星晨好像喜歡妳。」

「哪有？妳不要亂說啦。」

「不然他剛剛站在那裡，明明應該可以看到妳了，為什麼不把妳抓出來。」

他有喜歡過我嗎……至少現在，他好像比較喜歡丁嘉嘉。

畢竟，丁嘉嘉看起來就是柔弱惹人憐，不像自己，生氣時凶巴巴。

可是，人家也不想這樣啊，明明答應維持秩序時可以凶一點的，居然還怪人家！不然要裝淑女誰不會呀，有什麼了不起。

雖然故意輕聲細語好幾天，超辛苦的。

想到這，火氣又湧上來，不覺腳下猛力一踩。

下一秒，身體重心消失，柏油路面猝然以極快速度往眼前推近，嚇得我不由得舉起手臂擋在眼前！啪的一聲，連尖叫的反應都來不及，我整個人就重摔在馬路上，腦袋一片空白！更驚悸的是，眼前一輛中型貨車愈變愈大，擋風玻璃裡的司機睜大了眼望著倒在馬路上的我，完全沒有煞車的跡象！

臨死之前的反應，我居然只是緊閉雙眼等著被輾過——

耳邊這時有人大聲驚叫喝斥，伴隨金屬撞擊的恐怖砰嗆哐啷及緊急煞車聲！睜開眼，見另一輛腳踏車被那輛貨車撞飛到對向車道，空中有個人影遮覆夕陽餘輝變動躍往我、以極其接近的距離越過我身體上方跌下，落地後翻滾了幾圈才在幾步之遙趴下，嚇得我放聲尖叫！

半霎，周遭出現嘈雜的人聲，許多路人圍過來。身後那個翻落的身影爬了起來，步伐些許踉蹌地衝過來：「小雅妳怎麼樣？」

怎麼會是陸星晨……

我坐起身來驚魂未定：「……我、我的書包……」

他起身把我書包和散落的書本文具撿回來。這時貨車上的司機大叔緊張地下車：「小妹，妳有受傷嗎？妳怎麼會忽然跌倒？害我差點撞到妳耶。」

旁邊有個圍觀的阿伯說：「你應該問那個抵迪有沒有受傷吧，他才有被撞到。」

司機大叔把我扶起來，我腿一軟，差點又跌下去。

「班長小心！」陸星晨在身後一把抓住，我就……跌進他懷裡。

他架著我到旁邊人行道上的公車候車椅上坐下，仔細檢視我全身：「還好，只有左邊膝蓋和左手肘有些擦傷而已。妳會頭暈、想吐嗎？」

我搖搖頭，望著他冷靜的眼神，耳邊是他沉穩的聲線，原本猛顫的心跳逐漸平緩下來。他撥開我額前的髮檢視：「妳深呼吸一下看看，有沒有哪裡會痛？」

深吸一口氣後，我搖頭。

「手肘和腿伸展一下，看哪裡會不舒服的？」

我照做，也未發現異狀。他這才露出放鬆表情，摸摸我的頭：「好險啊。」

司機大叔見我沒什麼大礙，改問陸星晨：「你怎麼也會衝到我的車前？」

那個圍觀阿伯應該有目擊全部經過，插嘴說：「他原本跟在這個美眉後面，看到她被路上那個翹起來的人孔蓋害到跌倒，摔在車道上，你的車又快撞上她，他居然大叫一聲就把車頭轉向去擋你的車，他的腳踏車才會被撞到對向車道。」

也就是說，如果不是陸星晨，我就不會只是自己跌倒的一些擦傷而已，現在的下場恐怕……實在不敢再往下想像。

幾個路人協助我們把腳踏車扶起來牽到路邊，以免妨礙他人通行。司機大叔檢視貨車前方的擦痕，再看看陸星晨已被撞壞的腳踏車和正在流血的小腿，和陸星晨討論賠償的事，最後決定互不請求賠償，但唯恐陸星晨的家長日後有意見，所以兩人互留聯絡電話。

陸星晨微微鞠躬向司機大叔表示歉意。司機大叔上車發動引擎，離去前探出頭說：「抵迪，下次要救你女朋友也要注意自己的安全，這樣太危險了。」才揚塵而去。

「我帶妳去醫院擦藥。」他回到我身邊，很擔心地注視著我的膝蓋。

見我不作聲，移目望向我，伸手輕輕抹去我眼角的淚。

原來這時我才開始覺得剛才真是驚險，心情鬆懈下來不覺又害怕起來。

他對於危機處理的反應、跟司機大叔就後續事宜的討論，關注我傷勢的冷靜仔細，讓我的驚嚇慌亂逐漸恢復平靜。他的成長遠遠超出我的認知，不像是一個十六歲的大男孩，也不像是扮猩猩逗人笑的陸小星，更不是那個軟弱的風紀，離躲進廁所怕被高年級學長毆打的矮龜就更遠了。

我還是搖頭，指著他流血的小腿和擦傷的額頭：「應該去看醫生的是你。」

「我這點小傷，擦擦碘酒就好了。」

「你真的只有這裡受傷？」想到他剛剛被撞到飛過我，換我擔心起來。

他跳了跳，轉轉頭，大力甩動手臂，還跳了一小段街舞，綻出笑意：「妳看，我好得很，再轉下去就成變形金剛了。」

「唉呀，你的車壞了。」

他望了望已經歪曲的車輪軸，把它推到樹下：「沒關係，我先用妳的車載妳回去，再來牽去修理。」

「別修了吧，我買一台送你。」

笑意凝住，他思忖著什麼，眼神透著奇怪：「班長，妳可以不要送我嗎？」

「你那台真的很舊了。」

「我騎淑女車都不覺得丟臉。」他仔細檢查我腳踏車的鏈條和煞車；「所以，希望妳不要覺得跟我作朋友是丟臉的。」

「怎麼會！」我意外，低聲叫道；「你這樣認為嗎？」

「我可能誤會了。」他聽了，笑容重新綻開，跨上車：「那就好。上來吧。」

我側坐在後。他說：「要騎囉。」

「嗯。」

硬挺的背肌和直平的肩線近在眼前，脈搏有幾秒的漏拍。

然後……沒有然後。他沒踩。車沒往前。

「嗯？」

「忽然想起，我好像從來沒去過妳家齁？」

我笑了，說了地址。他側頭傾聽：「原來我們住得很近。妳抓緊。要騎了。」

「唔。」我抓住前座下方和後架。

大概是他腿較長，淑女型腳踏車座位較低，剛起步時車身搖搖晃晃的，但他很快抓到平衡，一下子就平穩了。「如果班長會怕的話，可以抓住我沒關係。」

話雖體貼，我仍沒伸手觸他。但覺得掌心溫熱了起來。

因為想起，剛才他檢查傷勢和扶我坐候車椅時，在情急之下也沒問過，就直接握起我的手和架我的臂膀。

還有，剛剛是不是自己有跌進他的懷裡呀……

放了手，才記起原來我們已經牽過手，也被他擁抱過了啊。

手上和背上，彷彿還有不熟悉的烙印留下來的餘溫。

「那個……」雖在身後，總覺得他好像感覺得到這時自已的羞澀，所以急著找話題。「你為什麼會恰巧騎在我後面啊？」

「我們回家的方向都一樣，都會經過這條路呀。」

「你搬回來了？」

「嗯。所以，妳以後可以常來找——呃，找我和妞妞玩啊。」

「不能只找你嗎？」

「當然可以呀。」

「還有，為什麼……那個……」

「嗯？」

「……妞妞有給你我的手機號碼吧？」

他頓了一下，下定決心般說：「我沒有手機。」

怎麼可能現在還有人沒有手機？本想這樣吐槽的。但忽然記起他曾說過家裡很窮，而且他的腳踏車確實很老舊，就覺得他不是在找藉口。

原來是沒有手機才沒辦法加入好友或上網按讚的呀，害人家多想了。

「那，我買一個送你，當作是謝謝你幫我。」

「不要。我要自己買。但是妳的感謝，我收下了。」

「我帶你去，你可以挑喜歡的款式，讓我幫你付錢？」

煞車。我手臂往他背上撞了一下。他回頭：「我已經在打工了，領了薪水就可以自己買。」

「喔。」他的語氣裡好像有一絲絲不高興，我不再堅持。「那，你買了以後，一定要馬上告訴我你的號碼和臉書帳號喔。」

他尷尬地乾笑了一聲，又開始往前騎；「我不知道臉書怎麼設定。妳會不會笑我土啊？」

我還是第一次遇到沒手機的人，不禁怔了一瞬：「不會啦，到時候怎麼設定、加入好友，我都可以教你。」

「又要麻煩班長了。」他加快速度，聲調變得輕鬆：「班長教的因數和倍數，我到現在都還記得唷。」

鈴鈴鈴。他按了把手旁的車鈴。初秋的風將他的髮吹揚，將我的長髮抬在半空，雖然看不到的他的臉，但相信我們都不約而同地笑了。

我說家裡有藥箱，可以自己擦藥不必去醫院，所以他送我回到家。

「那麼，班長，我去修車了。」他幫我把腳踏車牽進庭院架好，轉身就要走。

這時我發現一件可怕的事，嚇到驚叫：「你那裡——！」

因為車速讓風把他的校服吹得更貼身，在身側到腰部一帶，有一片鮮血透過襯衫滲出來。他拉緊衣服才發覺，微蹙眉頭：「原來還有這裡……沒關係啦，我回去塗一點碘酒就好了。」然後就要往外走。

我猛然拉住他肩上書包的帶子不放：「是肇因於我的迷糊你才會受傷，至少讓我幫你擦藥，不然良心哪過得去啊。」

他打量了我家外觀一遍，還在猶豫，見我堅持的眼神，才抿嘴點頭。

從房間拿藥箱出來時，見他坐在最靠進門處的沙發，拘謹地注視著客廳玻璃櫃裡那些昂貴擺設。為了讓他放鬆，我故意說：「那些東西不貴的，你不用怕它們自己破掉。」

他不可置信般瞅我一眼，視線轉向藥箱：「我先幫妳吧。」，然後一把搶過它。

我暗忖說不定他連哪瓶是什麼作用都不知道吧。不料他迅速挑出棉花棒和雙氧水，沾了些說：「這個會有一點痛，妳要忍住啊。」

傷口被雙氧水浸出泡泡的一瞬，我真的痛得咬唇閉上了眼睛，但旋即一陣輕風吹拂，傷口好像沒那麼痛了。睜眼見他屈膝半蹲在我面前，彎著腰噘唇極為接近膝蓋，溫柔地吹著傷處，在從窗外投進庭院樹葉篩透的暮色光點裡，隨著動作微微搖浮在額前的髮絲，像一尊肌理精實的少年雕像立在眼前，又似神話中踩著遲陽夕曛進到屋裡的精靈，在為自己的傷口施展魔法……

「幹嘛一直看我？」他先滴了一些紅藥水，再輕輕塗抹一層軟膏。

「沒、沒什麼。」不想被他發現我胡思亂想，隨意找話題道：「想不到你好像很熟練，是小時候經常被學長打要自己處理傷口嗎？」

他沒有回答，只是靜靜地在我左手肘上藥。專注的眼神，怕弄痛我的小心翼翼，那份溫柔似曾相識，會不會是……會不會是……對待自己喜歡的人的自然流露啊……

「好了。」他漾出笑意，摸摸我的頭安撫道：「小雅很勇敢，都沒叫痛喔。」

想得太過入神，連他已經用大型ＯＫ繃幫我貼好了都未察覺。

接著他想用雙氧水為自己清洗傷口，我見狀馬上搶過來：「換我了吧。」仔細一瞧，他小腿的傷口深得可怕。雙氧水滴下去，馬上湧起大量泡泡，痛感神經還反射性讓小腿抽顫。觸目驚心的我抬眼望他，他卻眉頭也沒皺一下，眼神裡竟有淡淡的哀愁。我猜不透他在想什麼，唯恐傷口感染只想趕快幫他處理好，所以用棉花將泡沫吸淨，塗上一層碘酒之後，再仔細剪下一塊大小合宜的紗布覆蓋，以膠帶固定在傷口上。

「痛嗎？」我問。他沒有回應，彷彿仍然沉浸在自己的思緒中。我起身，撥開他額前的髮，讓傷口變得明顯，伸手要拿黃藥水時，驀然發覺我和他靠得實在太近，不自覺心跳狂亂起來。在用藥膏塗抹時，按著他髮絲的左手指更傳來他額上的溫度，讓右手所持棉花棒竟顫抖起來。唯恐他察覺我的異狀，視線有一秒的轉動，竟與他眼眸相對……緊張得把藥膏都塗到他傷口周外了。

他似乎也有些難為情，雙頰泛出微紅，但不忘低聲鼓勵：「沒關係。」

我深吸一口氣告訴自己不可胡思亂想，人家可是為了自己受傷，至少在替人家療傷時要表現專業一點，所以掩飾說：「別亂動。一下子就好。」

這次精準地將藥塗在傷口部位。我把棉花棒放下，拿起ＯＫ繃轉身，發現他的臉頰紅透了，視線還故意投向地毯上，靦覥模樣惹得我想笑。

我故意問：「你在想什麼？」

他伸手要搶我手中的ＯＫ繃，訕訕地說：「…我、我自己來好了。」

我手閃開：「說好我幫你的，不可以出爾反爾。」

再靠近，就知道他為什麼臉紅了。因為我站著靠近坐著的他，自己脖子以下的位置正好在他眼前，他害羞得只能趕緊閉上眼睛……也讓我的耳後一陣臊熱，同時覺得好笑，為專心把他傷口貼好只得強忍笑意，然後瞪著他緊閉的雙眼，促狹地小聲問：「睡著啦？」

睫影上移，他的烏眸立時與我對上，嚇了一跳。

然後我們同時移開目光，大笑起來，彼此的頰靨都羞紅了。

他側身部位的傷應該比較嚴重，想必是摔出去時在柏油路面擦過造成，校服那個位置也髒污。為免再發生尷尬，他問我浴室在哪，就把藥箱抱著堅持要躲進去自己擦藥。

想著他害羞的可愛模樣，心房裡流過一絲甜意，我到爸爸的房間翻了件新的T恤出來，敲敲浴室的門：「陸小星，這件給你換。」

他拉開門，躲在門後探出頭，接過T恤：「謝謝。」

「你把校服丟出來，我幫你洗。」

「不用了，我自己帶回去洗就可以了。」

在他關上門前，我往浴室內瞥了一眼，一陣暈眩衝上來，驚詫於那一秒自己看到了什麼。

第二天早上進教室，他已經埋首在參考書裡。察覺我入座，他抬頭給我一個燦爛的笑。雖然昨晚沒睡好，早上起床時頭還有點沉沉的，但見到他的笑，精神都自動振作了。

我回頭低聲問：「你的傷好一點了嗎？」

他點頭：「妳呢？」

我亮出左手肘，引得他笑意更深。

因為我在OK繃上面塗鴉，讓它變成一顆開心大笑的星星寶寶。

他掀起額頭上的髮，我也科科科地笑了起來。

他把我幫他貼的OK繃也畫成一顆瞇眼笑著的小星星。超萌。

之後每天的每節下課，我都把椅子轉過去，跟他討論功課，尤其是數學。

什麼指數函數、對數函數，抽象的要命，以往對於數學最有自信的我上了高中，完全陷入難以理解的困惑，前次小考差一點就不及格，只差班長沒換人做，丟臉死了。反而是小時候需要我教的陸星晨，原子筆在手指間轉兩下，好像就能輕鬆解開習題，分數考到全班最高。

這天放學鐘聲一響起，我就立馬回頭問他指數函數是瞎米哇歌。

「函數就是一種對應關係，定義域的X對過來，就是值域底數的次方。妳先記著這個公式。假設函數的底數是2，X就是它對應後的次方，如果X也是2，2的2次方是4，值域這裡接收到的就為4。如果X是3，那2的3次方是8，值域就變成8。」他在草稿紙寫上公式和例題，認真解說著。

「喔。那底數如果是10呢？」

「那要看妳給它多少X。如果妳給它4，對應過去，值域接收到的就是10的4次方，也就是1萬。」

「也就是說如果我X給的愈多，對方值域接收到的就會是次方倍數的成長？」

「對了、對了。」

我歪著頭思索了一下：「……學這個到底要幹嘛？」

「最簡單的說，指數函數按恆定速率翻倍。例如細菌培養時細菌總數每三個小時翻倍，或是汽車的價值的折舊，每年減少百分之十，都可以被表示為一個指數。將來在統計上是很好用的。」

「唔……指數函數是一種恆定速率的翻倍，例如陸小星給的X愈多，蘇小雅接收到的對應關係，也會是次方倍數的翻倍。」我邊忖量著邊低聲喃喃自語，完全忘了對面還有他。「那如果是蘇小雅先喜歡……陸小星也會以恆定速率翻倍地喜歡，來對應蘇小雅……呵呵呵，啊——！你還在呀……」

他又好氣又好笑地望著我：「我一直都在呀。妳到底在傻笑什麼？」

「沒、沒什麼，嘿嘿，這指數函數我懂了。謝啦。其他的明天再問。」

我起身收拾桌上的文具。

「那個，今天妞妞會跟妳一起回去嗎？」參考書放進書包，他若無其事地問。

「蛤？她好像和徐正翰、丁嘉嘉他們幾個美工比較強的人去製作壁報了。」

「那，我們……」他把目光移向窗外，不敢正視我。「今天可以一起回去嗎？」

「好哇。」我忍住笑意，卻忍不住心底泉湧的甜意：「明天也一樣可以啊。」

感覺上，好像有什麼要來了。暖陶陶的。喜孜孜的。

鈴鈴鈴。我們同速併肩騎在回家的木棉道上，秋天的夕陽斜暉茜紅橘暈，殷麗豔雅，配上清涼的風吹過臉龐，舒服極了。我們騎車的身影在晚照中拉得又長又美，隨著車輪的轉動，熨在路面也熨在對街的屋牆上。

剛開始總是問他功課上的問題，好像什麼艱難的習題經他一說，都變得很容易理解；聊多了才知道他在國中時成績是班上前幾名。那些不同班的日子裡，他應該很用功吧，看來以後不能在心裡嘲笑他是傻兵了。

後來也開始聊功課以外的話題。班上的誰午睡會打呼。哪科的老師最機車。校刊上那篇讓人發噱的文章。福利社裡那個新奇口味的零食。隔壁班的誰喜歡班上的哪個女生，有人看到誰偷偷寄情書來。巷口的那家自助餐店老闆去死去死，他老愛欺負飢餓的流浪狗……什麼話題都可以聊得開心，也可以很同仇敵愾。

鈴鈴。每當初秋微風輕拂，我總愛按兩聲車鈴，彷彿宣示自己愉悅心情。

將近一個月來的相處，發現只有兩個話題他不想講。

就是他小學六年級時，到底轉學到哪裡去了。聊到小學的共同回憶時，我曾兩次無意間提及，但他總是馬上轉移話題。不過想想，在國中時班上也有同學因為家長搬家或移民，雖然無奈也不得不轉學，就覺得他不想講也還好。

我介意的是，上次為什麼他寧願選擇護著丁嘉嘉，也不顧我的感受。起初以為他對我沒好感，但想起我髮上的藍色便利紙，又覺得不是這樣。

「丁嘉嘉跟你是國中同學啊？」

「嘉嘉？問她幹嘛。」

「她好像對你很有好感。」

昨天壁報比賽結束，參加比賽的人不必再去美術教室邊吃午餐邊趕進度，今天中午丁嘉嘉就拎著便當要找他一起吃，想不到他立刻說好，午餐時間兩人就從教室消失不見。這幾個禮拜以來已經習慣和他同桌共食的我，心情沮喪到放學，現在不問個清楚是絕對不行的。

「好感？我對妳也有好感啊。」他擠出一個笑容。

這個回答太奸詐。我瞟了騎在車道內側的他一眼，覺得話中有隱瞞。

「你明明知道她對你是另一種好感。」

「哪一種啊？」

「就把你當男朋友的那種啊。」

「喔——，原來就跟我對妳的那種是一樣的啊。」

咦，現在是在……告白嗎？

我不由得煞停了車，單腳撐在路面上；心跳愈來愈不規律。

他繞了回來停在我身邊。我定睛於他的表情，想確認是開玩笑還是認真。

「怎麼了？」

「你剛剛說的話再說一遍。」

「哪句話？」

「陸小星，不准給我裝傻！」

「妳是說，是哪一種感覺啊？」

「嗯。」

「我想一下。」

我一掌往他臂上巴過去：「想什麼！不准想、不准想、不准想！」

「想知道的話，跟我來呀。」話還沒說完，車鏈輕潤刷過，人車就像隻麻雀飛走了。我趕緊踩下踏板跟上，車速讓長髮全部揚在空中翻飛。

第十一話

在那家招牌上繪有粉紅小豬的甜點店前，我們停下車。

要我在門外的長椅上坐著等一下，他兀自走入店裡。

四年了。望著街景發呆。好像很久很久以前，曾有兩顆清淨的童心泡泡在這個空域裡飄浮，雖然懵懂，卻絕對純白如雪，清新透明。

空氣裡彷彿還殘留著當時帶著歡喜的雨水分子，飛進鼻裡，滲入心底。

不一會兒，他在身邊坐下，遞給我一支棒棒糖。

把包裝紙剝開，我將糖入口。焦糖口味。

「小雅，」他清了清喉嚨，目光投向掛在天際似棉花般的雲朵。「妳知道我最喜歡焦糖口味吧。」

「你一向喜歡。」

「如果世上有什麼是可以讓我不再喜歡焦糖，那就是草莓軟糖。」

「為什麼？」

「因為草莓軟糖是小雅喜歡的。」他從口袋裡拿出一小罐草莓軟糖，打開取出一顆放入口裡。「小星喜歡小雅喜歡的，比喜歡自己喜歡的還要喜歡。」

我順著他的視線，也望向那朵軟綿綿的白雲；嘴裡甜，心裡更甜。「草莓軟糖喜歡被小雅喜歡，小雅喜歡被喜歡焦糖的小星喜歡。」

「喜歡焦糖的小星喜歡分享焦糖給小雅，更喜歡分享握住喜歡的人的感覺，不知那個喜歡草莓軟糖的小雅想不想感受一下被喜歡的人握住的感覺。」他溫熱厚實的左手，悄悄地握住我右手。

我覺得眼眶溼溼的：「如果焦糖早一點分享這種感覺給草莓軟糖，草莓軟糖會更喜歡。」

這一刻天上雲朵的樣子，我要永遠記得。

包括嘴裡的味道，手中的溫度，和心底的悸動，也要永遠記得。

「天哪——妳跟陸小星真的在一起了？」妞妞大聲尖叫，驚訝到闔不攏嘴。

媽媽到法國出差一個禮拜，擔心我一個人在家，請妞妞晚上過來家裡跟我作伴。我們在麥當勞寫完作業已經十一點了，回家的路上她就一直問東問西，說什麼班上都在傳班長和風紀有曖昧，她還反駁說不可能，上次為了丁嘉嘉的事我們場面搞得很僵很臭，若有此變化身為閨蜜的她怎麼可能不知道。

但有人把偷拍我們一起騎車回家的照片給她看，讓她不得不起疑。

現在我們躺在床上聊天，她又是一番嚴辭逼供。

我見躲無可躲，只好嬌羞地點點頭。

她拿起枕頭就往我身上一陣猛K：「臭小雅，我居然不是第一個知道的！」

「誰叫妳冷落我那麼久，整天在做壁報。」我向她撒嬌道。

「那妳也不可以就不甘寂寞紅杏出牆啊。」

「什麼出紅杏出牆，講那麼難聽。」搶下枕頭，我也回擊她幾輪。

「妳是如何勾引陸小星的，還不快從實招來。」她又搶回去砸我。

「是被我的氣質吸引，不是被我勾引啦。」

我們兩個搶來拉去，嘻嘻哈哈地打鬧，都快把枕頭扯壞了。

冷靜下來之後，妞妞靜靜聽著我說這幾個禮拜來發生的事，望著天花板，忽然嘆了口氣：「想不到妳居然會喜歡上陸小星。以前他多白目啊。」

「人家也沒想到呀。」

「不過他現在真的很優喔。」妞妞說了一些她知道關於陸星晨的點點滴滴。哪個老師曾在她面前誇獎過，他當數學小老師的同學成績都突飛猛進。班上哪個同學的單親媽媽生了重病，他曾連續好幾天在上學前幫忙他做早餐維持家計。對於班上那個經常曠課的同學，他自告奮勇幫老師去他家找人結果被屋裡幫派小弟持刀追。還有班上哪幾個女生其實偷偷在暗戀他……聽得我目瞪口呆。原來陸小星還有這麼多不為我知的事。

「看來他當學藝股長、服務服長都很適合，就是不適合當風紀。」我居然得出這樣的結論，害妞妞笑到被口水嗆到。

「可是啊，有些事我覺得妳還是應該要知道。」

「什麼？」

「那個丁嘉嘉呀，好像也很喜歡陸小星。」

「嗯，我知道呀。」我毫不在意地說。

「可是，她說陸小星也喜歡她，妳知道嗎？」

「咦？」

「這幾個禮拜我們午休和放學後都在一起製作參展的壁報，混久了話就多。她不止一次這樣說，而且是在我們五個參賽的人邊剪紙邊說的唷。」

那他到底……喜歡誰。

也許是還沉眩於被告白的好心情，妞妞的提醒我當下並沒有收進心裡。

段考完的第二個禮拜，手機收到一個加入好友的邀請。

是陸小星！他終於買手機了。而且不用我教，顯然已經搞懂了相關設定。

我們設了一個名為「草莓焦糖」的群組，每天晚上睡前都用這個群組講心事。

有天我終於傳訊問他：「還記得小學時，我們曾一起吃一塊紅豆麵包的事？」

「嗯，當然記得。那是我吃過最好吃的紅豆麵包。」

「我好像很久沒有跟你一起吃午餐了。明天中午我們可以一起吃便當嗎？」

「放學後去逛夜市，再一起吃吧。」

「中午為什麼不行？」

「我要準備明天下午的小考。」

「我看到你今天下午都一直在準備。明天英文考試的範圍又不多。」

傳訊停了五分多鐘，他才傳來：「其實，我是要跟丁嘉嘉吃午餐。」

我從床上跳起來，一把無名火冒起：「為什麼？你劈腿！」

「沒有啦。」

「每天中午她都把你拉去哪裡？」

「在福利社裡吃便當。」

「既然我們在一起了，午餐也要在一起吃。」

「妳不問我為什麼每天都跟她一起吃便當？」

「我不想知道，反正明天起我就轉身跟你吃。」

「那好啊。」這還差不多。

丁嘉嘉是不是喜歡陸小星、和陸小星在國中時是什關係，我一點都不在乎，也不想知道。只要知道陸小星現在是選擇跟我在一起，就好了。

我是這麼天真的認為。

第二天午休鐘聲一響，我就馬上把椅子掉頭，將便當放在陸星晨桌上：「吃飯囉。你今天帶了什麼好料？」

他打開便當，裡面的菜讓我嚇一跳：竹筍、青菜、豆腐和兩片蔥蛋。

「蛤？你光吃這樣營養怎麼夠？」我把自己便當裡的菜分一些給他。

「我已經比妳高十公分了。」

「那一定是在國中時你媽用了什麼特殊配方的飼料給你吃的。」

他笑著把其中一片蔥蛋挾進我便當裡：「這是我自己煎的。」

好吃！咬了一口，我覺得又香又酥的。

身後這時從相對位置傳來丁嘉嘉的腳步聲：「逞晨，我們去吃飯。」

陸星晨見她靠過來，微笑道：「我今天要跟班長一起吃。」

「人家不管，人家要跟你一起吃嘛。」她拉著他的衣袖嬌嗔道。

「我昨天有跟妳說過了。還是，妳要不要跟我們一起？」

「哼。」她不滿地瞪著我的便當：「班長，妳為什麼吃逞晨的蔥蛋？」

「誰說是我要吃的。」我挾起剩下的蔥蛋：「陸小星，來，啊——」

「妳不是說過班規規定，在教室裡吃飯不可以餵食嗎？」

「這條規定改了。」

「誰改的？」

「我剛剛改的。」

「憑什麼？」

「就憑我是班長。」

「哪有這種事，蘇詩雅妳假公濟私！」

「沒有啊，我身為班長，有責任照顧班上所有的同學，對於營養不良的同學可以餵食以助其用餐愉悅，這是一種同學愛的展現。」我睨了她一眼：「妳這麼嬌小，一定是偏食才會長不高。妳搬椅子過來跟我們同食，我也想餵妳。」

「誰要妳餵呀！哼！」她跺腳，氣噗噗地回到座位上生悶氣。

那天的午餐便當，是我升上高中以來吃過最好吃的。

我們連續三天同桌對食。第四天中午，丁嘉嘉受不了，真的把椅子搬到陸星晨的課桌旁，硬擠在我們中間要一起吃。

我自認大氣恢宏不計小節，有了陸小星在甜點店前的告白，根本不怕小妖女搶得走他，旁邊的妞妞倒是看得一臉膽顫心驚。

「逞晨，來，這塊給你吃。」她一坐下，就搶先從便當挾了豬排送到陸星晨的便當裡。

「小星，來，這塊給你吃。」我也挾了自己的一塊菲力到他便當裡。

「這個炒飯很好吃喔。」她舀了幾大匙到他便當裡。

「先吃一個我的鮭魚壽司好了。」

「先吃我的。」她挾起來就要餵。

我不再出手，盯著陸星晨看他吃不吃。

他為難地瞅我一眼，輕輕推開她的手，把便當盒蓋翻過來：「想分享的就放在這裡，我們大家一起吃。」

雖然依言將菜放在盒蓋，但她不屑吃我放的煎魚；我也不願動她放的高麗菜。

這頓鴻門便當宴就在她偷瞪我、我睥睨她的尷尬氣氛中草草結束。

「一場暗藏腥風血雨的宮闈權鬥，就這樣風輕雲淡地化解了，陸小星還真是坐享齊人之福呀。」當天晚上，妞妞打電話來討論功課；告一段落後，她想起中午的風起雲湧，裝腔作勢下結論說。

「屁啦！妳宮鬥劇看太多了啦。」

「是是是，妳是正宮，有容人雅量。但是，我待會兒寄個網路上最新的貼文，妳自己好好琢磨琢磨。」

結束通話後，妞妞傳來兩個檔案到我的手機群組。點開看後，差點沒吐血。

第一個檔案是從別人的群組對話擷圖。

噹噹：現在好像殺出一個蘇詩雅，想要搶妳的陸星晨。

叮叮：賤人就是矯情。自以為長得漂亮。

噹噹：可是看起來陸星晨好像也蠻喜歡她的。

叮叮：陸星晨是屬於我的。我會讓她很難看。

第二個檔案是從網頁的擷圖。是一張穿著清涼的日本女生照片，下面文字寫著：「想愛愛請來電」，但附上的手機號碼……是我的！

叮叮？是那個楚楚可憐的丁嘉嘉？

丁嘉嘉拉著陸星晨要他教數學習題，兩個人的頭都快碰在一起了。望著她臉上不時掛著嬌笑，他則刻意往後保持距離，並偷窺我的反應，我心中忖度著這個小妖女的實力底線究竟如何。

如果那段對話的「叮叮」就是她的話，明的輸我，她就會來暗的。

如果我跟她爭風吃醋，那就真的會淪為讓人看笑話說八卦的宮鬥。

不行。蘇詩雅身為班長，就算輸的一敗塗地，也要維持高雅身段。

放學後，我傳簡訊給陸星晨：「明天星期六，要不要一起去圖書館？」

「好啊。」

第二天我特別起了個大早，在人車稀少的路上奮力地往市立圖書館騎，對於可以和陸星晨獨處的一天滿心期待。

閱覽室裡沒有什麼人，我找了個靠窗的位子坐下，腕上的錶顯示還沒到約定時間，所以我先打開書本默背昨天上課教的英文片語。

五分鐘後仍沒見陸星晨出現，我不禁往窗外瞄了一眼，眼珠只差沒奪眶而出。

不會吧，有這麼巧？那個從停車棚裡往這邊走過來的是丁嘉嘉。

也許真有這麼巧。也許她只是來借書而已。就算她也是來閱覽室，頂多跟她點個頭就各看各的書而已。萬一她要是白目到要來騷擾我們，大不了我們換地方罷了。打定主意後，不安的心比較平坦些，我就低頭繼續看書。

殊不知她進來後尋視了一遍，就直接往我這邊走過來。

等我察覺時，她已經站在我桌邊了。

「喂，我有話跟妳講，出來一下。」她低聲道。

用「喂」來代替我的名諱，就不用說尊稱班長了。

看來今天並非黃道吉日，來者亦非善類。

跟著來到停車棚後方的大榕樹下，這是我頭一次這麼仔細觀察她。

淡眉、鳳眼、精緻鼻樑配上小巧嘴形，濃密的及肩直髮，雖然個子不高，其實長得清秀，笑起來也很討喜。但今天她看著我的眼神，卻一點也不可愛。

「誒，我知道妳很喜歡我的逞晨。」她微仰著臉對我說，語氣裡盡是堅定。

「妳的逞晨？」我盡全力保持冷冷的口氣回應道。

「當然。難道是妳的？」

「我認為陸星晨是個獨立的個體，他並不是附屬於任何一個人。」

「我知道妳很會說歪理，但妳知道我在說什麼。我就直接告訴妳，我喜歡陸星晨。」

「嗯，我知道。我還知道妳會說他也喜歡妳。」

她微微一怔，旋即正色道：「既然知道，為什麼還要介入我們？」

「那是妳自己說的。」

「妳裝傻也好、逃避現實也好，都不能改變我和他先認識的事實。」

「是喔。妳是什麼時候認識他的？」

「小學六年級就認識，上了國一我就喜歡上他了，我們交往了三年。」

「真的有交往嗎？不要只是同班就說是交往吧。我上幼稚園就認識他了。那時的他很矮小，很髒，很白目，但很體貼，也很有正義感。小學時只要跟他同班，他都是風紀，我就是他的班長。」我彷彿在說一個很久很久以前的往事；「一直到他轉學以前，若說相處，時間上好像比妳還久一些。」

她噗嗤一聲，不屑地冷笑：「小孩子的事也拿出來講，笑死人。妳和他是同學，最多是朋友，不像我和他是戀人。妳知不知道搶別人男友是很無恥的行為。」

「夠了。我問妳，他向妳告白過嗎？或是他曾表示接受妳的告白嗎？」

「我們不需要告白這種形式的東西，我們感情好到很自然在一起，彼此互相瞭解對方的心意。」

「哼哼。講了半天，原來只是落花有意、自以為是而已。」

「像妳這種女生懂什麼！我們有患難與共的感情，有彼此扶持的勇氣，如果他不接受我，怎麼可能那麼照顧我。」

「那我告訴妳，陸星晨這個人，善良到別人犯了錯他都願意替人受罰，只要看到別人被欺負或有危險，他都可以奮不顧身，這是他的優點，也是他的缺點。正因為這樣，如果讓妳誤會他對妳好，是妳期望的那種好感，那才是真的不了解他，我這種當了這麼多年班長的女生，代替他向妳道歉。」

「胡說什麼！交往了三年，我會比妳不了解他，笑話！」

看來逃避現實的不是我，是她。對付這種人，就是要讓她認清事實。所以我再追加一槍：「嘉嘉，我真的沒有搶妳的男友。妳知道嗎，最近他跟我告白了喔。」

她的臉上閃過一瞬錯愕：「騙人。」

「唉，我騙妳能得到什麼？就能得到妳的男友嗎？」

「拿出證據來。」

「拜託，有誰在被告白前事先錄音的啊。」

「哼哼，那就是空口說白話了嘛。」

她那副嘴臉，真的惹毛了我：「那妳又能拿出什麼證據？」

「我今天來，就是要讓妳死心的。」她從外套口袋取出手機，滑了幾下，往我面前遞來：「看清楚了。」

前面幾張是她和陸星晨一起出遊時的自拍合照。兩人都笑得很開心。

而且靠得很近。其中有一張她還挽著他的手臂，顯得很親近。

因為身上穿著學生服，所以推測應該是國中時期的事。

回想起來，我和陸星晨的合照，好像只有五年級時在甜點店前的那張而已。

「這有什麼？同學共同出遊，一起合照，就能證明在一起了啊？」

「那我問妳，今天是妳約逞晨來圖書館的吧？」

「唔。」

「是用簡訊約他的吧？」

「……唔。」

「那他怎麼到現在都沒來？」

「……」

「為什麼是我來這裡？妳不覺得奇怪嗎？」

「……」

「這樣妳還不懂他的選擇嗎？就算他一時喜歡妳，那也是一時喜歡，真的到了要選擇的時候，他還是選擇我呀。」

真的是這樣嗎……

「班長，」她的語氣變得溫柔和緩，還拉起我的手；「我也是女生，如果我喜歡的人不喜歡我了，我也會很傷心，所以我知道這種感覺很不好受。今天來，其實是希望妳不要愈陷愈深。班長的條件很好，相信以後應該有很多男生會喜歡班長的。」

「我不信。」

我跑回閱覽室，從包包裡拿出手機走到走廊上，立即撥了陸星晨的號碼。

然後有個來電答鈴聲愈來愈接近。我抬眼，見那支手機在丁嘉嘉的手中響著。

那是陸星晨的手機。

星期一早上，一聽見身後有入座的聲音，我立即起身回頭，低聲說：「陸星晨，你跟我出來。」

他怔怔地望著我，感覺到事情不單純。放下書包就尾隨我走出教室。

走到校園較無人出入的阿勃勒樹下，我雙手抱胸：「你的手機咧？」

「在書包裡啊。」他不解地望著我。「那天妳怎麼沒等我就走了，昨天也不接我的電話？」

「昨天和前天，你的手機都在身邊？」

「對啊……」他想了幾秒：「啊，前天有借給嘉嘉。」

「她自己有手機，幹嘛跟你借？」

「我沒問耶。怎麼了嗎？為什麼妳的眼睛這麼腫，妳哭過了？」

前天根本不知道自己是怎麼回到家的，整個人像摔入深谷般驚疑失落。直到妞妞打電話給我，才發覺自己已經躲在房間哭了一整天。

妞妞聽到我在手機這端哭到不能自已，嚇到立馬直衝我家。聽完我跟丁嘉嘉的對話，除了安慰外，還提醒我小心丁嘉嘉的話中有詐。

「就我所知，班上喜歡陸小星的女生又不只丁嘉嘉，還有貝晶婕和程琪雁，但他最後不是決定跟妳告白嗎？」

「可是，他寧願叫她來甩掉我……」我的眼淚還是止不住的掉。

「說不定是她偷看他的手機，發現妳約他的簡訊，就冒他的名義回給妳，再把簡訊刪掉，然後自己跑來找妳談判，讓妳死心。」

靜下心來一想，確實不無可能。「可是他的手機為什麼會在她手裡？女生跟男生很親密才有可能拿到男生的手機啊，不可能是偷的吧……」

「妳直接問陸小星不就得了。」

「萬一丁嘉嘉說的是真的，那我還問他，不是太丟臉了嗎……」我嘟囔道。

「妳對他就只有這麼一點信心，那還不如分手算了。妳班長的威嚴哪去了？」

被妞妞這麼一激，我決定今天無論多丟臉都要問清楚。

現在聽來，原來是丁嘉嘉假借用之名，行鏟除敵人之實。

見我沒回答，他緊張地再問：「到底發生什麼事？妳為什麼哭？」

講出來，好像對他完全不相信，才會被別人一挑撥就哭得要死。所以我隨口胡謅：「沒、沒啦，是那隻常來公園玩的小白死了。」

小白對不起，拜託以後路上遇到不要衝過來咬我。

「蛤？怎麼死了？」他也認得那隻流浪狗。

「不知道。喂，我問你，你跟丁嘉嘉到底是什麼關係？」

「什麼關係？同學關係啊，還能有什麼關係。」

「可是，她好像很喜歡你。」

「那怎麼樣？」

「聽說，你也很喜歡她？」

「其他的人喜歡誰，怎麼說，我不想知道。」他拉起我的手：「我只知道，在我們班上，風紀喜歡的是班長。」

我凝視他的雙眼，相信他的真摯不假，熱著臉頰說：「可是她老愛纏著你。」

「其實嘉嘉如果纏著我，是件好事，我並不反對。」

「為、為什麼？」

他欲言又止，露出為難的神情，思索了一會兒，抿著唇說：「她的私事我不想說也不便說。反正，任何朋友要幫忙，我都會幫，包括嘉嘉。」

也就是說，他只把丁嘉嘉當做朋友。

聽他這樣說，一顆懸著的心一下子就放下了。

「小白真的死了？」他見我不知在想什麼，盯著我的眼睛追問。

「現在想想，說不定只是長得很像而已，不一定就是小白。」

「蛤？」

「早自習的鐘響了，走吧，該回教室了。」

然後我們手牽著手，一起走進教室。

走過丁嘉嘉的面前。

那個禮拜，我們每節下課都膩在一起。

因為我的絕對位置比丁嘉嘉近，下課後老師一離開，我就拉著陸星晨的手往教室外跑，洗手間、福利社、去學務處拿東西、去老師辦公室領教具，甚至只是到阿勃勒樹下一起看十分鐘的書，都要他陪我一起。

我們的在一起，讓丁嘉嘉只能生氣氣。

因為幾次和她的目光無意中對到，都會感受到恨意與殺意。

後來的某天放學後，陸星晨接到家裡的電話說有事找他，我又被老師叫到辦公室協助登記班上的段考成績，那是這段時間以來我們第一次放學後沒有一起騎車回家。

登記到七點，天色都已經暗了下來，我才匆匆關上電腦，背起書包回家。

校園裡已不見人影，只有幾間教室還亮著燈，可能是高三的學長學姊在準備學測最後衝刺。騎著腳踏車才出校門沒多遠，就發現車子出了狀況。

煞車沒了！

雖然嚇得差點哭出來，但幸好生平沒做什麼殘害忠良的事，上帝保佑，發現時車速不快，而且不是下坡路段，只用腳底蹬了兩下就跳下車。雖然腳底有些痛但沒受傷，不然後果不堪設想。

驚魂未定之餘，身後一輛機車停在身邊，車上兩個頭髮染成金色、身著緊身黑T恤和黑長褲，露出黑龍刺青的瘦子，冷笑著說：「這次算妳命大，再纏著陸星晨，小心沒有下次。」，機車就呼嘯而去，消失在路口的轉角。

這……是恐嚇嗎？

我趕緊拿出手機打給陸星晨。他在十分鐘內就匆匆忙忙趕來。

「煞車線斷了，切口很平整，應該是被人剪的。」他檢視我的腳踏車後，面色凝重道。

「為什麼要這樣害我……」我失聲道，嚇得不知所措，把剛才那兩個不認識的金髮男嗆聲的事告訴他。他憂心忡忡地問：「妳是不是得罪了誰？」

經他這麼一問，我馬上就想到丁嘉嘉，還說出我的懷疑：「我認為她最有可能，因為最近我們走得這麼近，她很有可能認為我把你搶走了。」

「嘉嘉？不可能吧……」他顯然不願相信。

「看她這麼嬌小柔弱，我也認為不太可能，但，我沒有得罪其他人，班上對我有敵意的只有她。」

「……」滿是疑惑的表情，他陷入沉思，欲言又止。

「不然你可以向她求證，以免有人說我小氣，在背後說她壞話。」

為了展現正宮的寬宏大度，我故意這樣說，而且不再多說她的不是。這反而讓他覺得心疼，終於開口：「其實，嘉嘉以前在國中時，真的有可能認識這一類的中輟生。」
「……？」
他左右手各推一台腳踏車，我們邊走邊聊，大多是說著國中時的丁嘉嘉。
丁嘉嘉在國中一、二年級時其實是中輟生，讓班導師和輔導老師都很頭疼，到家裡找了好幾次都不知她的去向。有天陸星晨在回家的路上遇到又吃閉門羹後揪著眉頭的導師，終於忍不住告訴導師說他最近曾在某個地方看到她好幾次。
次日，丁嘉嘉就來學校了。但她的個性很怪，總是板著一張臉，對別人的問候關心毫無反應，彷彿來學校只是迫不得已，所以放學時她總是揹了書包就走，完全不想和任何人有互動，幾個同學都私下叫她怪胎、死人臉。
幾天後，導師把他單獨叫到辦公室，跟他說很擔心丁嘉嘉會因中輟交到壞朋友，以後誤入歧途，希望陸星晨能幫導師多注意她，若有發現任何異狀或發現她被人欺負，一定要來報告。
「因為老師聽說你以前曾擔任風紀股長，覺得你很有正義感。」
「嗯。可是我做得不好，同學都不聽我的話。」
「如果有人欺負她，你可以代替老師保護她嗎？」
當時他不知丁嘉嘉遇到什麼事，也以為自己平常上課不守規矩、老師不知從哪裡聽說以前自己當風紀的事，所以才被賦與這麼奇怪的任務，只能默默點頭，心想反正有什麼事報告老師就就好了。
之後一段日子，他偷偷觀察丁嘉嘉上學放學都正常，只是始終獨來獨往，不願與任何同學互動而已，所以他幾乎忘了這個祕密任務。
想不到有個星期天晚上，他出外買參考書，在路上撞見奇怪的事。

第十二話

他騎著那輛老舊的腳踏車，經過幾個人身邊時，聽到對話中有人提到丁嘉嘉的名字。這讓他煞住車，返頭觀望他們。

在路燈之下，那幾個人都是男生，圍著一個個子較小的女生。定睛一瞧，那個女生就是丁嘉嘉。他們手臂上有可怕的刺青，講話很大聲，貌似是在斥罵丁嘉嘉。原來還會頂嗆幾句的她，在他們愈罵愈大聲後，幾乎無法招架，頭低低的好像快哭了。這引起他的注意，把單車放在路邊，開始往他們移動。

下一秒，其中一個男生居然出拳就往丁嘉嘉頭上臉上毆擊，嚇得她放聲尖叫。

他衝過去，大叫住手，直接推倒那個男生，抓起丁嘉嘉的手就跑，但其他人見狀，大聲喝叱一擁而上，四、五個人一陣拳打腳踢，把他踹倒在地。

他的懷裡護著丁嘉嘉，直到路人報警，警察趕來吹哨了他們才一哄而散。

因為肋骨裂傷、身上多處挫傷，之後在醫院躺了兩個禮拜，他才能返校。

我問他為什麼那麼衝動，他毫不猶豫就說：「男生打女生就是不對。」

我想起以前他也曾為了我，跟一個叫顧仁賢的男生打過一架，奇怪平日溫和草食的他一見到男生打女生就想打架是怎麼一回事。

但對於丁嘉嘉後來會纏著他的原因，也就明白了一半。

「你喔，怎麼老是被打。為了丁嘉嘉這種不良少女捨身被打，真不值得。」我是心疼當時的他，才這樣說。對，不良少女，當時我就是這麼認為。

想不到他睜圓了雙眼，滿是意外地反駁：「嘉嘉不是不良少女。」

「如果不是不良少女，怎麼會逃學中輟，又怎麼會跟那些會暴力男生有瓜葛。」

無法置信般看著我，他欲言又止：「……嘉嘉很可憐的，希望妳不要這麼想。」

「不然她怎麼會招惹那些人？而且，你剛剛也認為她有可能認識恐嚇我的這類中輟生吧。」

「自從那次之後，她就不再跟那些人往來了。」

「真的嗎？」說不定為了搶走陸星晨，決定回頭再找當年那些人來恐嚇我，希望達到讓我放棄跟陸星晨交往的念頭，這個可能性太高了。

「她答應過老師、也答應過我的。」

「那是那時候。現在你跟我在一起了。」

「就算這樣，也不可能是她啦。」

「你為什麼老是幫她講話護著她？現在是我被人恐嚇耶。」我跺腳，覺得腹底一把火燒上來：「不然你說，是誰故意剪斷我的煞車要害我的？又是誰找了那些傢伙來煩我的？」

「我會幫妳查清楚的。」

可惡的丁嘉嘉，要玩陰的是不是，好。

一把搶過腳踏車，自己推著往前走：「那等你搞清楚了再跟我聯絡好了。」就把他丟在身後，不顧他直喚我，頭也不回地逕自返家。

第二天早晨，一如預期，大門一開，他就站在對街。

昨晚手機不接不聽、簡訊已讀不回，一定讓他很著急。

見我出現，他三步作兩步迎上來：「小雅。」

「幹嘛。」故意甩頭不看他，我假裝還在生氣。

「我問清楚了，真的不是嘉嘉找人弄壞妳的車，也沒找人嚇妳。」
「她說什麼你都信，我說是她你就不信，那你跟她在一起好了。」
「我沒有不信妳呀。妳們講的話我都相信。」
「哼。不稀罕。」我兀自往前走。「時間快到了，我要去上學了。」
他推著腳踏車跟上來：「為什麼妳今天走路……妳的車子沒修嗎？」
「修了，但我不敢騎，乾脆走路，以免被人害到摔死了，男友還不相信是他心愛的嘉嘉所為。」
「什麼心愛的，別亂說。」他拍拍後座架：「那，以後我載妳吧。」
「誰要你載。」
「我載妳比較放心嘛，不然昨天那些人又來騷擾妳怎麼辦。」
「反正你只關心你的嘉嘉，也不關心我，我自暴自棄算了。」
「我怎麼不關心妳。上來啦。」
我還是往前走，心裡卻已經在偷笑。
「上來嘛。小雅上來嘛。」他緊緊跟著：「妳這樣用走路的，一定會遲到呀。」
我止住步伐，站定，瞪他一眼：「我是因為快遲到才讓你載的喔。」
「好好好。」他讓我坐定，自己再跨上車。「那妳坐好囉。」
啟步後，他踩得輕快，讓秋風在我們耳邊翦翦徐徐，舒適極了。
「其實，小雅，我覺得妳真的誤會嘉嘉了，因為……」他在前面說著什麼我沒注意聽，心裡想著以後每天都被他接送，整個人都甜了起來。
倏然，路面不知是石子還是不平，以致車子不穩晃動得厲害。我下意識往前靠，原本拉著他襯衫衣角的手趕緊攬住他的腰，生怕又像上次摔傷。

想不到他騎得更晃抖，我一緊張，只好抱得更緊。

不一會兒他索性停住車，單腳撐著車。

然後他整個人僵住，弓著背，一動也不動。

「你怎麼了？」我從後面發現他的側臉紅到嚇人；「你哪裡不舒服嗎？」

「沒、沒有……」他從車上下來，把車前的橫樑鐵桿架起：「不、不然，小雅，妳來前面坐好嗎？」

「為什麼？」

「因為……因為……」他往天上看、往地上瞧、往樹上瞥，就是不敢看我。

「因為什麼呀？」

「……妳那裡會……所以我會……」他表情靦覥，整張臉漲紅的像醉酒般。

「哪裡？會什麼？」

忽然，我明白了他在說什麼。

猛一陣醉燙從頸子竄上兩頰再湧進頭頂，我想自己的臉應該也是紅透了。

他現在的害羞，跟開學第一天被我用手臂架住脖子時的模樣，如出一轍。

應該是身體接觸到他的結果。我知道自己比同年齡的女生發育得還要好。

嬌羞地低著頭，默默側坐在車前的橫樑上，讓他以雙臂環繞，重新載著我往前行。雖然我們已如此接近，甚近頭頂的髮絲都能感受到他呼吸的氣息輕拂，但他和我都努力保持身體不再碰觸的極近距離空間，以免再發生尷尬。

好似隨時都有人可以倚靠保護，我喜歡他在我背後的感覺。

因為在他單車上的臂彎裡，是專屬我一個人的存在。

我和陸星晨之間最大的危機，是丁嘉嘉。當時的我是這麼認為。

那天後的第三天點名時，老師發現座位是空的，問大家丁嘉嘉為什麼沒來上課；班上沒有任何人回應。

在我順著老師的目光環視全班時，發現陸星晨的表情很嚴肅。

之後連續三天，她居然都曠課。導師說跟她的家人聯絡不上，問我知不知道她曠課的原因。我聳聳肩無法回答，發現自己身為班長，對她的了解真的有限。

下課後向幾個平日跟她比較有話聊的同學打聽，都得不到具體答案。

會不會發生什麼意外……還是，被那些混混怎麼了……我不禁擔心起來。

不管多麼不喜歡她，但身為班長，我還是向陸星晨開了口。

他面色凝重，沉思許久才說：「放學後我去找她看看。」

「我跟你一起去。」

放學後，陸星晨身為風紀，要把每日上課點名表送到學務處備查，所以我幫他揹著書包先到車棚等他。

這時他的書包裡傳來手機的訊息聲。

身為女友，我應該有權利幫他看一下簡訊吧。因為萬一、萬一有什麼急事需要立即處理的話，他應該不會反對我幫他代為處理一下吧……好嘛，我承認自己就是忍不住偷窺的好奇嘛。

所以我從他書包裡拿出手機，滑開他的Line。原來這幾天丁嘉嘉沒來上課，他下課就已經傳了好幾則訊息問她在哪、為什沒來學校了；但是她沒有回。

奇怪的是，他居然知道她這幾天也沒回家。是私下已到她家去查訪了嗎……

放學鐘響後，他又傳了一則簡訊：「如果再已讀不回，以後我都不理妳了。」

結果現在丁嘉嘉終於回了訊：「我現在在『回憶』」。

呆望著這則訊息，頓時有種……他與丁嘉嘉很熟悉，比我還熟悉的感覺。

而且，他和她一定有什麼我所不知的過去。

這些過去，是我無法參與，也不能代替的。

其實我大可直接逼問他。但，他說過不想提及她的私事。

就在掙扎之際，遠遠望見他從辦公大樓那頭的樓梯跑下。

我慌忙地將手機扔進他書包。在他跑近我時，還裝作若無其事。

「走吧。」他伸手推踏車。

「呃，那個，」我將書包遞給他：「你的手機好像有來訊的鈴聲。」

「哦？」他取出手機，立即滑開Line看了一秒，如釋重負般說：「嘉嘉終於回訊了。」

「她在哪裡？」

「在一家店裡。走吧，上車，我先送妳回去。」

先送我回去？意思是，他要自己單獨去找她……

在返家的路上，我沒發一語。雖然在他的臂彎裡，卻是開始思忖丁嘉嘉在我們之間的角色。還有她這次的曠課，到底是發生了什麼事。

瞄見他焦急的神情，自己的心情悶悶的。

抵達家門，他先把我放下：「看怎麼樣，我再打電話跟妳說。」

「唔。騎慢一點。」我溫順地點頭。

他掉轉車頭，往市中心方向騎。

我把書包往庭院裡的木椅上一扔，牽出腳踏車馬上騎出去。

幸好是路口的紅燈，否則以他的車速我一定跟丟。

二十鐘後，他在一家名為「回憶」的洋食餐廳門前停車，把車子鎖在騎樓裡。

在他進去三分鐘後，我才步入店裡。這個時候還不到晚餐時間，店裡的客人很少。服務生領位時，我瞄到他跟丁嘉嘉的位置，要求坐在他們附近的位子，並直接跟服務生點了一杯飲料。

因為位子適宜，他們的對話我聽得一清二楚。

他的語氣很生氣：「……妳以後不可以這麼任性！」

她的語氣很不在乎：「那又怎樣，反正這個世上也沒人愛我。」

「怎麼可以這麼說，妳知道老師和阿姨多麼擔心啊。」

「她們又不是我的誰。」

「我跟妳說過很多次了，我們跟別人不一樣，就更不可以自暴自棄。」

「那你有擔心我嗎？」

「我當然有啊，我很怕妳又去找阿謝他們。」

「哼。說謊。」

「我如果不擔心，來找妳幹嘛？」

「你只擔心你的矯情雅吧，怎麼會關心我。」

原來她私下叫我矯情雅。哼，心機嘉。

「人家小雅也擔心妳——」

「如果不是她，我才不會蹺家逃學去找阿謝他們。」

「妳真的去找阿謝？齁！真被妳氣死，妳到底怎麼回事？」

「你還凶人家……」她啜泣起來；「誰叫你……都不理人家，整天跟矯情雅混在一起，嗚……」

「妳別哭嘛。」他抽了幾張面紙幫她擦眼淚；「我沒有不理妳呀。」
「你是不是想要把我甩掉？」
「我沒有要甩掉妳，但是妳也不能因為我跟小雅在一起就任性不去上課呀。」
「我不管，嗚嗚嗚……人家就是要跟你在一起嘛，」她的眼淚像三峽大壩潰堤一般狂流；「那你把矯情雅甩掉。」
「嘉嘉！妳一定要這樣胡鬧嗎？」
「為什麼你跟她分手是我在胡鬧？那你以後就不要管我跟阿謝的事。」
「我怎麼能看著妳跟他們在一起！如果妳像上次那樣怎麼辦？」
「說到底，你就是不跟矯情雅分手，哇！嗚……」她居然放聲大哭起來，引來服務生和其他客人的側目。他緊張起來，趕緊壓低聲音安撫她：「妳先別哭嘛，別人都在看妳了啦。」
「看我又怎樣！你跟矯情雅每天在一起就不怕我看到。嗚嗚嗚……」
因為她的哭聲太大，服務生怕其他客人抗議，已到桌邊請他們注意音量。
他苦勸了半天，丁嘉嘉還是哭個不停，而且眼淚好像流都流不完。
「如果你今天不答應我，以後我找誰都不必你管了。」
他一臉苦惱與無奈，沉默了一會兒，說了讓我差點昏跌在地的話。
「只要妳答應我以後乖乖上課，不要去找阿謝他們，我就答應妳會跟小雅分手好嗎？」
心上似被用千磅的鐵錘猛擊，痛楚到連掙扎也無力。
呆呆望著丁嘉嘉的破涕為笑，想像時空如何被清洗。
也許這樣，就能把剛剛的對話與情景，通通都忘記。
他起身先結帳，然後與丁嘉嘉離開。

我跟在後。一出店門，就撞見丁嘉嘉靠在他的肩窩上哭。邊哭邊訴說著看到他和我在一起，心裡的痛苦。

風迎面吹來，吹得背脊發涼，才知道深秋已駐。

坐在單車前的橫桿，覺得很危險也不舒服。

媽媽幫我報名了鋼琴班，放學後我要去練鋼琴，所以沒辦法順道一起回家。怕媽媽發現早上有男生來家門前接送會責罵，決定每天跟妞妞一起去學校。雖然陸星晨聽了我說的這些理由，顯得很失望，但不接受也不行。所以我們的單車接送情，就這樣短命的結束。

午餐時我不再轉身在他的課桌上吃便當。他問了好幾次，我都只淡淡一笑。後來他察覺可能是因為我不高興他去找丁嘉嘉的事，主動跟坐在我前面的楊鎮安換位子，變成他坐在我面前對食，還一直跟我強調他跟嘉嘉只是同學、好朋友，要我不要胡思亂想。

但是丁嘉嘉仍然搬了椅子來插花，三人同桌共食。

為了展現班長的肚量與懂事，我當然表現得歡迎。

就算她偶爾對我流露厭惡的表情，我也不再回敬她白眼，只是淡淡一笑。至於她對陸星晨的撒嬌，我已經練就了視而不見或立即移開視線的功力。

晚上睡前，陸星晨習慣用Line跟我聊天。這才是我一天中最開心的時候。不會有第三者的打擾，不必硬撐著心情說著違心之論，也無需扮演班長的氣度和女友的體貼。最重要的是，只有文字，他看不到我臉頰上的淚痕。如果他察覺我的心情有異，只要送一個開心的貼圖，他就會以為我很開心。

哪怕只剩十分鐘的相處、只能擁有他十秒的笑容，都覺得已經足夠。為了他的不得不面對丁嘉嘉，我願意學習成熟和承受。

在靜靜等待他跟我說分手那一刻之前，我都願意。

妞妞察覺了我們的異樣，幾次逼問，我都淡淡一笑。

「一定是丁嘉嘉的緣故吧？」今天她觀察了一整天，得出了這個結論。

「不是啦。」

「明明就是！之前丁嘉嘉在校園裡抱著陸星晨的手臂說說笑笑，被我撞見，我問妳為什麼縱容她搶陸星晨，妳還跟我說他們沒什麼。」妞妞愈說音量愈高；認識她以來，講話總是溫和嫻靜，從來未見她如此生氣。

「他是這麼跟我說的。」

「難道陸小星劈腿！」她難以置信地說：「不可能吧，我認識的他絕不是這樣的人，而且如果是劈腿，也未免太明目張膽了，實在違反常理。」

「我也願意相信他。妳不要亂猜了。」

「那就是丁嘉嘉搶妳男友嘛，妳都不生氣嗎？」

「嘉嘉很可憐的。」

「欸，是怎麼回事？我認識的蘇小雅可不是這樣的。以前妳一定嗆回去的。」

「人總是要成長，不能什麼事都任性吧。況且，我身為班長，跟同學爭風吃醋，也太丟臉了啊。」

「什麼啊！班長就不是人生父母養的嗎？到底妳為什麼要容忍她老是拉著陸小星啊？陸小星又為什麼不甩開她？還有，丁嘉嘉到底有什麼可憐的？」

「她逼陸小星說，如果不跟她在一起，她就要蹺課，要跟阿謝在一起。」

「那又怎樣？」

「我猜那個阿謝可能是黑道混混還是不良少年之類的，陸小星怕她會有危險，所以——」

「她要自甘墮落，干別人什麼事？還要拖著陸小星。」

「他可能認為自己是風紀，有責任保護她吧。其實，我身為班長也該如此。」

「齁！一個認為身為班長要有氣度、一個認為身為風紀對小三要保護？」妞妞大嘆一口氣，翻白眼，故作昏倒狀：「你們一定要這麼偉大啊？可以不要這麼有責任感嗎？」

「唉。妞妞，沒關係啦。」我嘆了口氣，趴在她房間的窗台上，望著公園裡大樹下那些孩童的打鬧追逐發呆。「以後我們大學如果考到了不同的學校，也是會分開的，對不對？」

妞妞怔然，大概是聽出了我話裡的意思，忍不住抱住我：「我們可以考進同一所學校呀。」

「如果我跟陸小星以後唸不同的學校，不是一樣要分開嗎……」

「妳可以叫他跟妳考同一所大學嘛，我們三個還是可以做同學啊。」

我不語。如果他為了丁嘉嘉，要跟我分手，即使唸同一所大學甚至繼續同班，又有什麼意義。

第十三話

之後的日子，只要丁嘉嘉拉著陸星晨要去哪裡，我都聳聳肩，不置可否，以免刺激丁嘉嘉，更不想讓陸星晨為難。

有幾次，陸星晨堅持已跟我有約在先，拒絕她的要求，她就會不顧班上同學的流言蜚語和異樣眼光，耍賴吵鬧，逼得陸星晨非得妥協不可。

日子久了，班上在背後的指指點點就愈發明顯。什麼風紀花心大劈腿、班長被無情狠甩、地表最強小三嘉的瞎話都可以充耳不聞，但只要陸星晨稍有不順丁嘉嘉的意，丁嘉嘉一哭，就有一堆人指責他不知憐香惜玉、又在欺負女生。

網路上更是傳得難聽，說什麼他已經睡過丁嘉嘉、如果他不理丁嘉嘉，那就是始亂終棄的渣男之類的鬼話，看得我一肚子火，大罵那些嚼舌根搞網霸的人該下地獄去割舌頭。

妞妞倒是心疼，私下罵我：「先關心妳自己吧。」

但我知道陸星晨為了丁嘉嘉，肩上有著超過他年齡可以承受的壓力。

有一次，在圖書館大樓後面的樹下，我無意間撞見他在斥責她的任性。

因為她又說了一堆我的壞話，以如果他再沒有跟我分手，就要退學，而且還要跟阿謝在一起為要脅。

被罵後，第二天她就真的沒來上課。

陸星晨緊張得無心聽課，第三節下課就請假到外面去找她。

我曾轉個彎的方式探詢丁嘉嘉的家裡狀況，希望父母能注意到她的嬌縱妄為。但陸星晨只是皺著眉頭搖搖頭，不想多說一句。

我揣度她家應該有什麼問題，才會讓她國中時曾淪為中輟生。再次日她就進來教室了。我不知道陸星晨是什麼用方法把她找回來的。事後問他，他只有苦著一張臉，不想說，在我追問時，還刻意轉移話題。

他都可以忍，我也可以。

因為我是班長，他只是風紀。

當時的我是這樣在心裡告訴自己。

期末考的最後一天結束，大家似乎都鬆了口氣。陸星晨用筆戳戳我的背；我靠著椅背側耳。他小聲說：「班長，明天我們去放風箏好不好？」

我用極低調的手勢，比了個ＯＫ。

當天晚上和妞妞逛夜市時，還不經意地哼著歌。

想著放寒假的第一天，就能跟陸星晨在一起，開心的細胞每一個都打開了。

「唷，心情不錯嘛。明天跟陸小星有約會夠。」妞妞興味盎然地瞠視我說。「誒，這邊哪裡有賣風箏啊？」我想掩飾一下，嘴角就是不聽使喚拉起彎度。

「喔，原來是要一起去放風箏啊。」

「呵呵。」

「別說我沒提醒妳，一見面就叫陸小星把手機關機。」

「蛤？」

「妳一向精明，自從跟陸小星在一起怎麼就變笨了呢。」妞妞賞我一記白眼；「以免那個女的又來擾局呀。」

「喔。」

第二天我起了個大早，為了今天的約會還刻意噴了點香水。打開門，他已經站在門口，陽光燦麗之下的他，是那般的耀眼澄亮，尤其還配上無敵微笑。

他見我遲遲沒有牽車子的意思，用疑問的眼神望著我。

我指指他腳踏車前面的橫桿，勾起了他的嘴角。

那天一路上的風，涼沁中融化陽光粒子的暖，帶著他臂彎裡迴盪到我背後的溫度，與後頸上飄揉著他的氣息，那種感覺，我一輩子都不會忘記。

海邊路旁的攤位有各式造形的風箏。他選了老鷹；我選了蝴蝶。

我們在防波堤上找了個沒人的地方坐下，這裡的海風很大，只要輕順地拉幾下，軸線輪嘎嘎作響轉得飛快，風箏很容易就乘著風浮搖上升到空中。

「哇，你的老鷹飛得好高好遠啊。」

「妳的小蝴蝶也很高啊。」

「唉，每天都要上學、考試，好煩哪，如果能像風箏一樣在天空飛，多好啊。」

「可是飛得再高，還是有一條線牽著它吧。」

「那當然啦，這樣它才能回得來嘛。」

「就像妳呀。」

「像我什麼？」

「線啊。」

「你咧？」

「我就像那隻老鷹風箏。飛得離妳再遠，也還是有妳牽著。」
「意思是……我是你的牽絆呀？」
「班長永遠是風紀的好夥伴。」
「欸，你什麼時候飛離我啦？」
「小學六年級到國三，都飛離妳啦。」
「是我這條線拉著你，你才跟我同班的嗎？」
「嗯，算吧。」
「我不信耶。」
「蛤？」
「我覺得我就是我，你就是那隻老鷹風箏。」
「那，為什麼我們又會在一起呢？」
「因為那條線呀。」我斜倚在他的肩臂上，望著那條在空中幾近透明的線；「那是一條名為牽引的線唷，它會因為一個人的思念，從那個人的手中飛出，去尋找像風箏般懸在心空中被思念的那個人。如果對方也思念自己，對方的手中也會飛出它，雙方的線在高空相遇、進而連結，這樣，就找到彼此了。」
「名為牽引的線？」
「必須是兩個很有緣分的人，才能這樣找到彼此，連結在一起，互相牽引。」
他轉眸，和望著他側臉的我對上。我們都笑了。
「那年你突然轉學，我很傷心。」
「我是不得已的啊，畢竟，我才十二歲而已，很多事不是自己能決定。」
「當時我就在想，人間如果沒有別離，該有多好，可以跟喜歡的人一直一直在一起。」

「如果不得不別離，只要記住對方的模樣、記住在一起時的感覺，那對方就依然在自己身邊呀。」

「那時候……你有記住我嗎？」

「有啊。妳和林子燕、易巧妞她們在走廊說話時的打扮，妳罵我是矮龜的生氣，妳被顧仁賢氣到快要哭的樣子，妳髮帶上的那隻狗，我都記得。」

「我不信。」

「妳頂著書本跟我一起罰站的氣勢，妳分給我吃的紅豆麵包，妳教我數學時的認真，妳被選上班長時的得意，我都記得。」

「我不信。」

「玩捉迷藏時候妳被我找到的緊張模樣，妳吃地瓜時驚奇的模樣，我多管閒事被高年級打時妳罵我的模樣，妳吃草莓軟糖時開心的模樣，我都記得。」

「我不信。」

「那，要怎樣妳才會相信？」

「唔。」我指指他的嘴唇，再指指自己的嘴唇。

他的臉立刻染上一片可愛的紅，把我惹笑了，我馬上用手機拍了下來。

他覺得丟臉，伸手要搶，我立即跳開，又笑又怕地讓他追著我跑。

最後跑累了，就索性讓他抓到，躲進他的懷裡。

當我們都停下來時，才發現距離近到彼此的呼吸和心跳都能感覺得到。

他緩緩地接近我，悠悠地閉上雙眼……

心快快地跳騰躍，火火地燒上雙頰……

我也不自覺閉上眼，期待著下一秒……

手機響了。還沒發生什麼之前，手機就響了。

我們同時睜開眼，怔怔地望著彼此，發現周圍有人在偷看，又靦覥地彈開。

他想拿出口袋裡的手機，我衝過去一把搶過來，也不管是誰打來的立刻就關機，然後把它扔進我的小背包裡。

有點後悔出發前忘了妞妞說的：「一見面就叫陸小星把手機關機。」

那一天的陽光很亮，天空很藍，海濤拍岸很輕柔，浪花蓋灘很細白。

手機自拍的合照，我們都笑得很燦爛、很自在。

很久很久以後，我都要記得。

如果不得不別離，只要記住對方的模樣、記住在一起時的感覺，那對方就依然在自己身邊。

當天下午離開海邊，我們又跑去看電影、逛書店，晚上再去夜市。

電影演了什麼內容，在書店買了什麼書，在夜市吃了什麼玩了什麼，我通通不記得，唯一記得的是他的側臉和笑靨。

十點多，他送我回到家門口。

「那，」他的手還溫熱地握著；「明天再來找妳。」

「好啊……」我的心還溫熱地跳著；「明天去要去哪裡？」

「我帶妳去星河公園，那裡有好多好多的星星。」

「好哇好哇，我想去！好久以前我就聽你說了。」

「那，我要回去囉。」

「唔，路上要小心。」

「我……真的要回去囉。」

「騎慢一點。」

依依眷戀了半天，他終於準備要放手了，我卻不捨地握得更緊。這讓他想到了什麼，忽然靠近我的眼睛：「我……可以吻妳嗎？」

我嬌羞地垂下眼眸，微微頷首點了點頭。

這時身後傳來腳步聲，我們被嚇到趕緊彈開。

大門被倏忽打開，媽媽出現在門燈下，露出狐疑的眼神：「怎麼現在才回來？」

「跟、跟同學出去玩。」

媽媽打量他的眼神顯然不友善：「跟他？」

「還、還有，還有其他同學……」

「蘇媽媽，您好。」他禮貌地向媽媽欠身，微笑著。

「唔。你叫什麼？」

「陸星晨。」

「你們今天去哪裡？」

「去海邊放風箏，還有去看電影。」

「你家在做什麼的，爸爸是開什麼公司？還是在哪裡服務？」

「我爸爸……」他露出為難的尷尬；我馬上插嘴：「媽！」

「問一下又不會怎麼樣。」

「很晚了啦，人家媽媽會擔心呀。」

「妳也知道很晚了，現在才回來我就不會擔心嗎。」

「下次我再請他來家裡坐，妳要問再問嘛。」媽媽獵人般的眼神終於鬆懈。

「好吧。時間不早了，早點回去吧。」

「那，蘇媽媽再見，小雅再見。」他向我們揮揮手，跨上腳踏車向路口騎去。

進屋後，媽媽劈頭就問：「妳跟他在交往啊？」

感覺到媽媽對陸星晨似乎不太友善，我趕緊否認：「沒、沒啦。」

「沒有最好。看他的樣子，家裡一定不怎麼樣。」

「……什麼叫不怎麼樣？」

「窮酸。」

「媽，妳怎麼這樣說人家，況且，妳才看了他幾分鐘而已。」

「我看過的人比妳讀過的字還多，看他身上穿的都是廉價貨、腳踏車也那麼舊，就知道他家一定很窮。」

「那又怎樣？」

「不然妳說，他爸是哪家上市公司的總裁？還是他媽是哪家教學醫院的主治醫師？」

他爸爸是……好像沒聽他提起過……他媽媽是……賣地瓜的……

「就算都不是又怎樣，人家他每次月考成績都是班上第一耶。」

「這種男生以後要成功也會很辛苦。反正以後少跟這樣的男生走得太近。」

「媽，妳幹嘛這樣說啦！」我臭著臉，非常不悅媽媽對陸星晨的態度。

「我跟妳說，爸爸是醫美醫院的院長，媽媽是高科技公司的董事又是獅子會會長，從小到大吃的用的學的，都一定給妳最好的，妳是爸媽心中唯一的寶貝，妳是最優秀的，媽媽當然希望妳一輩子都能幸福，所以以後就算要找對象也要找能給妳一輩子幸福的男生嫁。妳不要認為媽媽勢利，這是為妳好。」

「拜託，我才十六歲，就在說什麼嫁不嫁的。」

「反正我女兒以後非豪門不嫁就對了啦。」媽媽見我愈來愈生氣，就兀自下結論說。「好了，妳趕快梳洗一下早點睡，明天一早的飛機，不要爬不起來。」

「蛤？要去哪裡？」

「去法國度假呀，機票早就買好了，妳的行李剛才我也幫妳準備好了。」

「為什麼？」

「我們全家每年寒暑假都出國度假的，哪有為什麼。妳爸應該也快到家了。」

「喔。」那，明天就不能跟陸小星去玩了呀。我沮喪地拖著步子進房間。

想打電話告訴陸星晨明天我就要去法國的事，打開小背包才發現他的手機還在裡面。撥了他家的室內電話卻沒人接。

先去洗了個澡，出來又打了一次，仍是沒人接。

拖到十二點，唯恐明天錯過飛機不得不睡了，再打一次，還是沒人接。

唉呀，怎麼辦哪。我用Line傳簡訊給妞妞，把臨時才發現自己要出國、陸星晨的手機又在我這裡的事告訴她，希望她能代為轉達，只能期待明天他不要一大早就突然出現在家門口。

我還沒準備好讓爸媽認識他。尤其是媽媽剛才說的那些話，更讓我……

我放下自己的手機。望著他的手機發呆。這樣在法國時就不能跟他視訊或是Line訊了，唉。

我無意識地把玩他的手機，忽然想看看白天在海邊的合照，就點按了開機。

畫面出現後，突然叮叮叮叮叮叮叮叮叮叮叮叮叮叮叮……連續發出無數聲接到簡訊及未接來電的通知聲，叮個沒完沒了！

我嚇到把手機扔在床上，傻眼地望著它，一度以為它壞掉了，或是鬼來電了。

不知過了多久，叮叮叮的聲音終於止住，我才緩緩靠近它。

簡訊九十一則。未接來電共一百二十五通。全部都是來自同一人。

先是責怪陸星晨為何不接電話，再怪自己老是煩他，又說如果再不接電話就要殺去他家找人，最後又生氣說如果下一通再不接的話以後都不理他了。用語時而溫柔撒嬌時而自怨自艾，有的充滿忿怒責罵，有的又認為他不回電也不讀訊一定是被矯情雅勾引了，當然也很多次威脅表示要再去找阿謝，最後說如果再不理她她就要去死給他看。

一則一則的讀，讀完已經是凌晨快一點半了。

死給他看？我倒想先看妳有沒有勇氣去死啊，心機嘉。

我決定把這些未接來電的紀錄和簡訊，包括她之前寄的照片檔，全部刪掉。

開開心心在法國玩了三個星期，其間也拍了許多美景和美麗的自拍照上傳到臉書，我有注意到陸星晨有用電腦上網來按讚。

下學期開學的第一天，出門前還特別把在法國買的小巴黎鐵塔鑰匙圈和薰衣草壓花書籤放進書包。這些紀念品是要送給陸星晨的。

一進教室，許多人已經圍成幾個小圈圈，嘰嘰喳喳在分享寒假的生活。

陸星晨卻沒在座位上。

丁嘉嘉竟也沒進教室。

上午有四節課。隨著每節下課鐘響，我的心情就隨著變化。從期盼變為疑慮變為擔心變為緊張。我問妞妞，她也不知道，因為她昨天才從泰國回來。

下午第一節上課前一分鐘，才聽到身後有拉椅子的聲音。

我回頭，原本開心的笑容頓時僵住。

他的頭上裹著一圈紗布，神情看起來很疲憊。

我問他發生了什麼事，他只是苦笑搖頭。

下課後馬上把他拖到走廊上人少的一角，掐著他的脖子要他招供。

他欲言又止了半天，終於說是被阿謝打的。

原來丁嘉嘉對於寒假第一天他就失聯非常惱火，簡訊也已讀不回，居然真的跑去找阿謝。

幾天後，忽然想到手機不在身邊，丁嘉嘉如果因為找不到他，生氣想不開，就開始擔心起來。跑去找她不見人影，研判可能去找阿謝，所以他就直接去問阿謝，發現她果然與阿謝在一起。

他要帶丁嘉嘉走，惹得阿謝不爽，把他痛打一頓。還是丁嘉嘉向阿謝求情，他才逃過一劫。

「等一下。」我已經聽得滿腹火氣：「那個什麼Shit是什麼傢伙，他憑什麼亂打人？丁嘉嘉硬要去找他，關你什麼事，要自甘墮落是她的事，她的家人都不在乎了，你幹嘛老是那麼關心她？」

雖然是心疼他又受傷，但講出口的話卻是質問，聽起來卻是不滿。

臉上罩著一層陰霾，他語氣嚴肅的讓人心頭揪緊：「阿謝是在混黑社會的，打架吸毒、恐嚇勒索，甚至曾在風化場所當過小弟。妳說，嘉嘉跟那樣的人在一起，不讓人擔心嗎。」

「然後呢，你不理她，她就用這種方法脅迫你跟她在一起？我看她也不是什麼良家婦女。」

「小雅，妳不應該這樣說。任何人都不該這樣說她。」

「她害你被打，你還幫她講話？」

「是我自己去找她的，她事先也不知道阿謝會打我。」

「喂，我告訴你，你現在已經是高一了，國中老師告訴你要保護她的那些屁話已經不必在乎了好嗎。現在她要怎樣都是咎由自取，怨不得別人，更不該害到別人，如果她想去死也是她家的事——」

他突然抓住我的手臂，臉色非常嚴肅可怕，沉著聲說：「小雅，不要這樣說。永遠都不要。」

認識他以來，從未見過他這麼可怕深沉的樣子，我有點嚇到，本來還想開罵的話硬是全部吞了回去。

「那，好嘛。人家不過是心疼你而已……，你幹嘛這樣。」有點委屈的鼻子，覺得酸酸的。

「我知道。」他拉起我的手，臉上霧開雲散，回復原來的柔和：「但妳不要擔心，我現在不是好好的。」

從此我知道，丁嘉嘉的事他希望我不要多問。

只要確認他的心在這裡，我也不屑多過問那個心機嘉個人的事。

現在想起來，這樣的想法是錯的，錯的可以。只怪自己當時太年幼無知。

不過自從我對丁嘉嘉的一切視而不見、充耳不聞後，陸星晨和我的感情愈來愈好。尤其我們都是班級幹部，除了放學後的時間相處外，為了處理班上事務，也有許多合作機會，幾個禮拜後，我們愈加有默契。

丁嘉嘉仍然不時插花胡鬧，要他陪著去買這個做那個，但我看得出來他只是應付和敷衍而已。所以我選擇隱忍。

之後，我連午休時間都不想放過與他在一起的時光。

所以，吃完午餐後，椅子仍然不轉回，我就直接趴在他的課桌上。

就這麼近的看著他的雙眼，不論是睜著或閉著，我都要看著。

因為睜時的開朗，與閉時的淨靜，都是不同的美好風景，我都喜歡。

當他沉沉睡去時，微勻的氣息，彷彿南法草原上輕掠而過的和風，讓人平靜。

最好看的的風景是他的唇，溫軟有形。我必須要很努力很努力控制自己，才不會有一口吃掉的衝動。

我甚至胡思亂想，如果有一天，如果丁嘉嘉真的得到了他的心，那我至少要得到他的人，不然這一場戀情就真的人心兩失，什麼都沒有了，那我真的就太可憐、太不甘心了。

妞妞說，陷入戀情的女孩都會變得很奇怪。我居然會幻想自己是肉食女，真是變得太奇怪了。要怪就怪陸小星的嘴唇看起來這麼可口。科科。

我們這樣相處久了，連眉頭微蹙、嘴角略彎，都能知道對方在想什麼。

或許，心靈相通與熟悉形成的感應，讓彼此會活在對方的每一個細胞裡。

始終，我卻感應不到他要跟我分手的企圖。

不過，在那家名為「回憶」的店裡，他跟丁嘉嘉說過的話，始終是藏在我潛意識裡最沉重的擔心。

第十四話

我感應不到的第二種想法是，他的心情似乎愈來愈不好。

在他臉上的笑容，似乎在不經意中逐漸消失。起先我以為又是丁嘉嘉，但他說丁嘉嘉的個性他早已習慣，除非她又去找阿謝，否則不會擔心或生氣。後來又以為他生病了，但看起來又不像哪裡有病痛的樣子。

有一天，丁嘉嘉跟妞妞去外校參加寫生比賽，我跟他才有機會在校園大樹下自在地溫習國文。我們是用參考書裡的問題互相考試的方式來提醒重點。

「黃州快哉亭記的主旨在描述什麼？」他問。

「隨緣自適、坦蕩豁達的心態，所謂不以物傷性方為快樂的前提是也。」

他見我搖頭晃腦地學古人，牽了牽嘴角。換我問他：「如果你進京趕考，在路上見到一個店家掛著匾牌，上面寫著鴻漸居。你覺得那個店家在賣什麼？」

「賣茶。」

「為什麼？」

「因為陸羽，字鴻漸。」

「那如果寫著拔壠鋪呢？」

「賣杏樹或杏桃的嗎？」

「這你也會？」

「因為董奉，號拔墘呀。」

「他誰啦？」

「漢朝末年的一位大夫。為人治病，分文不收，只有一個條件：凡病治好，病重者種五棵杏樹，病輕者種一棵杏樹。多年後，他住的那塊山坡杏樹多達十萬多株，蔚然成一片杏林，號稱董仙杏林，後人所稱的杏林春暖，就是指他……」

「原來如此。換我。那，下面哪位國學人物與竹子有關？一、陶淵明。二、周濂溪。三、王徽之。四、懷素。」

「……」

沒聽到他回應，從參考書抬起視線，我發現他望著地上發呆。「陸小星，你怎麼了？」

「嗯？」他回過神，好像才從很深的沉思中醒來。

問他在想什麼，他僅輕搖搖頭，回報我一個笑容，很想振作起來的樣子。

我們又進行了幾題，也許是問答中讓他聯想到了什麼，總是突然就斷電了一般，整個人失神發怔。在那天之前，我就覺得他經常這樣，有時還悶悶不樂，追問也問不出所以然，幾次逗他笑，他也笑得很勉強，害我都不知道該怎麼辦，只知道他原本的正向陽光正快速黯淡中。

我放下手中書本，把他的臉轉向我：「陸小星，看著我。告訴我到底發生什麼事？是丁嘉嘉又來煩你了嗎？」

「不是。」他笑著，捏捏我的臉頰：「不是告訴過妳不要胡思亂想了嗎。」

「那我問你，小星是不是喜歡小雅？」

「是啊。」

「如果小雅有什麼不開心的事，小星關不關心？」

「當然啦。」他還是維持著笑意。

「但是小雅都不跟小星說發生了什麼事，小星會不會擔心？」

「嗯。」

「同樣的道理，現在小星都不跟小雅說心裡的話，小雅會開心嗎？」

「……如果說了也會讓小雅不開心，那小星會選擇不說。」

「哼！」我起身把書用力甩在地上，提高音調忿怒地說：「又是因為丁嘉嘉，還騙我說不是。」我會不開心的事除了丁嘉嘉以外，沒別的了吧。原以為會緊張地站起來安撫我，不料他卻靠在樹幹上，將雙臂交塾在腦後，望著天空長嘆一口氣：「唉，以後恐怕連嘉嘉的事我也都無能為力了。」

這下子我反而不知所措，又為了面子不願再坐回他身邊，乾脆耍起任性：「陸星晨，你到底要不要說發生了什麼事？」

他又失神了，望著天際飄動的白雲發呆。這真的惹惱了我，抓起參考書丟下一句「今天不說，你以後就不要再跟我說話了。」就頭也不回地跑回教室。

之後就真的再也不跟他說話。即使他努力逗我哄我甚至裝可憐，或用藍色小便利貼紙貼在長髮上道歉，我都只有「要不要說到底發生什麼事」回應，最後甚至發脾氣跟他冷戰，對於他的簡訊也完全讀而不回。

他居然硬是不說。那本小姐就賭氣也不再跟他說什麼。

我討厭為別人擔心的感覺，從小到大只有家人為我擔心，我從來不需擔心別人什麼。他這樣的悶葫蘆態度，讓人超擔心的。但當時的我，根本不知如何處理這樣的心情，只能煩躁地向他發脾氣。

這段期間最開心的莫過於丁嘉嘉。有一次我上廁所，還無意中聽到貝晶婕在洗手檯前時跟她講話：「聽說，最近蘇詩雅和陸星晨好像在冷戰耶。」

「哼，那種有錢人家的女生，嬌縱慣了，逞晨才不會喜歡咧。」
「可是前一陣子他們兩個走得很近不是嗎？」
「那是矯情雅勾引他。」
「妳還叫人家矯情雅，太難聽了吧。」
「上學期開學第一天就跟逞晨裝熟，其實她根本不了解逞晨。說她矯情，只是剛好而已。」
「呵呵。啊，上課鐘響了，走吧。」

從廁所出來，驚訝於自己對於丁嘉嘉的話並不生氣。在回到教室途中，反而一直在思索她的話……我真的了解陸星晨嗎？

冬天結束前的最後一波寒流意外強大，從新聞報導得知，連台北近郊的陽明山上都開始下雪了。寒流很冷，我們的冷戰更冷。

世上發明冷戰這種相處模式的人到底是誰，真該下十八層地獄。

每天要把陸星晨的帥臉當做空氣、明明在身後哄我開心講的話很好笑卻必須撐住，維持無動於衷的生氣臉，那種痛比用針刺腳底還痛、那種苦比喝超濃縮黃蓮苦茶精還苦。但我都忍下來了。因為我更不能容忍他對我隱瞞。既然喜歡我，就要對我百分之百坦白。

事後想起來，什麼坦白，根本就是自己白目啊。

但才十六歲的我，就是這麼堅持地認為。

青春啊，原來還包含許多自以為是的尊嚴與固執。

記得那是一個星期六，平地的清晨溫度降到只剩五度，寒流要結束前還這樣折磨人，真不知寒流的良心何在。

昨夜躲在被窩裡看他傳來的簡訊，分享他的讀書心得、講了許多讓我笑到肚子疼的笑話、要我注意身體不要著涼、希望明天看到我原諒他的笑容。

他很努力討我歡心，許多話語也帶給我愉悅與溫暖，在這樣一個冬夜裡。

但我仍然裝得很酷，只冷冷地回他兩句：「如果明天你準備好要跟我講了，才來找我」、「我不喜歡裝酷的虛偽騙子」。

我不是一個冷酷的女生，但事後才知這樣對待他，真是殘酷，也很自私。

第二天早上還在睡夢中，我就被媽媽搖醒。

「上次那個男生說要找妳，我說什麼都趕不走他。妳要不要自己去應付一下。」

我跳下床，推開窗簾往大門外看。

他縮著脖子，在寒風中冷到直打哆嗦。我披上大衣，連鞋子都來不及穿好就跌跌撞撞衝下樓、一邊跑一邊大聲說：「為什麼不早點叫醒我！」

「我是要妳趕他走的，妳可不要跟他糾纏不清啊！」媽媽也毫不客氣回嗆。

衝出家門，冷冽刺骨的寒風迎面撲來，鼻水一下子就竄了出來。

陸星晨拎著早餐，在陰灰的清晨裡，看來好孤單，好令人不捨。

「這麼冷你還來幹嘛呀。」

「對不起，昨天讓妳那麼生氣。」他凍得嘴唇都發紫了，還伸手溫柔地擦去我人中上的鼻水。走過身邊的路人不是流露出羨慕的表情，就是竊竊私語說「好幸福喲」。

那一剎那，我覺得自己有罪。

辜負了對自己付出真心的男孩，只為了自己無謂的尊嚴。但他何罪之有？何其無辜？我趕緊接過早餐，而且握緊他手心的僵冷，用力搓揉：「為什麼這麼傻？你明明知道我亂罵一通的。」

他笑了。笑出我認識他以來最真實的開心。

他用力擁著我：「沒關係，以後妳想罵就罵，我不會介意。」

我也笑了，讓他擁著，只想不負責任地享受讓人疼愛的滋味。

很久以後，另一個男孩也曾對我說過同樣的話，但絕對比不上現在的甜度。因為這個甜度是他真心的溫度所釀製出來的，無人能取代。

拉著他到附近的超商，微波加熱了一瓶豆漿，要他馬上喝下。

「那個，妳要我說的那件事。」我們在店裡的椅子坐下，他急著說，嘴唇還是沒有回復原有的血色。我注意到他的大衣很舊，裡面的刷毛都已不保暖了，要他先別說，想把身上的兔毛大衣脫下來讓他穿。

他抓住我的手制止，被寒風刺得發紅的雙眼望著我，下定決心般說：「其實是……我媽媽住院，情況不樂觀。所以我很煩。」

「晨媽住院？」那張帶著盈盈笑意、慈藹的臉龐浮上腦海，她總是以長袖套拭著額上汗珠。我好奇地問：「這，有什麼不能告訴我的嗎？」

「我媽媽……不希望我跟別人講。」

「原來如此。她、她還好吧？」

他搖搖頭，淚水已經盈滿眼眶。

「一定會沒事的，她人那麼好。」我握緊他的手：「我想去探望她。」

他還是搖頭，忍不住彎身把臉埋在手掌間，肩頭顫抖，強迫自己不哭出來。

雖然經常跟我媽頂嘴，也很討厭她的勢利，但如果媽病情嚴重，自己一定也會擔心到不知所措。想到他是因為晨媽住院的事心煩不想提，那一定是用盡了全力維持堅強的結果，就懊悔自己幹嘛一定要逼他講什麼心事，真是任性。

「她在哪家醫院？有好的醫師治療嗎？我爸是醫院院長，回去叫我媽跟我爸講一下，介紹最好的醫師給她好不好？」

「……還是不麻煩蘇媽媽了，我相信媽媽會很快好起來的。」

「真的不用嗎？」

他點點頭，凝望著我，若有所思了半晌，緩緩道：「不管以後會怎麼樣，我只要妳知道，很多事，我並不是想不告訴妳，只是——」

「我再也不會不理你的。你講的笑話都很好笑，你哄我的話我都很開心。真的。」我迫不急待告訴他這幾天我的心情。

只是什麼，可惜當時太急著說自己想說的話，沒讓他說完想說的話。

青春啊，就是這樣有著許多自以為是。

如果不是丁嘉嘉，我不會發現陸星晨把他的內心隱藏得那麼深。

印象中的他，應該是小白目、鼻涕弟、笨矮龜、小傻兵，四年後變為高個子、天菜帥、正義哥和喜歡我的風紀股長。

經過那次冷戰後，自以為已經看透他了，殊不知過去那四年的成長，他的小宇宙更多更大，單純如我根本未曾發掘，卻以為已看完了他的天空。

寒流過後，我們每天上學、放學和假日都在一起。這讓原本以為我們快要分手的丁嘉嘉傻眼，也分外紅眼。

那天下午最後一節課下課，學務處用廣播呼叫各班的風紀，陸星晨因此不在教室。大家開始收拾文具和書本，這時我發現手機有閃燈，表示有未讀簡訊。

點開，我馬上貧血頭暈，逼自己深呼吸後，開始怒火中燒。

我衝到她課桌邊，沉聲道：「丁嘉嘉，妳等一下再走，我有話跟妳說。」

她怔了一下：「幹嘛？」

我回到座位，靠在課桌旁瞪著她。不安寫在她臉上，不知道我要幹嘛。等人都走光了，我告訴值日生會幫忙關電燈及鎖門，他們很開心地揹起書包就跑了。這時我才走過去，把手機伸到她面前：「這是什麼？」

她似乎很驚訝：「這張照片怎麼會在……妳那裡？」

「不是妳寄給我的嗎？這個號碼明明是妳的，還裝！」我的語氣裡已經冒火。

「我哪有……這是怎麼一回事……」

「不管是不是妳寄的，妳說，這照片是怎麼回事？」

可能是我一副正宮質問小三的態度，惹惱了她，她索性豁出去了般說：「對，我跟逞晨已經發生關係了，怎麼樣？」

需要扶住課桌才能不昏倒，我一口氣快要喘不過來。

「如果不是妳介入當小三，他對我不會變得冷淡。後來我們上床了，他說這次真的會跟妳分手。哼，怎麼樣，他已經是我的了。」見我氣到說不出話，她鼻孔抬得老高再嗆：「不要以為是班長就可以欺負人！臭三八。」

「妳……真不要臉！」隱忍的壓力緊瀕臨界點，情緒就要炸開了。

「對，為了逞晨，我多不要臉都可以。可是妳呢？搶別人男友又多有羞恥心？」

「他、不、是、妳、男、友！」我已經氣到嘴唇發抖，必須一個字一個字才能把話說完。她倒是一副欣賞獵物垂死掙扎的冷血表情：「妳再跟他糾纏，其他的床照今晚就寄到全班每個人手機！妳會宣示主權？我也會。」

望著那張照片：陸星閉著眼睛睡著，她開心地自拍，還比了個啾咪。

被子蓋到兩人胸口部位，胸口以上都沒衣物，所以被子裡兩人是……完全沒穿嗎？雖然完全沒有露點，但太引人遐想……先前實在太小看她的心機了。

人家到現在還沒得到他的初吻，妳就奪走了他的……童貞？

咦，現在好像不是該想這種事情的時候。我回過神，氣憤地拍桌：「妳敢！」

「為了得到他，我沒有什麼不敢的。」

「妳這個、這個……」從小媽媽就教導我要做個淑女，淑女當然不能口出惡言，就甭提講什麼髒話了，以致現在我要罵人還真找不到適當的措詞，氣極敗壞之餘失去理智，竟然脫口：「吃了會放屁的髒東西！」

「可惡的臭三八，我早就想教訓妳了！」

接著一陣暈眩襲來，左臉頰一陣火燙，耳內嗡嗡作響。

她、她、她居然打了我一耳光！從小到大爸爸媽媽把我當公主在養，從來沒有打過我，我的第一次居然就這樣被她蠻橫的奪走，連陸小星的童貞也都被她搶去，真是令人髮指。我既羞恨又忿怒，伸手推了她一把，還大罵：「窮酸女！」

「住手！」身後傳來陸星晨大喊的聲音。他衝上來，把被推倒在地的丁嘉嘉扶起來。「妳為什麼要推嘉嘉？還罵她什麼？」

丁嘉嘉見機不可失，順勢跌進他懷裡，還放聲大哭：「哇～～她打我！嗚……」

「妳、妳先打我的！」

想不到丁嘉嘉的位置可以看到陸星晨何時進來教室，抓準陸星晨沒看到她甩我耳光，眼淚像按下水壩鬧門的開關般渲洩泛流到誇張，哀怨道：「我哪有……」

「她為什麼打妳？」

「她寄這種照片給我，嗆說還要散布更多這種照片，還說、還說——」已經氣到暈眩，剛剛她嗆了什麼我忽然腦內空白。丁嘉嘉卻趁機再補我一刀：「所以應該是她很生氣，就推我，怎麼反而會是我先打她。」

他接過我的手機，嚇了一跳：「怎、怎麼會有這張照片？」

「那是人家用韓劇的截圖，剪下你午睡時的照片和我的照片，合成好玩的，被貝晶婕看到，但我沒有寄給蘇詩雅。剛剛上課時她還向我借手機，所以應該是她用我的手機寄給蘇詩雅的。」她拿出手機辯解道：「不信你看。」

「為什麼她要幫妳寄給我？」

「我不知道。」

居然一推了事？我發覺雙手已經氣到發抖：「這種鬼話誰相信！」當時我完全忘了妞妞說過除了丁嘉嘉外，班上還有其他女生也喜歡陸星晨的事。

「我相信。」他把手機還給我們。「上次剪斷妳腳踏車煞車線的人，也是她。」

「不可能，我平常跟她沒怨沒仇的啊。一定是妳這個窮酸女！」

「詩雅，妳可不可以不要這樣罵她。」他的語氣已含有怒意。

「這算什麼？」我不可置信地望著他：「你相信她？我才是你的女友耶。」

「妳不該罵人，家裡窮又不是她的錯。」

「你現在是在指責我？我被打了耶！她沒罵我嗎？好啊，算我錯了，我被罵賤人矯情雅、我的手機號碼被她貼上援交網站、被她罵我搶別人男友很無恥、她國中開始淪為中輟生自甘墮落跟別人鬼混，這些都是我的錯！」

「詩雅，她中輟是有原因的，妳這樣講，對她傷害很大。」

「還在幫她講話？那我為了跟你在一起，受了多少傷害？」我提高了音量，幾近尖叫般發飆：「她的自尊多少錢？我賠她嘛！我媽有的是錢，又不是賠不起！吃了會放屁的髒東西！」

他不僅沒安撫我，反而面帶寒霜，臉色難看到極點：「妳說什麼？」

「她的自尊就值錢、就是無價之寶，我卻要忍耐你對她的隨傳隨到，表現出寬宏大量，我的自尊又算什麼？在你心中值多少？」

「世上很多問題不是金錢就能解決，很多東西也不是數字所能衡量的。」

「你要選擇幫她是不是？」我已經氣到失去理智，滿心的忿恨只想口不擇言的嗆回去，以挽回自己處於劣勢的自尊，竟然說出連自己都難以置信的話：「我媽媽說的沒錯，你這個賣地瓜的窮酸人家孩子！」

話才出口，我就後悔了，而且宇宙無窮無盡的超級後悔！但狂怒的心臟跳到腦袋發漲，根本不知如何處理自己的失言，整個人只剩呆滯狀態。

空氣靜止，時間靜止，地球靜止，整個宇宙的引力也靜止般的窒息感。

夕陽闇紅的餘暉照進教室，背對光線的他全身籠罩在似魅如魍的黯霾裡，讓人看不清臉上表情。他默默地轉身，靜靜地揹起書包，垂著頭走向門口，語氣極為冰冷：「原來在妳心中的我，是如此不堪。」

第十五話

「天哪！妳真是這樣說？為什麼？」

半夜一點被我狂Call吵醒的妞妞，聽我敘述完跟丁嘉嘉吵架的最後結局時，原本的呵欠連連瞬間變為驚叫道。

「人家就真的太生氣了呀，如果妳看到心機嘉的嘴臉，一定也會氣得發瘋。」

「誰管妳跟丁嘉嘉說了什麼，我是說妳怎麼這樣說陸小星呀。」

「那，誰叫他老幫心機嘉說話。」雖然心知不對，嘴上仍為自己辯解。

妞妞嘆了口氣：「小雅，我覺得妳應該跟陸小星道歉。」

「哼，他先跟我道歉再說。」

「小雅，妳真的是陸小星的女友嗎？如果是，妳怎麼對他這麼不了解？」

「……我有什麼不了解他的？」

「他很維護他媽媽的。妳的話不僅傷了他，也傷了陸媽媽。」

我語塞。雖然嘴上不願承認，但這確實是昨天下午我超後悔的原因。須臾，我幽幽地問：「那人家到底該怎麼辦呀……」

「傳個簡訊，跟他道歉嘛，如果妳覺得當面說不出口的話。」

「人家身為班長，還要先跟他道歉……那他先。是他先幫著那個心機嘉的。」

「好啦好啦，我明天幫妳跟他說好話。」

「耶！最愛妞妞了。」

「交妳這個損友。喂，我可以睡了嗎？」

「快睡快睡。」

第二天是星期六，心始終懸著。上午去補習班，一個字都聽不進去；下午到才藝教室上鋼琴課，彈錯了好幾個地方，還被老師唸了幾句。

一下課，我馬上傳Line問妞妞。妞妞只回傳「他手機沒開機。Line也沒讀。」

星期天我向來不睡到十點不願睜開眼皮的。但那個星期天，天還沒亮我就跳下床，只為了點開手機看看他是否有來電或簡訊。

仍然沒有。他真的生氣了嗎……真的不理我了嗎……

望著東方微白的天際，我向夜空中最亮的那顆星祈禱：希望他原諒我的無心。

一整天，除了接到選舉拜票的語音和詐騙集團裝模作樣地叫媽快來救我的來電外，仍然沒有關於他的任何回音。我忍不住又傳Line問妞妞。妞妞回覆：「關於妳的好話我寫了一大篇寄給他，但他的Line還是沒讀。」

可惡。可惡的陸星晨，跩什麼。要冷戰是不是？本宮奉陪。

以後妳想罵就罵，我不會介意的。明明是你自己說過的呀。

星期一進教室，他已經低著頭在看書。

落座後我也打開課本假意溫習，其實到上課之前都一直留意身後的動靜。

中間還忍不住故意起身打了個大呵欠，想說這樣也許可以引起他的注意。

沒有……沒有……沒有……沒有。一點動靜都沒有。

下課後我起身往後頭走，假裝要去檢查值日生有沒有把清掃用具放好，發現他居然伏在桌上睡覺。

是多累啊。還是寧願假睡也不願跟我說句什麼嗎……

我在教室外的走廊上，特意將身後的長髮往前甩，仔細檢查。遇到妞妞拎著飲料從福利社回來，還要求她幫我從頭頂檢查到髮尾，看有沒有沾到什麼東西。

妞妞仔細看了好幾遍，疑惑地說：「沒有啊。妳是擔心天空上的鳥拉屎嗎？不會那麼衰吧。」

連藍色的小便利貼紙都沒有……

難道，他在「回憶」裡跟丁嘉嘉說的話，要實現了……

許多與他相處的情景頓時浮現腦海，那麼多的酸酸甜甜陣陣湧進心裡。

想到上次摔車，他可以連命都不顧為我擋車，就覺得自己現在到底是在矜持些什麼。算了，午休時主動跟他道歉好了。

該怎麼說呢。小星，對不起啦，我不該亂發脾氣的。只有這樣講，萬一他氣還沒消，給我撲克臉看那多沒面子。嗯，那說，陸小星，現在我給你向我道歉的機會，有機會要把握喔，不然以後都不請你吃紅豆麵包囉。不行不行，萬一他忘了紅豆麵包的事怎麼辦，豈不是糗死了。先傳個簡訊好了。可是如果他都不讀或已讀不回，那臉往哪裡擺呀……試撥了他的手機，果然沒開機……

唉。藍色的小便利貼紙。這次為什麼沒有。

誒，好辦法。

第三堂下課後，陸星不知跑哪裡去了，原以為又被丁嘉嘉拖到哪裡去猥褻，結果她還坐在自己的座位上跟別人聊天。

不管了，這也是能把心意傳達的方法。我直衝福利社，買了一本紅色封皮的精緻小筆記本，小心翼翼在第一頁寫著：「小雅愛小星。小星可以別再生氣了嗎？」

待會兒作業本發下來，往後傳時順便把小紅本子一併往後傳，不就得了。

蘇小雅，真聰明，呼啦啦啦啦啦。科科。

學藝妞妞跟著數學老師進來時，果然抱著一大疊上星期的作業本。

我喊完起立敬禮時，才聽到身後傳來陸星晨落座的聲音。

老師先翻開講義，對於這次作業中很多人算錯的一題，先提出來並在黑板上講解如何套用公式。這讓我回憶起之前他教我指數函數時的甜蜜，也想起更久之前他問我因數與倍數時還有的距離。

不該有爭吵形成的距離，也不該再因為誤解就沖淡了甜蜜。

多難得的緣分才在一起，把虛榮與自尊燒掉也不會沒意義。

我偷偷把手伸進抽屜，緊握著小紅本子。

老師講解告一段落，提醒大家這題很重要，聯招考試常考。

就在我期待老師要把講桌角落上那疊作業本發下來時，走廊上傳來腳步聲。

班導師的身影出現在門口，她身後還跟著另一個沒見過的女老師。

數學老師見狀，走向門口。全班都望向他們三個的交頭接耳。

須臾，三人的目光都投向我這邊，班導師探身進來：「陸星晨，你出來一下。」

我隨全班的目光回頭，只差沒嚇到失聲叫出。

陸星晨的臉頰和眼窩是發生什麼事，有一大片可怕的瘀青……

他面無表情地起身向老師們走過去。他們低聲說了些什麼，讓他臉色極為難看，隨班導師和那位不認識的女老師快步往樓梯間離去。

數學老師進來，清了清喉嚨：「好，同學，我們繼續上課。來，每排第一個人上前來把作業本傳下去。」

妞妞這時靠過來小聲說：「我對那個女的有印象喔。」

「欸？」她說的一定是跟在班導師身後我不認識的那個女老師。

「小五時我跟妳說過，陸小星跟著一個女的走了，當時我還以為是他的阿姨還是誰的，妳記得嗎？」

「就……就是她？」

妞妞點點頭，發現老師往我們這邊看，趕緊收回視線。

一種不安的預感襲上心頭。莫名的強烈。

陸星晨都沒有回來。

整節課都心不在焉，好不容易拖到下課鐘響，急忙拉著妞妞問東問西。但那個我以為是老師的女生是誰、為什麼帶走陸星晨，她也說不出個所以然。

下午最後一節課是班會，班導師說了些什麼、大家討論了什麼我完全沒注意。結束後導師忽然說：「誰知道陸星晨的家在哪裡？」

丁嘉嘉、妞妞、我及幾個男生同時舉手。導師瞄了一眼：「班長跟學藝都知道？那妳們幫他把桌上的東西和書包收拾一下，放學後看能不能送回他家。」

放學後，陸星晨的手機還是沒開機。我們一路上沒有交談，腳踏車騎得飛快，只希望早一秒知道他到底發生了什麼事。

騎過早餐店、文具行、服飾店、乾洗店、冰品餐廳，這些店家都還在；還有那個菜市場，因為不是營業時間所以陰暗無人。上次經過這裡還是小學三年級啊。

我們停在陸星晨家的門前，腦袋一片空白，全身細胞都被嚇傻。

窗戶上沒有一塊玻璃，大門殘破到斜垂在牆外，整棟二層透天厝焦黑碳化！

一條黃色警戒塑膠帶子圍著門口，上面紅字寫著「案發現場，閒人禁入」。

從門外往裡眺，漆黑一片，只看得到一些烤焦髒汙的家具。
門前地上除了碎玻璃外，就是黑黑的水。
到底發生什麼事了，好像很恐怖。
把陸星晨的書包先帶回家，一顆心提吊著。留了好幾則語音和簡訊在他手機裡，直到睡前都沒有接到他的回音。
在床上翻來覆去胡思亂想，始終無法想像到底怎麼回事。
跳下床來到書桌前，我打開他的書包。
書包洗到刷白，裡面的東西放得整齊有序。除了應有的文具書籍作業本外，居然有一個藍色的小筆記本。
打開後，一行一行的看，一頁一頁的讀。
閱讀後，一行一行的淚，一遍一遍的流。
天啊。陸小星……
那天後，我就開始尋找他。即使用盡世上所有的方法，也要找到他。
一定要將小紅本子送到他的手上，讓他知道我要說的話。
那句來不及說出，他就又從我的生命中消失的話。
雖然只有三個字，若沒能對他說，會悔恨三十世。
第二天我向導師報告昨天到他家見到的情形。
導師皺著眉頭，面色凝重：「昨天只知道他家發生事情，沒想到這麼嚴重。」

「到底他發生什麼事？」

「不知道，今天早上他打電話來說要請假。明天他來上課時再了解一下吧。」

這樣說來，導師也不知道詳情。

明天。明天。又過了一個明天。

我們再去問導師，才知道陸星晨轉學了。

我著急地問他家搬到哪去了、轉學到哪間學校，導師說她也不知道，因為這些資料教務處列為機密。

列為機密？後來的日子裡找他找得疲憊時，只能告訴自己：也許陸小星被政府徵召去參加特訓，變成一名特務或情報員，去執行一些不可能的任務吧。

唉，怎麼可能，他是陸星晨，不是陸龐德或伊森陸啊。

問遍所有跟陸星晨較有話聊的男生，沒一個人知道他去了哪裡。

雖然不願意，但想到國中時跟他是同學的丁嘉嘉，只好低聲下氣地求她。

她搖搖頭，說不知道。

起先還懷疑她是刻意不想告訴我；但當她將手機遞給我看，眼神盡是落寞時，我就相信了。

一百多則寄給他卻未讀的訊息，表示她跟我一樣也在找他。

向她借了國中的畢業紀念冊，把他當時班上同學的電話都打了好幾遍。

甚至探訪他家附近的鄰居，以及晨媽賣地瓜的菜市場攤販們。

沒有一個人知道他家搬到哪去了。這世上，彷彿他就這樣蒸發消失了。

為什麼……為什麼又是這樣……我們的緣就這樣而已？

每夜望著小藍本子的內容，淌著淚，這樣的思念我受不了。太難過了。

喜歡一個人本該是美好，但是喜歡是因數，分離後的思念會隨著喜歡成倍數成長，壓得人喘不過氣。

對於他的思念，卻是依著指數函數按恆定速率翻倍成長。

哭累了，只能孤獨地望著夜空中最亮的那顆星，祈禱著……

星啊星，你那麼高那麼遠，他一定能看到你。今生，請讓我一定要再遇到他。

高中剩下的兩年，大學經過了兩年，用盡一切能想到的方法尋覓，登報尋人、各大尋人網站，甚至參加各種聯誼，想認識更多各校的人，藉此打聽他的下落，期待著能在哪一次的聯誼活動中，聽到某個人說出「陸星晨？認識啊，我知道他在哪裡」這樣的話。

陸小星，你走後，冬天就來了。

經過一千五百多天的尋覓，才知道自己是用一千五百多個思念來取暖。

第十六話

又笑又流淚地娓娓說完關於陸星晨與我的故事，天色已暗了下來。桌上因而堆了一座用來擦淚水和鼻水的面紙團小山。

「啊～～人家也好想遇到像陸小星這樣的男生喲。」曉雨低聲道。

「相遇不易，相守更難。妳和他……唉……」

竹鈴也感動得說不出話，輕拭眼角的淚水。

「想不到詩雅以前是長髮的耶。」曉雨露出很難想像般的表情道。

「除了想他，有時也會很生氣，不管發生什麼事，總該給我一個電話吧，就這樣不告而別，手機後來也變成空號，算什麼。所以高三那年冬天，我一氣之下就把長髮剪了，賭誓不把他找出來問個清楚，絕不再留長髮。」淚水又不自覺從眼角流下，我趕緊抹去。「沒有藍色便利貼的長髮，留著也沒有什麼意義。」

她們睜大了眼望著我。對，這就是我，高中的我跟現在一樣有個性。

「不過好像終於有人知道他，那個暱稱『別離』的人呀。」芫媛提醒我們。

不過，我們邊聊邊等，都沒見對方再上線。

竹鈴忽然說：「好想看看妳的陸小星長什麼樣子呀。」

我拿出手機：「其他的照片怕手機掉了或壞了就什麼都沒了，所以特別存在家裡的外接硬碟裡。這支手機只有一張當年在粉紅小豬甜點店前的自拍照。」

她們圍在手機前發出尖叫，曉雨跟芫媛不斷說著：「好可愛」、「卡哇伊」、「詩雅從小就是個小公主、原來這個小男孩就是陸星晨」、「太可愛了呀」。

只有竹鈴非常認真凝視著照片，不發一語。

「怎麼了？」

「……這個小男孩，好像在哪裡見過啊？」

「蛤！」我們全都轉向她。害她緊張起來：「呃……妳們這樣我壓力好大呀。」

「快快快快快給我想起來！」我抓狂似地抓住她的雙肩猛搖。

「好好好好，我想起來來來了一定馬馬馬上告訴妳妳妳妳。」她被搖到口齒不清，我才放手。她吁了口氣，原本梳理整齊的頭髮都被我晃亂了。

只要有一絲絲希望，我都不會放棄。

到底為什麼都不聯絡，這個問題沒有得到答案之前，死都不能瞑目！

問題是後來幾天，潛入水中的「別離」不知為什麼都沒有再浮出水面上線。

難道這條線索又要斷了嗎……

每天晚上，只要竹鈴回到寢室，都會被我逼問一次，每次逼問都快把她搖到腦震盪，以致每次她見我靠近就嚇到打哆嗦——誰叫她不趕快想起來在哪裡見過照片中小男孩。

有一天她實在受不了了，見我靠近就立即做出阻擋的手勢：「糾斗糾斗！別再搖我了！愈搖我愈想不起來。不過我想到一個辦法，或許能幫妳找到陸星晨。」

她說有個小我們一屆的學妹李恩倩，在大一時因為想念前男友，經常情緒失控，搞得室友們提心吊膽，找她幫忙。她請男友文曲想辦法，經過一番波折，文曲不但幫李恩倩找到前男友，最後李恩倩還和前男友還復合了。

竹鈴問我可不可以把陸星晨的事轉述，讓文曲想想辦法。但是文曲能否找到什麼線索，她也不敢說，只能試試看。只要有一絲絲希望，我都不會放棄，當然立馬點頭說好。

華岡的風，對於不經意和關係不清不楚的人，向來都是吹得驚悚。從社團辦公室出來時，迎面的寒風扎得原本昏沉的腦袋一陣清醒。迎面而來的，不只是寒風，還有一個男生的身影，讓人頭有點痛。程國硯，中文系系草。人長得帥，但腦子有點和正常人不太相容。堵住我，劈頭就問：「為什麼要騙我？」

「蛤？騙你什麼？」

「妳根本沒有什麼被前任男友傷得太深這回事。我查過了。」

「你查我？」這個神經病，把我拒絕他的理由當事實去調查嗎？我家住哪裡、國小到高中唸哪個學校、父母的職業、高中時有哪些同學、最喜歡吃什麼、最常出現在哪裡、大一時成績如何、大二時曾辦過哪些活動，他都如數家珍說的無一不正確。

這傢伙怎麼不去報考調查局呀，纏著我幹嘛。

見我不說話，他又開始說我早餐吃了什麼、昨天去哪裡、和什麼人說過話、甚至我現在穿什麼顏色的內褲都說的一清二楚。

夜色昏暗、四下無人。他看著我的眼神開始有點怪怪的。

我也開始覺得有點毛毛的。

去年的一場聯誼活動上遇到，就把我認定是他的女神。

時不時出現，想到就來告白。雖然每次都用各種理由明示暗示拒絕，但好像偏執症狀一發作，就會來煩人。

「請問，你跟我說這些是要幹嘛？」我的語氣已經很不客氣。

「我要讓妳知道，我對妳是很了解的。」

「然後呢？」

「我的心意妳知道。」

「我不知道。也不想知道。」

「妳知道我需要妳。」

「但我不需要你。我知道你需要的不是我，是吃藥。」

我轉身要走，手腕卻被他扯住：「為什麼妳不肯面對自己真實的內心、不承認妳喜歡我？」

「好痛啊！不肯面對自己的是你不是我！放手啊！」

「妳不要再逃避了！」他硬抱住我，把我推到樹下牆邊，大吼大叫：「我知道妳喜歡我！妳承認吧！妳喜歡我！妳喜歡我！妳喜歡我！妳喜歡我——！」

他臉上狂暴的神情，顯然把我當作前女友對待！

手臂已經劇痛，我嚇得放聲尖叫。但嘴被他用力摀住，只能發出嗚嗚的低鳴……完了，他會不會太激動就把失手我給殺了，我不想登上明天社會新聞的頭條啊……上帝啊，能讓我見陸小星最後一面嗎……陸小星，我們來生再見了……

一個聲音突然出現：「喂，同學，你在幹嘛？」

下一秒，程國硯近在眼前的那張狂暴的臉，咻地平行往後往上移，從一張大臉變得愈來愈小！那情景彷彿他被一台起重機抬起來，架走。

他身不由己的被架高抬起，表情也變得錯愕驚異，自然也就鬆開了緊箍的手。我也因而脫身，急忙跳開逃離他，在路燈的光亮下才發現是怎麼一回事。

那個把程國硯架開的人比他高、力氣比他大。

他的眼睛距離程國硯只有十公分，瞪著程國硯，嘴裡唸咒語般：「男生這樣對待女生是不對的尤其是施加暴力會把人家嚇死這樣對你有什麼好處，若真的喜歡人家就要好好對待人家怎麼大吼大叫凶人家叫人家喜歡你是怎麼一回事，父母沒教你要尊重別人的意願嗎就算你沒家教從小學校老師也有教吧，你都忘光光了嗎同學這樣是不行的將來出了社會也會出問題，你要好好修行把自己的脾氣修好這樣下次遇到好的女生人家才會真正喜歡你。我說了這麼多你聽懂了嗎？」

程國硯打死也大概也想不到會遇到一個比他還盧還囉嗦的傢伙，臉上滿是驚嚇：「少、少管閒事！她又不是你的誰你憑什麼管這麼多！」

為了擺脫程國硯，我急忙躲到他身後拉住他衣角大聲說：「他是我男友，你怎樣！你敢再亂來就試試看。」

他轉頭望了我一眼，臉上閃過詫異。

「怎、怎麼可能！妳亂說！我查過了，妳根本沒有男友。」程國硯面紅耳赤完全無法接受。有了靠山的我不怕了：「查你個屁！回家喝你的烏龍茶吧。」

他也搓搓拳頭，口氣冰冷：「想喝少糖少冰，還是開水現泡，我都可以請你。」

程國硯看看我又看看他，才一臉不甘願地離開。

我大吁了口氣，雙腿癱軟差點就要跌坐在地上。

他及時扶住了我，讓我撐住他的臂膀。

「妳還好吧？」

「還行。謝謝你。」

「找個地方坐一下吧。」他攙扶著我到百花池畔的長椅子上坐下。

這種攙扶，我想起曾有個人從女廁裡攙扶我出來的情景。很久以前。

這個時候居然想起這種事，有病。所以我趕緊把腦海裡的畫面關掉。

「怎麼回事？」

「遇到神經病，就這麼回事。」

「聯誼認識的？」

「嗯。」想到他上次批評我辦聯誼的事，有點擔心我們該不會又要抬槓了吧。

「下次小心一點。如果一定要辦聯誼的話。」他轉開視線，緩緩道。

「那個……」雖然跟他講這種事，有點奇怪，但人家剛才搭救了自己，而且上次在公車站牌下喝醉的事也是幸好遇到他，就覺得實在應該把事情說清楚，才不致於一直誤會下去。「我辦聯誼不是為了要找什麼高帥富，其實是想找一個人。」

「哦？找人應該找警察或警犬，怎麼會辦聯誼呢。」

「一言難盡了。總之，我不是你想像的那種女生。」

「找誰呢？我可以幫忙嗎？」

「想不到你這個人還挺熱心的，看來我真不該私下叫你臭臉英的。」

「臭臉英？哼哼。煩死。」他瞄了一眼手錶：「不過，妳想說也沒時間了吧。」

「宿舍門禁！」我跳起來，直往大雅館衝。

太遲了！大雅館上鎖的玻璃門後，舍監望著我的驚惶，冷笑地指著手錶。

頹然蹲在地上，拿出手機向室友求救。竹鈴下樓來求情半天，舍監鐵了心腸就是不開門。我和她分別打電話找校外租屋的同學，結果她們不是跟男友同居就是住在山下，但現在下山的公車已經停駛了。

「沒關係，我自己想辦法。」隔著玻璃門，我向竹鈴道謝，轉身離去。

要不是該死的程國硯，現在也不會落得必須在校園吹冷風過夜的下場。

迎面吹來的是整個校園風勁最烈的「恩典風」。

就在大恩館與大典館間的陰影處，他的身影閃出來。

「關門了？」他扯扯嘴角，問。

「還不是那個神經病害的！下次見到非踹死他不可。」

「妳有這個膽子？」

「我蘇詩雅有什麼不敢的？」

「真的？哼哼。」

「你不要不信。我剛才只是不小心被他堵到而已。」

「唔。那，妳一定敢跟我去一個地方。」

「什麼地方？」

「大倫館。」

男生宿舍？跟你？高英？最熱衷班務和聯誼活動的蘇詩雅、跟最冷漠的孤狼煩死哥高英，平常最沒交集的兩個人一起去大倫館開房間？太難想像了！

這樣明天社福系會崩潰、全校園會沸騰吧。

報答救命之恩也不一定就要以身相許吧。下意識地抓緊了胸前的外套衣襟。

見我猶豫，他取笑道：「妳確定蘇詩雅沒有什麼不敢的？」

「去……就去，烏龜才會怕鐵鎚。」

開房間就開房間，豁出去了！持平而論，他是高大的型男帥哥，不吃虧。
我像個小媳婦般低著頭跟著。但他先帶我來到校外的超商……
對，安全措施要做好……安全用品這裡有賣。
結果是在超商前的騎樓下滷味攤上，買了兩包滷味。
接著又進超商，我刻意站在書報架前，讓他自己去買男生要用的東西。
「妳站那麼遠幹嘛？」想不到他是站在冰櫃前：「妳想喝什麼？」
跟帥哥滾床單來一發雖然浪漫，但畢竟不熟悉又沒感情，身為矜持的女生還是需要勇氣。嗯，喝醉了會好一點。所以我過去打開冰櫃門，拿了一手啤酒。
他出聲制止：「喂，上次妳就是喝太多了。」
「那，一瓶總可以吧。」我鬆手，改拿單瓶的。
換他。居然拿起一罐草莓果汁汽水。
「呵呵，一個大男生，喝這麼娘炮的東西？」
他臉上閃過一絲尷尬，改拿水果酒。草莓口味的。
「草莓？我以前很喜歡的口味。」
「以前？」他把兩瓶酒放在櫃檯上結帳，瞥了我一眼問。
「自從我的朋友失蹤後，我就不吃草莓口味的東西了。」
他愣了一下，似乎努力理解還是不明白我在說什麼。
我們拎著食物飲料進校園，從仇人坡往大倫館慢慢走去。
不會吧，真的要去大倫館？是要先把彼此灌醉，再那個那個嗎……
這個高英，到底想幹嘛……難道真的覬覦本小姐的美色……

「那個，」他似乎察覺我的不安，打破沉默問：「朋友失蹤是怎麼回事？」
「扎心了。一言難盡。」
「會為了這樣放棄喜愛的東西，想必有故事在裡面。」
「想聽故事，不一定要去大倫館吧。」
「嗯？」他止住了步。我望向路邊告示牌上的社團海報，迴避他的眼神。
接著，他哈哈哈哈的大笑，笑彎了腰，笑到眼角都淌出了眼淚。
「笑屁呀。」跟他同學兩年多，除了酷臉，沒看過他笑成這樣。
「還說沒有什麼不敢的。」他斂起笑容，恢復厭世酷屎：「妳以為我想幹嘛？」
「不、不然，你帶我去大倫館是要幹嘛……」我的聲音像蚊子，臉上一陣熱。
「有人說那裡有個地方，叫星河公園。」
星河公園！是陸星晨說的那個星河公園嗎？我整個人愣怔到不知如何反應。
「走吧。」他睨我一眼，轉身逕自再往上走去。

男生宿舍沒有門禁，三更半夜回來都沒人管；但因為已將近一點鐘了，所以幾乎沒有人進出。不過為了迴避異樣眼光，進門前我還是戴上外套後面的帽子，以掩人耳目。高英見狀，又露出一抹笑意取笑我剛才的膨風。

他帶我拾階上了天台。不知是誰放了兩張海灘躺椅在天台的角落。

這兒的天空一片遼闊，除了台北盆地璀璨奪目的燈海一覽無遺外，抬起頭就會被嚇到：滿天多到數不清的星星，晶亮煐煐。

「哇……」我忍不住發出讚嘆：「這裡就是……星河公園？」

「小時候聽人家說的。」他往椅上一躺，豪邁地伸展成大字形，完全沒在怕夜裡的寒風。

「很久以前，我有個同學說他曾去過一個很漂亮的地方，也叫星河公園。不知道是不是這裡。」我也坐下，仰望星空，內心澎湃不已。

陸小星，那年你說的星河公園，不會就是這裡吧……如果是，那我正在看你當年的同一片星空耶，雖然已是多年之後，雖然你不在身邊，依然能感受到你那時的感動啊……可惜不是你帶我來，你曾說要帶我來的啊……不知為何，鼻頭漸漸酸了起來。

高英把手肘墊在後腦望向星空，久久未出聲，不知在想什麼。

幸好四周一片漆黑，他不會察覺我偷偷用手背擦去眼角的淚。

我記得他的宿舍是在大莊館，他不是打算陪我到天亮吧……

「喂，如果你覺得太晚，就先回大莊館吧。」

「妳不怕天亮後從這裡走下去，遇到教官？」

「可是——」

「沒關係。反正今晚我也睡不著。」黑暗中只有隱約身影和微熒瞳光，看不清他的表情。「妳不覺得望著這一片星空，就會讓人想起很多以前的事？」

想起很多以前的事……看來他今晚是想來這裡回憶一些以前的事吧。

不知為何，我立刻就墜入往事的長廊，想起幼稚園的陸星晨，想起國小時的陸星晨，想起高一時的陸星晨，更想起他小藍本子的內容。

「今天是交換點心日。小雅的熱巧克力是我今生喝過最好喝的飲料。」

「開學的第一天就有重大發現：遇到了妞妞和小雅，而且我們三個居然同班耶，這是今年最開心的事吧。」

「暑假時候媽媽第一次帶我去台北的星河公園玩，真的好漂亮。希望以後可以跟小雅一起去那裡看星星。」

「今天老師說我們應該幫助殘障的同學。我以後都要幫助小雅。」

「本來以為風紀股長很好，可以管同學。可是今天老師又處罰我了。」

「我好像不太會當風紀。幸好有小雅教我方法。小雅，我愛妳。」

「不知道為什麼，最近小雅見到我就跑，也不跟我講話。可能是我吃了她的草莓冰棒，她生氣了。不知該怎麼辦，苦惱啊。以後不可以這麼貪吃。」

「今天開學我就是三年級了，可是不開心。因為沒有跟小雅同班。」

「在路上遇到妞妞。她說她跟小雅在同一班。體育課時躲避球滾到她們班，真是值得紀念。」

「媽媽說男生不能打女生，今天顧仁賢卻欺負小雅。我太衝動了，結果被主任處罰，還害小雅也一起來被處罰，真是罪該萬死。」

「今天去學校撿芒果，發現小雅原來不喜歡窮人。我很傷心。」

「捉迷藏時發現小雅躲在那裡，忍不住假裝沒看到。因為想看到小雅開心得意的樣子，很可愛。」

「原本以為小雅不喜歡跟窮人作朋友，但是今天知道她其實很講義氣。跟她在一起吃東西，什麼東西都變得好好吃。小雅的紅豆麵包是世上最好吃的麵包。」

「今天家裡又出現怪物了。媽媽一直哭。我也很害怕。後來我想起小雅，想起她以前跟顧仁賢、周文騏發生的事，她一點都不害怕，我也好像就沒那麼怕了。我是男生，一定要學會勇敢，才能保護女生。」

「前天家裡出現怪物，害我整晚沒睡，因此昨天的數學小考只考八分。唉。」

「數學考卷發下來，滿分。耶！我愛小雅，謝謝妳教我數學。」

「在粉紅小豬的時候，看著小雅，就完全忘了自己昨天和怪物打架的可怕。」

「廖老師今天來學校說要幫我辦轉學。人生一定要這樣嗎？為什麼我要生在這樣的家裡？看來以後可能沒有機會再和小雅一起去粉紅小豬了。失落。」

「來到新的學校，新的同學，可是心情沉重。喊起立敬禮的班長不是小雅，很不習慣。」

「今天是禮拜天，坐了很久的車回家，想偷偷把那張我們在粉紅小豬前拍的照片拿出來。可惜家裡的鑰匙被換了，沒辦法進門。回來的路上經過那個有大樹的公園，想起以前玩捉迷藏的情形，有點想哭。」

「班上的風紀很無情，害一大票同學被訓導處處罰。如果是小雅，也一定不會喜歡這樣的風紀。」

「班上這次的秩序比賽全校倒數第二。班長說是風紀太混，風紀說是班長帶頭吵，老師訓了大家一小時。很懷念『班長vs風紀：小雅vs小星』的時候。」

「春假時回家看看，門還是緊鎖著。蹓躂到中山國中，在穿堂的公告欄上看到榮譽榜，上面居然有小雅的名字。她應該會考上那個高中吧。如果我也考上同一間高中的話，也許可以再相遇。」

「今天的心情像風箏，飛得好高好高。榜單上的名字有我。還有小雅。」

「感謝上帝，我和媽媽可以回家了。以後不必擔心跟小雅距離太遙遠。」

「時隔四年多，終於又相遇了。小雅變了。可愛。」

「生氣。發現藍色的便利貼紙。看到猴子忍住笑。小雅的每個表情，都可愛。」

「秋天的微風。木棉道上我們單車的車踪。不必再去想怪物帶來的虛空。」

「天啊。我真的向小雅告白了！草莓的香氣，焦糖的甜味。告白後的幸福。」

「每晚聊Line，是一天最快樂的時光。但不知這樣的幸福，能維持多久。」

「午餐時發現小雅的鼻翼長了顆痘痘。便當的距離，我們的距離，這麼近。」

「小雅因為嘉嘉的事很不開心。跟嘉嘉保持一定的距離。不能讓她誤會。」

「怪物回來了。每天載著小雅上下學，很珍惜。這樣的幸福恐怕不久了。」
「午餐時光。單車時光。聊Line時光。小雅，感謝妳給我最美好的時光。」
「怪物很可惡，想要摧毀我們的幸福。為了媽媽和小雅，我絕不能害怕。」
「因為嘉嘉的事小雅生氣冷戰。嘉嘉有事。家裡也有事。很煩很煩很煩。」
「跟小雅講？不跟小雅講？跟小雅講？不跟小雅講？講了能解決什麼嗎？」
「廖老師說如果狀況再沒改善，必須要考慮再次轉學。幸福總是這麼短。」
「小雅媽說的將來我從沒想過。只要有怪物，我能給小雅什麼幸福？窮困？」
「像蝴蝶風箏般飛得又高又遠，她值得比我好的大鷹。別了，心愛的小雅。」

那本小藍本子很舊了，字跡從可愛的又大又斜，慢慢變成個性的有稜有角。陸星晨的字跡紀錄了他的成長，和他對我的感覺。他的成長如字跡般明顯，對我的感覺卻始終如一。這麼純真。這麼忠實。

第十七話

清脆婉轉的鳥兒唱歌聲，把我從夢中喚醒。

睜開眼睛，發現東方的雲霧裡已透著陽彩。

肩頸上披著的是原本高英身上厚重的大衣。

高英瞄我一眼：「醒了？」

天空已成灰幕，只剩亮度最強的星星掛著。

他倚靠欄杆望著地平線邊的新月，宛若一尊沉思著的大衛雕像。

從側邊觀察，高英的側臉居然與陸星晨頗有幾分神似……我揉揉雙眼輕敲後腦，該清醒一些了，昏昏沉沉會分不清夢境和現實。

我用力伸了個懶腰：「我居然睡著了。沒說什麼夢話吧。」

「哼哼。說了一堆。」

跳了起來，我有點緊張：「說了什麼？我說了什麼？」

「一個名字。」他把已整理好的空瓶和塑膠袋從椅腳旁撿起來：「走吧，趁大家還沒起床。否則待會兒被人看到妳從男生宿舍出來，不太好。」

一個名字？好吧。反正他也不認識陸星晨，沒關係。

華岡校園的清晨，除了樹梢上的鳥鳴外，只有靜謐與恬適。

他問我要不要吃早餐。我望了腕錶，宿舍還沒開門。點頭。

我們步入大雅餐廳，這個時候偌大的食堂裡只有寥寥幾人。

點了蛋餅和豆漿，才發現忘了帶錢包。

他大方地拿出皮夾，跟老闆說一起算就好。

雖然表面冷漠寡言，他其實很熱心，而且蠻有正義感的。

以前到底是為什麼對他的印象不好啊……想不太起來。

昨晚我們就這樣各自望著星空，想著心事，沒有任何一句對話。

只是，跟高英一起看星星？怎麼想都覺得好奇怪。

而且覺得奇怪的人不只我，不知從哪裡突然閃出來的這個人應該也是如此認為：「小雅？為什麼妳會跟高英在一起……吃早餐？」

高英無風無雨地吃著蘿蔔糕。我瞪邵宣蔚一眼：「碰巧遇到了，不行嗎？」

邵宣蔚不請自坐，視線在我們身上掃來掃去：「碰巧不是不行，但是，妳身上穿著他的大衣，還喝著他的豆漿？」

「他買來請我喝的豆漿！講話清楚一點。」我趕緊把身上的大衣脫下來。

「那還是他的豆漿嘛。」

「我忘了帶錢請他先幫我付一下，你……是說這關你屁事。」

「我家小雅的錢我先幫她還你。」說著他就從皮夾拿出一百元要遞給高英。

「喂！」我立即伸手制止：「高英是說要請我，我也沒向他借錢，不用你還！還有，什麼叫我家小雅？我並不屬於你，請你不要這樣說。」

瞄了高英一眼，心虛於他其實沒說要請客。但他嚼著蘿蔔糕，仍然面無表情。

「小雅，上次的事妳誤會了，小喬跟我只是好朋友。」

邵宣蔚的樣子，顯然不是才結束夜衝就是夜唱，至少也是剛打完麻將。

這樣的男生外表再帥，想到上次那個女生的糾纏，再多的好感也不再。

「你就好好對待人家，人家好像沒有只當你是好朋友。」

他瞥了旁邊的高英一眼，有些顧忌地說：「我和她不是妳想像的那樣。」

「對於你和她我沒有任何想像，只想好好吃完這頓早餐。」

他又瞥了高英一眼，想要再說些什麼。

高英面無表情地垂著視線，端起盤子和紅茶起身就要離開，我一把拉住他手肘：「你幹嘛？」

「不妨礙你們聊天。」

「妨礙別人聊天的不是你。坐下。」我強硬的態度讓他怔傻，望了尷尬的邵宣蔚一眼。邵宣蔚漲紅了臉：「小雅，其實我——」

「我們昨晚都沒聊到天，我有話要跟你聊。」這話是對高英說的。

「對對對，我們好久沒談心了。」邵宣蔚像得救般舒展眉頭，伸手就要抓我的手。我閃開：「如果連專一都做不到，還有什麼好談的。」

「我們有話要說。」不知是覺丟臉還是惱羞成怒，他轉向高英：「你如果有事可以先走，不要在這裡影響小雅。」

我是真的惱了。起身，挽起高英的手臂：「你有話就跟那杯豆漿說吧。我們走。」

「還說只是碰巧遇到！」他不甘心地提高音調：「高英你居然搶我女友？」

「你不是我男友！高英才是！這樣你可以死心了吧。」我硬拉著高英，讓邵宣蔚獨自面對那半杯的豆漿。

一走出餐廳，我馬上放開他的手，保持一步距離：「老是要你當我假男友，不好意思。」

「把我當擋箭牌是沒關係。但妳這樣……真的好嗎？」

「怎樣？」

他沉默了幾秒，應該是很小心在思忖措詞：「辦聯誼，惹來這麼多妳不喜歡的男生……不覺得困擾嗎？」

跟高英不是那麼熟，甚至在昨天之前原本還有點討厭他，而且關於找陸星晨的事一時也說不清楚，我只好打哈哈：「有你當我的假男友，就不怕怪男渣男找上門啦。」

「煩死。」也許覺得這個回答太敷衍，他轉身就往大莊館走，頭也不回。

回到寢室，以為室友們都還在睡，所以放輕了動作。

想不到推門就瞧見江竹鈴已經在梳頭，桌上也擺著吃完的早餐紙盒。

「這麼早？今天不是沒課嗎？」我進浴室刷牙洗臉。

「我要下山去育幼院。而且今天是小草莓的生日。」

竹鈴是慈幼社的社員。小草莓是她在大一時就認養的育幼院小女孩。

她每次參加慈幼社的活動回來，臉上都有幸福的彩光。

比較起來，我的幸福社雖然幫很多男生女生找到幸福，但自己辦活動回來，臉上卻只有疲累的油光。不停的尋覓，不斷的失望，有時就會被程國硯那樣的男生糾纏，或自暴自棄跟像邵宣蔚那樣的男生牽扯在一起。「喂，我也可以去嗎？」

「咦？」竹鈴的梳子停在半空中：「妳是說跟我去參加慈幼社的活動嗎？」

「不歡迎嗎？」

「當然歡迎呀。」她想到了什麼，高亢的語調變低：「不過，妳該不會是為了要問追查陸星晨的進度，才想要……」

「呵呵，竹鈴最聰明了！」我衝過去，往她臉頰上狠狠親了一口。

她趕緊拿張面紙把臉上的牙膏擦掉，一臉不滿地說：「文曲為了幫妳調查，已經三天沒回學校了。」

「真的啊？那一定有好消息吧。」希望之火又在心底燃起。

「不知道。妳要跟的話就快，第一班下山的公車要開了。」

我以最快的速度完成梳洗換裝，揹起包包就跟著竹鈴狂奔向候車亭。

遠遠的看到公車已經發動，車門也已關上，我們同聲大叫。但公車還是往前啟動。就在我們停下腳步準備放棄時，公車的煞車燈突然亮了，車門也開了，一個人探出半身：「妳們還不快一點？」

那人是高英？

我們氣喘如牛衝上公車，在高英身邊坐下。

竹鈴說：「抱歉，因為要等詩雅，所以慢了一點。幸好你請司機等一下。」

他用奇怪的表情瞥我一眼：「為什麼她也要去？」

我用更奇怪語調驚聲叫道：「意思是你也要去？」

竹鈴拉拉我的衣角，要我小聲一點，並解釋說高英在大二就被她拉進慈幼社了，之後每次社裡有活動，他都會參加和幫忙。

這小子，從一張臭臉還真看不出來小宇宙裡有好多小愛心在飛啊。呵呵。

雖然唸的是社福系，但兩年多來還沒參與過跟社會工作有關的社團活動。想不到一進門，就被一群院童衝過來抱著大腿、熱情地簇擁著，心中的感覺是從來沒有過的溫暖、憐惜、關心和不由自主噴發的滿滿母愛。

每個孩子的背後，應該都有令人不捨的故事吧。

慈幼社的夥伴們在小小的舞台上跳舞唱歌，把氣氛先炒熱，幾個孩子在台下開心地學著跳，模樣可愛極了。

記得大一時的竹鈴，是個有一堆奇怪原則的陰鬱女孩，但眼前在台上蹦蹦跳跳帶動唱的她，滿臉溫暖笑容，簡直和印象中判若兩人。

也許充滿愛心又有正義感的人，真的就是會比較快樂吧。

接著是慶生會。夥伴們推出好大好漂亮的蛋糕，引來孩子們驚呼。幾個當月生日的人被喚上台，戴上壽星帽；室內的燈暫時關掉，我們一起圍著蛋糕和小壽星，大聲唱著生日快樂歌。在壽星許願時，我看到台下的孩子眼中映耀著蠟燭的光芒，像一顆顆在黑暗中的小星星，充滿了希望的美麗。

對，我又想起陸小星那雙映耀著光芒的雙瞳。

吹熄蠟燭後響起掌聲，大家開心地切蛋糕分著吃。

坐在我旁邊舔著蛋糕奶油的小女孩，就是竹鈴認養的小草莓。個子小小，聲音粗啞，聽竹鈴說是從小被母親遺棄時哭啞了嗓子。她好奇地望著我：「姊接，以前好像沒有看過妳。」

「嗯。姊接以前很忙。」

「忙什麼呢？」她歪著頭，睜著圓眼問。

「忙……忙著找一個像妳這麼可愛的人。」

「找到了嗎？」

我撫摸她的頭，微笑著搖頭。

「那妳現在不找了嗎？」

「要啊。」

「找那麼久，妳不累嗎？」她用小湯匙舀了一塊蛋糕，一口吃掉。
「再累也要找呀。」
「為什麼？」
「因為對我來說，那是一個很重要很重要的人嘛。」
她似懂非懂，倒八字眉地盯著我瞧的模樣看來好無辜。
這時有喧鬧聲傳來，打斷了我們的對話。
原來是有兩個孩子為了搶生日禮物而爭執打架。小男孩有生日禮物，不是壽星的小女孩見了喜歡，借來看之後就據為己有不想還了；小男孩要了半天討不回來就生氣了。
小草莓見狀放下手中的蛋糕紙盤，跑過去協調。她先斥責女孩不應該說話不算話，女孩一直哭沒理她；她又要求男孩把禮物借女孩玩幾天，男孩問為什麼，她就說：「男生打女生就是不對！你打了她，就當做賠償她嘛。」
小男孩一口回絕，還吐槽她：「關妳屁事！」
旁邊的夥伴和育幼院的老師立即介入安撫勸誡。
小草莓回到我身邊坐下，低頭玩著手中的小湯匙，一臉挫折。
我想起小時候的陸小星，撫摸她的頭：「妳很勇敢。妳知道嗎，妳很適合當風紀股長。」
「他們才不會聽我的話。」
「沒關係呀，只要有一個跟妳合作無間的班長，以後大家就會聽妳的話啦。」
孩子們的爭執平息後，竹鈴在台上宣布要進行「高葛格說故事時間」。
高英上台打開了大繪本，對著圍著繪本的孩子們，開始用略微誇張的語調，講著繪本裡的故事。
當他模仿故事中的人物或動物講話時，孩子們臉上的表情就會隨著變化。

語氣生動、表情豐富，完全抓住孩子們的眼睛和心情，大家的專注，完全因他融入故事的肢體語言與抑揚頓挫……

這個人真的是印象中的高英嗎？我從來沒見過冷漠哥的這一面呀！

真是花太多時間在找陸星晨了，同班了兩年，班上還是有許多同學對我而言是像新生初報到時的陌生人。但愈是這樣，愈不甘心，可惡的陸小星，這些年你都不會想起蘇小雅嗎？還是……已經不喜歡了？

「高英很厲害吧。」竹鈴見我發怔，不知何時飄到身邊悄聲道。

「冷面煩死哥也有這麼熱心的時候，真是跌碎一地眼鏡啊。」我們坐在離舞台最遠的角落，小聲交談著。

「就跟妳說看人看事，都不能只看表面的嘛。」

「對了，文曲那邊到底有沒有什麼進展？」

「只有上次妳那張小時候的照片，很難查。很多人無法辨別小孩的長相。」

「啊，上個禮拜六我回家找出硬碟。這裡有我們高中時的照片。」我拿出手機，把好幾張在海邊放風箏時的合照傳到她手機。她先轉寄給文曲，再點開來看，滑了幾下，最後注視著其中一張，整個人被點穴般靜止不動。

那張照片裡，我和陸星晨都笑得很開心。

「怎麼了？」

「奇怪，不知是因為妳說的那些往事太深刻，我腦補了一個人物的形象，還是現實生活中真的曾在哪裡發生過……」她蹙著眉，陷入苦思狀：「我真的覺得好像見過這個男生。到底是在哪裡……」

「喂，妳給我快點想起來呀！」我不自覺又要伸手抓她的肩膀想搖出她的記憶。她連忙閃躲：「又來了！妳愈搖我愈想不起來嘛。」

我和她不約而同笑了出來。這時台上的故事結束，孩子們一陣掌聲，高英也笑著對孩子們搖搖手致意，不經意和我們的目光對上。

育幼院老師上台接過麥克風，對於慈幼社的夥伴們今天早上的活動與陪伴，表達感謝。

「捱？不會吧……咦？怎麼可能……誒？眼花了嗎……」身邊的竹鈴望著前面一臉痴呆，喃喃自語。

我用手肘推她一下，把她拉起身，與其他夥伴一起鞠躬回禮，她才醒過來，衝上前去和夥伴同聲呼喊慈幼社幼幼隊的隊呼。

在回學校的公車上，我問：「剛才妳在那邊咦來捱去的，是中邪得猴喲。」

在思索什麼苦惱的事，她沒回答我。

「是不是想起在哪裡見過我的陸小星了？」

她搖搖頭，想了一下才說：「妳跟他失聯多久了？」

「高一下學期到現在，四年多了。」

「如果，」她調開視線，望向車窗外飛逝的街景；「他後來跟別的女生在一起了，妳怎麼辦？」

「不可能。難道，妳知道了什麼？」

「我的意思只是假如，萬一，假設，或許。畢竟四年多什麼事都有可能吧。」

「我一定要把他搶回來。」

「搶回來？妳不是說，找他，只是為了當年沒有跟他說的一句話而已？」

「……」

「所以，妳應該能體會那個丁嘉嘉的心情了吧。」

「為、為什麼妳要幫她講話？」

「像我跟文曲，我們一路走來也是風風雨雨才有今天，我要說的是，兩年前的我根本還不認識文曲，現在卻跟一個兩年前完全不認識的文曲在一起了。四年更久，那妳和陸星晨呢？四年間會有的變化很難想像，妳還能意氣用事嗎？」

我沉默了。竹鈴說的一點都沒錯。我不能再是那個口不擇言的蘇詩雅了，否則就算找到了陸星晨又能如何，況且她說的那個可能，自己也不是沒想過，只是始終不想面對而已。

所以，真的找到了陸星晨，第一句話該說什麼？

她嘆了口氣，拍拍我的手背：「不論如何，一有消息，一定會馬上跟妳說。」

陸星晨的事如果有萬一或沒結果，都會喪失再找下去的勇氣。我逃避現實，不願再去想這個問題，所以起身跑到前面幾個座位，大力拍了拍椅背：「喂，高英，真看不出來原來你也會笑呀。」

「我又不是死人。」

「那你真應該常常笑。」

「沒事笑什麼，又不是有病。」

「我看你老臭著一張臉，不知道的人還以為你就是有病。」

「煩死。」他白我一眼，把臉轉向窗外。

「煩死哥心煩的時候，都怎麼辦呢？」

他不理我。坐在他旁邊一個女生嘲笑般說：「他都吃甜點，或是看星星。」

他瞪她一眼。那個女生也是慈幼社的夥伴，笑嘻嘻不以為意。

原來昨天晚上他很心煩哪，才會在天台上看了一晚的星星。

一進教室，就覺得氣氛不太對。在後方的角落裡圍了一群人，吵鬧著什麼。

我放下筆記和原文書，好奇問：「在幹嘛？」

曉雨一臉凝重表情：「邵宣蔚和秦勝華因為一個叫岳小喬的學妹吵架，聽說是因為秦勝華有意追學妹，被邵宣蔚發現了找他理論，兩人吵得很大聲。」

岳小喬？那個在KTV裡的小喬？哇喔，兩個大帥哥為妳爭風吃醋，值了。

「可是，我只聽到邵宣蔚的聲音啊？」

「因為秦勝華溜啦。」曉雨邊吸奶茶邊說，說得緩慢悠哉又事不關己。

「溜了？那邵宣蔚現在在罵誰？」

「高英呀。」

「高英？關他什麼事。」

「嘿嘿，我也是這麼認為。可是高英就是多管閒事，上去勸架，你知道他個子高大，才能把快要打起來的兩個男生拉開，如果不是這樣，秦勝華一定被邵宣蔚那幾拳打到。結果是高英代替秦勝華挨了那幾拳。」

「蛤？那現在罵人的也應該是高英吧，怎麼會是邵宣蔚在罵人？」

曉雨聳聳肩：「高英向來話不多，是不是以前國文沒學好，罵人的詞就只學會了煩死兩個字，其他就隨便邵宣蔚噼哩趴啦罵個不停的羞辱。」

「有這種事！」

「罵得可狂了。啊，對了，他罵高英的時候，好像還有提到妳的名字喔。」

「臭曉雨，不早說！」我跳起來，衝上前去撥開人群擠到前面。眼前的情景把我驚呆了：邵宣蔚右手扭著高英的衣襟怒瞪著他，嘴裡罵個不停，左手則不停往他腰際餵拳。旁邊努力想掰開他手的是頭髮披散、尖叫住手的江竹鈴。

人中到下巴、脖子上已經掛著鼻腔流下來的血，眼角也有可怕的瘀青。高英還是面無表情——這種時候了還是酷臉？再這樣毫無反應，活著也會被當作死了看待吧！

旁邊圍觀的男生居然沒人出面制止，真是可恥。

「邵宣蔚住手！」我也加入勸架，衝上去拉住他的左臂。想不到雄性生物在暴怒下的力氣狂得驚人，我整個人隨著他揮拳的方向被甩回人群，撞向課桌。

這種情形下，只能智取，萬勿力拼。我向圍觀的男生大叫：「你們這些臭男生是沒長雞雞嗎？讓竹鈴一個女生去拉架像話嗎？社福系之恥是為國恥啊！」

幾個男生趕緊上前，這才把抓狂的邵宣蔚拉開，架出教室外面去吹冷風冷靜。

我叫郭倍和朱紹宏送高英去保健室擦藥。高英推開他們，說自己去就可以了。

竹鈴驚魂未定地回座，曉雨幫她整理頭髮。我問她到底怎麼一回事。

竹鈴白我一眼：「他說高英搶了他的詩雅。妳說是怎麼一回事？」

我想衝去保健室，但老師已經進了教室，我只好喊了起立敬禮。

對，大三時我又被選為班代。但身邊已經沒有當風紀的陸星晨。

整堂課我的眼睛都盯著書本的第一行，完全沒有一個字讀進去。

一定是我把高英當擋箭牌的事，害高英被邵宣蔚認真毒打一頓。

竹鈴早就提醒過我，對於身邊不是真愛的男生要保持一定距離。

是虛榮？是補償？是沒魚蝦也好？也搞不清楚自己到底想什麼。

我迷失在黑夜裡，找不到存在的意義。因為失去了我的陸小星。

下課後，整個教室的人一哄而散。曉雨拉拉我的手肘：「高英的東西怎麼辦？」

「我們幫他。」竹鈴在群組上問有誰跟高英同寢室。我和曉雨走到他的座位，開始收拾桌上的東西。

當把課本放進他背包時，裡面一個東西吸引了我的目光。
一小包糖果。焦糖口味。

第十八話

「不好意思，害你被打。」以要交還背包為由，我把高英從大莊館宿舍約出來。望著他臉上的傷，真心覺得愧疚。他接過背包，搖搖頭表示沒關係。

「下次見到邵宣蔚那個混蛋，一定要把他耳朵給擰下來。」

「別再招惹他了吧。」

「喂，你不要以為是我甩了他，其實是他劈腿。而且嚴格來說，我始終沒把他當男友看待，所以他劈腿我可是不會傷心生氣的。」

「那妳常對他呼來喚去，好像也沒跟他保持距離，把他當什麼。」

「工具人囉。」我說的理所當然，被他賞了個白眼。「嘿嘿，別生氣嘛。今天約你出來，其實是想請客，算是補償你幫我而被揍。」

「不用了。」

他轉身想走，我急忙拉住他：「你急著要跟女朋友約會呀？」

「妳幾時看到我有女友。」他的撲克臉又硬又臭。

我忽然想起在育幼院無意中發現他的笑容：「為什麼你總是臭著臉？你在育幼院講故事時，明明就是會笑的嘛。」

「我又不是死人，顏面神經也沒問題。只是，現在有什麼值得笑的嗎？」

嘖嘖，這個高英。好，你愈酷，本宮愈想讓你笑，哼哼。

讓一尊雕像大笑，應該很有趣吧。

「走嘛走嘛，讓我請你吃東西啦，上次我也讓你請吃滷味的。」

他見我堅持執拗，終於點點頭。

我們步行到校外一家名為「夢想村」的甜點店。這店是原來美軍舊宿舍整修，四周大樹環繞，非常清幽寧靜。站在櫃檯前，我點了杯摩卡和一塊草莓派。

「先生呢？」服務生問他。

「紅茶和焦糖核桃派。」

焦糖核桃派？入座後，我問：「你喜歡焦糖口味？」

他聳聳肩：「幹嘛問這個？」

「沒什麼，以前我有個同學也很喜歡焦糖的東西。」

微怔，不知如何回應。他矬矬的樣子，很有趣。

「就是喜歡而已。」他想了半晌，才緩緩說道：「喜歡是不需要什麼理由的。就像妳喜歡草莓派一樣。」

「不一樣。我喜歡草莓的甜點，不只是自己喜歡而已。」

我望著窗外天上冉冉而過的雲朵，想起那天在「粉紅小豬」前的情景。

「如果世上有什麼是可以讓我不再喜歡焦糖，那就是草莓軟糖。」

「為什麼？」

「因為草莓軟糖是小雅喜歡的。」

那時口裡的味道，手中的溫度和心底的悸動，一如預期占據了回憶的空間。

「……什麼意思？」

「高英我問你，若是，如果，我是說假設的情況。假設你一直在等一個人，但是那個人始終沒出現，你會怎麼辦？」

「為什麼要等那個人？」

「對你而言，那是你生命中非常重要的人。你想跟對方在一起。」

「……」他啜了口紅茶，抬起視線；「等待的意義是什麼？」

「因為值得。絕對的值得。」

「對方為什麼始終不出現？」

「也許是誤會，也許是緣分。」

「唔。有誤會就去解釋清楚，何必等呢。」他嚐了一口核桃派，微微點頭。「如果是緣分已盡，就算值得，再等下去也沒意義吧。對方為妳著想，也不會希望妳無止盡的等下去吧。」

「那如果你知道有一個女生一直在遠方等你出現，你會出現嗎？」

「那要看那個女生是誰吧。」

「跟你從小一起長大、你也很喜歡的女生。」

「如果我很喜歡，當然會想辦法跟她在一起了，哪會讓她等我出現。」

果然……也是有這種可能。

可能陸星晨已經不喜歡了。

「妳是……失戀了嗎？不然怎麼會問這麼奇怪的問題。」

「不是，隨便聊聊。」我拉回思緒，撇撇嘴角，趕緊拿起杯子擋在眼前：「你知道我們幸福社有很多人會遇到這類感情問題，有時人家向我們訴苦，我們都不知道該如何回應，所以想聽聽看男生的想法。」

「唔。女生的想法還真是複雜哪。」拿起紅茶杯，視線投向窗外，他望著搖曳的樹葉；「如果不得不別離，只要記住對方的模樣、記住在一起時的感覺，那對方就依然在自己身邊嘛。」

手像有靜電通過般，握著的小湯匙因而與盤子碰出了清脆聲，心律也漏了好幾拍，我驚異地抬眼盯著他。葉片篩落的日光穿透玻璃灑瀉桌邊，他的上半身浴融在光點裡，凝神想著什麼的側臉很好看，眉宇間些許悠適、些許哀愁，彷彿，彷彿……就是當年陸星晨的神情……

消瘦的臉頰填上一些肌肉，緊抿的唇放鬆一些，個子矮一點，他就真的很像陸星晨了。不，應該就是陸星晨了……

陸小星，是你嗎……發生了什麼事，為什麼會附在高英身上……

他把手中的杯子放下，發現了我的恍神：「妳怎麼了？」

我把顫抖的湯匙扔在盤邊，起身拿起皮夾和手機：「我、我突然想起社團裡有件重要的事忘了處理，先走了。」

驚慌地衝出店門，快步往宿舍走。

在大雅館寢室門前，突然眼前一黑，不小心跟別人撞個踉蹌。

「詩雅，妳幹嘛啦！」被我撞疼的竹鈴撫著手臂低聲哀叫道。

「竹鈴，救救我。」我把竹鈴拖進寢室，小聲地說。

「大白天妳遇鬼呀，魂不守舍的。」

我把剛剛看到陸星晨彷彿附身在高英身上的事講給她聽。

想不到她聽完竟咯咯大笑，直到我捏她手臂疼了才止住：「原來妳也這麼認為呀。上次妳給我看陸星晨的照片，我就覺得他長得跟高英很像，我怕妳生氣還不敢說哩。」

我整個人大放鬆，吁了口氣：「原來只是長得像而已，我還以為……」

「妳呀，真是想念妳的陸小星都想瘋了。」

「妳都不知道剛剛我的罪惡感多重，好像精神上劈腿了，一度錯以為自己喜歡上高英了。」

她輕撫我的背：「可憐的詩雅。」

是高英的五官長得像陸星晨，還是因思念形成的錯覺，在第二天上課時超想確認。所以進教室時，我刻意找高英旁邊的座位坐。

左拳撐著腮，我右手在筆記簿上寫著老師講的重點。

眼睛卻是斜瞄坐在右邊的高英……他的側臉好好看。真的好看。

眉宇間的風景真的跟陸星晨像到一個極致，一樣帥呀，怎麼辦啊……

整堂課老師在台上講什麼一個字都沒聽進去，身邊的人和物好似都陷入濃霧裡，濛渺隱約，只有眼前這個男孩的睫影、舒眉、抿唇和呼吸律動，緊緊抓住我的視線和全部思緒，讓心跳有了溫度。

為什麼他是高英……他不是陸小星……這種感覺怎麼跟最初喜歡上陸小星的感覺……好像。我真是對不起陸小星，我……真是可恥。

難道我移情別戀了嗎？不會呀，我對陸小星的喜歡絕對沒有絲毫減少啊。

那，我現在到底是在幹嘛？同時喜歡陸小星和高英嗎……

強迫自己移開視線，呆呆地望著台前的白板。

耳邊傳來他輕微的咳嗽聲，又把我的視線吸了回去。

完蛋了。精神劈腿了。我是一個可恥的女生。

下課鐘聲響起，才把我的思緒和目光收了回來。

「不看了？」身邊的他輕輕問。毫無起伏地。

「蛤？」

「妳整節課都在看我。是我臉上有什麼東西嗎？」

「哪、哪有。你你你有幻覺吧。」語氣裡有驚慌，我不敢迎上他的眼神。

「妳的筆記借我一下。」沒等我反應，他伸手拿起我的筆記翻著，撇撇嘴角又放回我桌上，就起身收拾東西。

星。帥。英。帥……筆記本整頁是不知所云的重複這幾個字！

我趴在桌上把臉埋在臂彎裡，現在只剩這樣才能掩住火燙的耳根和丟臉。號稱看盡天下臭男生嘴臉、從來不屑帥哥追求的聯誼女王，名聲居然就此一夕崩壞。

等到人都走光了，我才起身收拾東西，拖著沮喪的步子走出教室。才步出大恩館，就在轉角撞見斜倚在牆邊的高英。

「一起吃午餐吧。」

「我、我不餓。」

「昨天妳的草莓派沒吃就突然走了。結果我只好把它吃了。」

「沒關係，就請你吃吧。」

「那我應該回請妳，才算不失禮。」

「我不是小氣計較的人。」

「我不是占人便宜的人。」

望著他堅持的表情，我只好點點頭。

他並沒有請我吃什麼好料，只是拎兩個餐盒和飲料，帶我到大孝館裡的一個角落。這裡透過玻璃帷幕，可以遠眺整個台北市區，視野極佳，景緻絕美。

打開餐盒，香氣撲鼻。裡面是六顆黃澄酥亮的炸地瓜球。

「不好意思，這個很便宜。」他望著遠景，用小竹籤扠起一顆。

我愣了幾秒，望著手中的地瓜球：「你知道嗎，我小時候從來沒有吃過地瓜，直到有個同學的媽媽請我吃，那是生平第一次吃烤地瓜，才知道原來這麼好吃。」

「因為它很便宜。許多有錢的人是不吃的。」

「誰說貴的東西才好吃，愈不起眼的常常都是好東西。」我一口吃下一顆，香甜的滋讓我滿足地笑了出來。

他有點吃驚地望了我一眼：「地瓜而已，妳也能吃的這麼開心？」

「這比草莓派好吃不知道幾倍咧。」

他不可置信地搖搖頭。

「啊——」我用吸管啜了口飲料，不由得睜大眼睛叫道：「居然是芒果冰沙！」

地瓜。芒果。陸媽媽。陸星晨。

菜市場的攤位上。小學時校園的樹下。

公園裡的捉迷藏。他咬過的紅豆麵包。

「……怎麼了？」

「沒什麼……謝謝你。這些都是我最懷念的味道。」

「那，也不用感動到……流眼淚吧？」

我才知道自己的臉龐上有道溼熱，趕緊用手背抹去。「唉。」

「……想到了什麼，對吧。」

「我覺得，你跟我那個同學好像呀。」我瞄他一眼：「都很蠢又很直。」

「很蠢很直？」

「春天有兩條蟲，被人家打了也不還手，還把頭伸得直直的，叫蠢直。」

他拉彎了嘴角，露出難得的淺笑——很好看呀。「哇，你終於笑了。」

「不是因為認為我跟他都很帥嗎？」

我想起剛才筆記簿上的胡亂塗寫，尷尬地頸後一陣躁熱，趕忙轉移話題：「居然請人吃地瓜。你請我吃沒關係，追女生時可別請人家吃這個啊。」

他怔怔地望向我，傻著。我也睜圓了眼：「你以前追女生真的請人家吃地瓜嗎？你不知道女生很怕吃了這個會放屁，會很尷尬丟臉的嗎？難怪你一直都交不到女朋友，啊，該不會因為這樣就分手了吧？」

又好氣又好笑的表情，他深吸一口氣：「其實——」

這時，一個身影忽然飄進視野靠過來。

「高英。你能過來一下嗎？」

季郁馨。慈幼社的夥伴。從育幼院回來的車上坐在他旁邊的可愛女生。

他瞥我一眼，放下手中的餐盒，滿臉疑惑起身跟她走到另一個角落。

「我有話想要跟你說。」大孝館空間高闊，午餐時間又沒有人經過，雖然有段距離，她的聲音還是傳入耳。為保持禮貌，我低著頭喝飲料，假裝沒聽到。

「什麼事？」

「我……」從玻璃帷幕的反射倒影，清楚窺見她朝我這邊望了一眼，然後很認真的對高英說：「我喜歡你！請你跟我交往。」

芒果汁從鼻腔噴出！我趕緊摀住嘴，拿紙巾擦拭，視線死盯在反射倒影上。

「我從以前就很喜歡你，我在你身邊，原本以為你能感受到我的心意，所以一直默默等待。但是這幾天發現你身邊出現了別的女生……」

別的女生？是指……我？

「……」原本雙手扠在口袋的高英，這時漲紅著臉，感覺有點酷不下去。

「不論你的決定如何，我都要讓你知道，我喜歡你。」季郁馨直勾勾地盯著他一鼓作氣講完。好勇敢的女生啊。如果能再度站在陸小星面前，我有這種勇氣嗎……

將近一分鐘的安靜，讓她的告白變成尷尬，讓我的旁觀變得焦急。

「郁馨，謝謝妳喜歡我……」也許是在思考如何面對這突如其來的狀況，高英頓了一下，終於下定決心般開口。「我也有話想告訴妳。一個故事。」

一個故事？有故事的。高英是個有故事的人。我想聽啊。

但是，他卻指了指外面，要季郁馨跟著他走。

到、到底是接不接受？他要告訴她什麼？真的太想知道呀。不管了，我起身跟過去想偷聽。但出了大孝館的門，哪還見他倆的人影。

躺在床上盯著天花板發呆。我心有點酸。

想不到高英這個悶葫蘆也有季郁馨喜歡。

其實他的條件不錯。不要老是臭臉的話。

告白的結果如何，到底跟蘇詩雅有什麼關係……

因為蘇詩雅也開始對他有好感了……嗎？

可是，蘇詩雅怎麼可以對高英動心！蘇詩雅不是喜歡陸星晨的嗎？如果改變心意，那陸星晨豈不是太可憐了？那麼多的尋覓和等待，又算什麼？

也許，陸星晨已經在某個地方的某個時候，找到像季郁馨這樣的真心，那麼就算蘇詩雅一直一直的找下去、等下去，也是沒有結果的吧。

不對不對，蘇詩雅一定是把陸星晨的好投射重疊在高英身上。因為高英也對蘇詩雅好，才會有這樣的移情心理。但是，陸星晨的好，是高英無法取代的。

那些年的記憶，那麼多的經歷，是專屬於小雅和小星的。那些是高英或任何人都永遠無法參與、無法改變。

手機的訊息鈴聲，把我從胡思亂想中拉回現實。我跳下床來到桌邊。

「社福系大家族」群組上有紅點。我點開：「現在方便講話嗎？」

寄訊的人是從來沒在這群組上出現過的高英。

想幹嘛？要向我報告被季郁馨告白的經過嗎？

「可以。」

「中午真不好意思。我回去時妳已經走了。」

「哈哈。沒關係。早知道你會見色忘友了。」

他給我一個無奈表情的貼圖。然後，手機就響起了。

按下通話鍵，我接起來：「喂，不想在班上的群組公開新戀情啊？」

「胡說什麼。煩死。」語調有著溫度，不再冷酷。

「美女跟你告白吧？答應人家了沒？」

「講別人八卦幹嘛。」

「郁馨是個不錯的女生啊。」

「我找妳不是講她的事。是想回答妳今天的問題。」

「問題？我問你什麼？」

「妳忘了？」

「呃，我是考考你，看你還記不記得嘛。」我硬拗道。

手機那端居然傳來他的笑聲，我靜靜地聽著，等他稍歇才說：「喂，高英，你真的應該常常笑。你的笑聲很好聽。」

他靜默了好久。超尷尬的。我有點後悔跟不是那麼熟的他說這種話，乾脆打破沉默：「好吧，我承認忘了我的問題。我到底問了你什麼？」

「我不隨便請人吃地瓜的。」

「啊對對對，我問你以前追女生是不是請人家吃地瓜。」

「我也不隨便對女生笑的。」

「那你有請季郁馨地瓜吧？有對她笑吧？」

「並沒有。」

「那……意思是，你拒絕她了？」

「嗯。」

咦！不對。不對不對不對，一切都不對了。

怎麼會這樣？難道他……意思是……不可能吧……

他？我？我們？高英跟蘇詩雅？

胸口裡的跳動讓我快喘不過氣了，整個腦袋又昏又漲的。

「怎麼不說話？」三分鐘的沉默和尷尬後，他再度開口。

「你、你——哈哈，我不知道你居然這麼會開玩笑。哈哈。」我笑得很乾。

「我像在開玩笑嗎？」
接著又是三分鐘的沉默和尷尬。
好，我是聯誼女王，什麼男生的撩妹術沒見過，這種其實只是小兒科，如果不是因為他是高英、不是因為對他有些好感而讓我掉以輕心的話，才不會出現這種局面。我決定單刀直入：「所以，你現在的意思是，你要追我？」
「妳終於聽懂了。」
「可是，我們不熟吧。」
「妳知道我跟季郁馨講了一個故事吧。一個關於我的故事。」
「我也有一個故事。真實故事。講起來很長很長，但是結局我可以先告訴你：我已經有喜歡的男生了，一直以來都很喜歡，直到現在。所以，我不能接受你。」
「……」
「我的心在別的男生身上，如果跟你在一起對你不公平，我也會有罪惡感。」
「……」
「如果我有什麼讓你誤會的地方，很抱歉。」我點了結束通話鍵。
這種事，不要拖泥帶水以免夜長夢多，這樣也不會耽誤了他。
雖然他是個不錯的男生。但是，他不是陸星晨。
爬回床上，我癱軟地大喘一口氣。
這時有人推門進來。是竹鈴。
她一進門就衝到床邊：「詩雅，有消息了！」

第十九話

這個時間大雅餐廳已關門，所以竹鈴帶著我到大義球場。

遠遠就看到球場邊觀眾席的階梯上，文曲的身影在那兒。

不時傳來球鞋摩擦地面的聲音，場內幾個男生打赤膊跳來閃去練著搶球。

我們坐下，文曲遞給我們每人一杯美式熱咖啡。

他的眼神中，有著淡淡的哀傷。

看來他得到關於陸星晨的消息，會是一個很長的故事。

「我從詩雅提供的線索，包括學校、年紀、班級、住址去拼揍一些當年的事。」文曲凝眸望著我們，先說明他是如何調查；「當然，我到詩雅以前的學校去問，也一樣碰壁。但我還到妳們說的那個菜市場，訪查了很多當年認識陸星晨的媽媽的菜販攤商，也拜訪了他的鄰居，得知不少關於陸媽媽的事。再透過一些朋友和他們在警方任職的家人幫忙，試圖尋找陸星晨到哪裡去了。」

忍住激動的心情，極力控制自己不插嘴，我靜靜聽著他說。

唯一害怕的是接下來隨時會聽到令人傷心的消息。

陸星晨的家境清貧，但晨媽是個樂觀的母親，她認為只要肯努力，就算是出賣勞力的工作也一樣能生活，一樣能讓子女受教育。所以她每天很辛苦的在市場賣烤地瓜、芒果乾、生薑大蒜還有一些熟食，用以維家計。陸星晨受媽媽的感染，原先給鄰居和攤商們的印象都是活潑樂天，是個有禮貌的小男孩。

其實陸家原本經濟不錯。晨爸是一家建設公司的老闆，房地產景氣的那幾年賺了不少錢，陸家原先也不是住在公園旁邊那棟舊屋，而是在台北市東區精華地段的大廈裡。只不過，晨爸後來因為生意上的關係，認識了一個女的，兩個人居然在外同居。這件事讓原本平靜的陸家發生了劇變。

晨媽發現晨爸愈來愈少回家，而且帳戶裡的存款愈來愈少。她開始懷疑，但選擇隱忍不說。直到有一天深夜，晨爸回家搖醒晨媽和陸星晨，要晨媽趕快收拾東西。晨媽問發生了什麼事，晨爸就是緊皺眉頭嫌煩要她別問。當夜，他們就帶著陸星晨連夜跑到南部，回到晨媽小時候的老宅，也就是公園旁邊那幢老舊的透天厝。

從此，晨爸就沒有再回到公司去。晨媽再三追問下，才知道公司倒了，重要資產都被那個小三捲跑了，只剩下一堆債務。其中的債主，包括地下錢莊。

所以說，晨媽真的很樂觀又堅強。她選擇原諒和面對，一肩挑起家計，包括扶養後來出生的晨妹。反觀晨爸，雖然也企圖振作，但好像老闆當久了，放不下身段，很長時間都找不到工作，在晨媽的苦勸下，終於開始開車送貨、或到超市搬東西打工，不過工作時有時無，收入不多又不穩定。

後來，鄰居開始聽到陸家傳出斥罵聲和哭泣聲，包括女人和小孩都有。而且市場很多人都曾看到晨媽臉上帶著傷出來賣地瓜，大家都替她擔心和抱不平。但晨媽總說沒關係，因為先生心情不好，過一陣子找到穩定工作就沒事了。

可惜的是，晨爸一直沒有穩定的工作，而且開始覺得懷才不遇，經常抱怨社會不公平，甚至開始藉酒澆愁，幾年後，已經變成酗酒，據說從此一蹶不振。

之後，隨著陸星晨上學和晨妹出生，家裡開銷變大，晨爸的不滿和暴力也變本加厲，經常三更半夜把家人叫醒聽他訓話，內容都是忿恨的埋怨，甚至認為家人拖累了他，常說如果不是家人的負擔，他現在的成就不知道有多高。

長期不甘心又憤世嫉俗的積壓結果，就是轉為以暴力相向。如果妻子或孩子聽訓到一半體力不支打瞌睡，少不了就是一頓拳打腳踢。晨媽好幾次哭著要求讓孩子睡，自己聽他抱怨就好，但晨爸似乎已經性格扭曲，面對晨媽提出這樣的要求，反而會讓他更生氣，認為孩子在太太的心中居然比自己還重要，抓起陸星晨的頭髮直接就推去撿牆。

幾次苦勸無效，半夜的哭聲愈來愈嚴重，終於有鄰居看不下去了報警。警察上門，發現晨媽、星晨和晨妹三人身上都有嚴重的瘀傷和挫傷，把他們帶回警局作筆錄。但在晨爸的痛哭流涕表示懺悔下，晨媽心軟選擇原諒，決定不聲請保護令。

或許當下他真的很懊悔，也或許只是為了逃避法律責任才這樣作態，旁人不得而知。只知道事後他並沒有改，依然把對生活的不滿化為戾氣，動輒對晨媽和星晨拳腳相向。

幾次報警、幾次表示後悔、又幾次為顧及家庭完整而選擇原諒的循環之後，晨爸開始去恐嚇那些好管閒事的鄰居。那些好心的鄰居為了避免惹禍上門，開始對於隔壁的哀嚎哭泣聲關緊窗戶，充耳不聞。

小學五年級快要放暑假前的某個夜裡，一位鄰居被一陣可怕的哭喊驚醒，聲音又是從陸家傳來。從床上坐起身聆聽，覺得和平日的情形特別不同，因為除了晨媽比平常更淒厲的哭泣外，陸星晨像發了瘋似的叫喊，讓人聽了膽顫心驚。

正在猶豫要不要報警時，家裡的門鈴抓狂似地響個不停。

鄰居跳下床跑出去開門，發現陸星晨在瘋狂拍打著門，還大喊救命。

幾個被驚醒的鄰居不約而同開門出來，在門燈之下，發現個子小小的陸星晨臉上都是血痕和淚痕！沒穿衣服的身上和腿上大片瘀傷，背上更是滿佈可怕的鞭傷和香菸燙痕。他們檢查他的額頭，一個剛被什麼硬物砸破的血洞正淌流著血，因為不斷流過他的眼裡，以致他必須不停用手背抹眼睛。

幾個鄰居被驚呆了。眼前的小男孩彷彿剛從人間煉獄的戰場逃出來一般。

「救救妹妹！求求你們救救我妹妹！」他哭啞了嗓子，跪在地上不斷向鄰居們磕頭。

大家覺得大事不妙，一起衝進陸星晨家。當推開房門時，景象更是驚駭。

家具物品散落狼藉，一片混亂。

地上牆上血跡斑斑，觸目驚心。

一個男子發了瘋般猛往晨媽身上搥打，晨媽披頭散髮地哀泣著。

大家硬把那男子拉開制住，扶起晨媽，才發現她懷裡緊抱著全身是血的晨妹。

慌亂中，眾人連忙把已經奄奄一息的晨妹和哭到歇斯底里的晨媽送醫急救。

經過急診室的搶救，晨妹回天乏術。

全身多處骨折，最嚴重的是顱骨骨折。醫師診斷是生前慘遭毆打凌虐致死。

四歲的晨妹，活活被生父打死。到底是犯了什麼錯要被這樣對待？

警方的介入調查，是在晨媽和陸星晨經過治療之後才進行。

但是晨媽驚恐悲慟到失神失語，對外界的詢問完全無法回應。

不知是受母親平常總是原諒父親的影響、不知如何面對父親的失控行為，還是在失去父親與失去妹妹的衝突間掙扎，陸星晨起初面對警方的詢問也是一臉漠然，失憶般無法回答當夜的經過。

當年陸星晨還是個孩子，所以社會局指派一個姓廖的女社工老師協助。

廖老師為了他，找來一個對兒童心理方面頗為專業的心理師幫忙。

心理師仔細評估結果，認為他是創傷後壓力症所致。

經過幾次心理輔導後，陸星晨在最後一次會談中，終於說出那夜的事。

妹妹因為生病難過，半夜哭鬧無法入睡。

母親因為照顧妹妹，為了哄她吃藥和注意體溫的變化，也還沒有睡。

陸星晨的父親醉醺醺地返家見狀不爽，就突然大聲罵人，把已入睡的陸星晨給吵醒。他聽著父親叫罵的內容，原來是白天父親去應徵工作，結束後覺得時間還早，就在街頭閒逛。想不到路邊竄出兩個彪形大漢，二話不說就當街把他痛打一頓，並撂下三天內還錢，不然下次就先打斷狗腿的狠話。

地下錢莊。之前在台北欠的錢。

他覺得人生太背。就去買醉抒壓。

一回到家，發現妹妹病懨懨地哭著，更是一肚子火，覺得人生的背都是這個倒楣鬼帶衰的，就一腳往妹妹身上踹，還把妹妹推下床。

母親驚嚇之餘大叫，擋在中間。但盛怒之下的力量哪是瘦弱的母親擋得住，連帶也被波及。陸星晨見狀忿怒異常，衝過來扯住父親的手臂大咬一口。

下一秒，他就被父親用電扇往頭上猛砸，整個人被掄到地上，昏厥過去。

但他沒有昏太久，因為父親的腳在他胸腹間狂踢，痛得他淒厲地呼喊。

那些背上曾經的鞭傷和燙痕，都沒有這次來得痛楚。

每一腳都是一次震碎的痛。

母親跟父親發生拉扯。但高大的父親在盛怒又發酒瘋情形下，力氣異常，母親根本拉不住，還被甩去撞牆，昏倒在地。妹妹嚇到放聲大哭，父親嫌吵失去理智，舉起椅子就往妹妹頭上狂砸，還大吼「閉嘴！給我閉嘴！」

陸星晨拼盡最後力氣，爬過來趴在妹妹的身上，以肉身護住她，背上受了不知多少下的毆擊，直到媽媽被噴出去的椅子碎片刺到驚醒，也衝過來護住他和妹妹，並痛苦地叫：「快去求救！」，他才拖著全身的傷痛衝出家門……

陸星晨的父親被移送法辦。

他辯稱自己是酒後一時情緒失控，且已喝得失去正常人應有的判斷能力，所以不是故意殺人。而且在法庭上，還為了自己失手害死了女兒痛哭流涕，甚至悔恨激動到昏厥過去。

檢察官雖然以殺人罪起訴，但法院因為他的抗辯和表現，陷入是故意殺人還是酒後失手致死不明的狀態，必須花費時間調查。

因為打官司需要很長的時間，而且父親也沒有被收押，為了保護安全避免又發生悲劇，陸星晨和晨媽被社工廖老師帶去緊急安置。

陸星晨也必須接受保密轉學的保護安置。

小五下學期的休業式那天，廖老師來學校為他辦理轉學手續。

這一轉學，離開原來住的城市就是四年。

四年後官司才結束。陸星晨父親的被判過失致死罪，要入獄服刑。

陸星晨與母親經過相當的心理治療，也逐漸復原，而且返回公園旁的透天舊厝重新生活。

那年，他與詩雅考上同一所高中。也許是緣分未盡，兩人還同班。

四年後的陸星晨重拾對生活的樂觀，把四年前的傷痛深埋在潛意識裡，期待那些烏雲都能趕快散去，也認為自己已經長大了該分擔家計。所以他課後會去超商和加油站做鐘點零工，賺取工資。

高中時和詩雅的交往相處，應該是他最快樂的時光吧。

聽詩雅的描述，他應該是已經走出了當年的陰影，而且強大了起來。

令人困惑的是，高一下學期時，他突然又消失了。

而且轉學前，詩雅還發現他的臉頰和眼窩有可怕的瘀青。

法院判決後，他的父親接到服刑通知就逃匿了。被法院通緝了一年多。

他逃緝期間躲到哪裡去，沒有人知道。

只知道陸星晨跟晨媽根本不想再提起這個把家庭打到破碎的人。

不想提，這個人就不存在嗎？

人生有兩件事是身不由己。

一件是戀人移情別戀。一件是投胎做誰的子女。

高一下學期某天放學後，陸星晨回到家裡，居然發現父親坐在客廳裡。

母親也坐在一旁，臉色非常難看。

父親說了很多話，陸星晨都沒有聽懂，也不想聽。他只聽懂一件事，就是父親跑路期間缺錢，回家來向母親伸手要。

母親先前已經給過幾次。但父親食髓知味，竟忝不知恥地一再返家來要。

陸星晨當下說了許多難聽的話，把父親趕出家門。

他真的覺得自己長大了，強大到可以保護母親和自己，他告訴自己不必再害怕父親的無理蠻橫。

但父親沒打算從此放過他們。

某天放學後家，陸星晨發現屋裡的東西能摔碎的都破碎了，散落各處一片零亂。母親則倒臥在地板，痛苦地呻吟。

他帶母親送醫後，母親告訴他父親又回來要錢了。她覺得自己長期的軟弱和縱容，造成了晨妹的悲劇，上次又看到他勇敢地把父親趕走，給了她勇氣，所以這次她決定不妥協。父親惱羞成怒，就把她痛打一頓。

他雖然氣憤，但也不安與掙扎，好幾天都不知如何是好。

他已不畏懼。也希望母親能選擇堅強，但，母親畢竟是弱小的女生，若要跟高大的父親抵抗，受傷的仍然是母親。而且母親這次受傷住院，是因為自己先趕走父親的緣故，他懷疑自己的決定是不是因此害了母親。

如果父親再回來要如何面對？把自己打工的錢給他算了？還是報警抓他？兒子報警抓自己的父親？誰想自己的家庭成為這樣的新聞標題？母親也不贊成。所以父親的事，成為他心中最沉重的矛盾。

幸好母親這次的傷並不太嚴重，觀察幾天後就可以出院。陸星晨才暫時放下心頭大石。

社工廖老師前來關心，了解情形後，要求他為了母親與自己的安全，無論如何不要跟父親正面衝突，一定要趕緊報警。

「父親的事被別人知道了，一定會讓你感到羞恥自卑，但是你不報警，更嚴重的是母親的生命安全，若是非選擇不可，你要選擇哪一個？」

猶豫了好幾天，他決定如果父親再回家來鬧，立即報警。

「我寧願自己被別人看不起，也不能再讓父親欺負母親。因為從小母親就告訴我，男生打女生就是不對。」他最後這樣告訴廖老師。

無奈的是，苦難似乎沒有結束的跡象。

幾天後的某個星期天，他去超商打工，到很晚才回家。

還沒進家門，就聽到屋裡傳來嚴重的爭吵聲。

他衝進家裡，撞見嚇到全身發麻的那一秒鐘。

父親拿了一把水果刀，直接刺進母親的身體裡！

他狂吼了一聲，衝上去把父親推倒，抱起母親想緊急送醫。但是父親殺紅了眼，抓住他也朝他身上刺，他極力抵抗，兩人發生扭打。

據陸星晨事後描述，父親似乎已經打不過他了，居然開瓦斯放火燒房子！

氣爆聲音過大，驚動了鄰居，衝進來幫忙架開父親，並把晨媽和他從火場中拖出來。

他背起母親衝往醫院。經過一夜搶救，母親終於暫時脫險。

冷靜下來後，他想起父親當時手上拿著東西，母親好像是因為要跟他搶奪才發生悲劇。事後回家檢查抽屜，母親的存摺印章果然不在了。

母親為了怕影響他的課業，要他先回學校上課，到醫院協助的廖老師也表示會找人幫他照顧母親。所以第二天他拖著疲憊仍然到校。

但快到中午時，廖老師打電話通知他，母親因敗血症發作狀況惡化，陷入昏迷，而且他父親也不知去向。

為了顧及他的安全，廖老師堅持要安置保護他，直到他父親入獄為止，所以再度到校為他辦理轉學。

這一轉學，班上同學沒有一個人知道他去了哪裡，連班導師都不知道。

因為連再見都來不及說。

最令人悲傷的是，晨媽後來沒有再醒過來。

文曲講到這裡，長嘆了口氣，無法再說下去。

整個人癱瘓在竹鈴的懷裡，我哽咽不成聲，淚水泛流到無法止歇。

聽到文曲講到陸星晨被父親抓頭去撞牆時，馬上想起小五時，陸星晨為了數學只考八分苦惱的往事。易巧妞說他上課時在打瞌睡。在放學的路上，我還發現他額上有塊腫瘀。

我們問他，他只說是自己不小心跌的。現在知道真相，胸口猛一陣悶疼。

也驀然記起被貨車撞的那次，我帶陸星晨回家，讓他在浴室擦藥換衣服時，無意中撞見他背上的奇異景象。那時的我，根本不知道那些恐怖的圖騰到底是什麼，只在心底告訴自己應該是胎記吧。

那些佈滿背部的可怕胎記，原來是從小生長在幸福家庭裡的我從來無法想像的鞭傷和燙痕。

是怎樣的狠心，會對那麼善良、那麼年幼的陸小星這樣做……

實在太殘忍，現在這個世界居然還有這樣的事。光是想像就覺得整顆心都要崩裂了，痛得澈底。

他最痛苦的時候，我還在為了丁嘉嘉的事跟他計較、賭氣。

「唉，以後恐怕嘉嘉的事我也都無能為力了。」

現在想起來，那聲嘆息，背負了多麼沉重的壓力和無奈。

要面對這麼多的逆境和困難，他還能保持笑容和正義感，是要多麼努力。

那些笑容，何其珍貴。因為背後承受了多少，難以想像。

換作是我，怎麼可能做得到。

「你這個賣地瓜的窮酸人家孩子！」

愚昧又衝動的我，只會在發脾氣時脫口說出這樣直接刺傷他自尊的話。

不能再想下去了。因為心，已經碎了。

我決定要把長髮留回來。

為了陸小星。

沉默。不知過了多久。空氣中除了徐徐吹在臉上的山風外。

球場上的人都已經離開了。只剩我們三個，各自想著什麼。

竹鈴一邊輕撫我的背，一邊紅著眼眶問：「後來呢？你有找到陸星晨到哪去了？」

翻開手中的小手冊，裡頭密密麻麻寫著速記小字，文曲輕輕搖頭：「為了保護他的安全，他被安置轉學後的資料依法必須保密，所以我沒辦法查到，很抱歉。」

「他先前那麼多的事你都能查到了，卻只差這臨門一腳？」竹鈴責怪道。

「我最後是拜訪那位廖老師。她堅持這些個案資料不能透漏。」

「你到底有沒有盡力呀？」

「算了，竹鈴。文曲能讓我知道這麼多關於陸星晨的事，已經非常厲害了。我非常感激你們，這些事是我從來都不知道的啊。」

「那，妳打算怎麼辦？」

「我不知道……真的很想跟他說……對不起。」風乾的臉頰，不自覺又溼了。

「啊，」文曲忽然想起什麼，把小冊子往回翻了幾頁，找到其中幾行記錄：「不過因為我的再三央求，廖老師最後有透漏說，陸星晨後來有考上大學喲，目前人在台北唸大學，過得還不錯。」

「台北的哪間大學？」範圍縮小了，希望就大了，我不禁緊張起來。

「廖老師不肯說，但我記得她是說應屆考上的。」

也就是說，陸星晨現在也是大三了。

望向夜空中最亮的那顆星。它眨眨眼，無聲地在告訴我什麼。

第二天進了教室，整個腦袋還留著昨夜夢裡的殘影。

小時候的陸小星，被用香菸燙著、痛苦地哭喊的噩夢殘影。

就在我兩眼無神地望著台上老師嘴角飛出來的唾沫，打算下課後一定要立馬奔回寢室補眠時，一杯咖啡突然站在我桌上的課本角落。

我回過神，拿起來喝了一口，再向身旁好心的竹鈴點點頭。

但竹鈴卻用筆指指我身後，低聲說：「是他遞來，要我拿給妳的。」

我返頭。身後是面無表情的高英。

想還給他，但這咖啡我已喝了一口，只好默默糗在當下。

下課後，原本還擔心昨天電話中的事彼此會尷尬。還好他不像邵宣蔚糾纏，反而是直接拎起背包就往外走，就覺得自己是多慮了。

咖啡其實還蠻好喝的。

竹鈴心很細，察覺有異：「妳跟高英怎麼回事？」

「哪有什麼事。為什麼這麼問？」

「沒義氣。也不想想我家文曲為了妳的事多努力呀。」她甩下我就往前走。

我趕緊追上去拉住：「好嘛好嘛。我說我說。」

只好把高英想跟我交往的事，說給她聽。

「妳不是也覺得他不錯嗎？」這傻妹，她居然一時聽不出來我拒絕高英的理由。

「妳的心裡已經有文曲了，再好的男生來找妳，妳會接受嗎？」

「也對。那妳要跟他說清楚，不然這樣他也很無辜啊。」

「我說啦。所以他今天也就沒理我了呀。」

「那咖啡？」

「我承認他很善良，也有風度。」

「記得我問過妳，四年了，妳的陸小星可能已經跟別的女生在一起了，如果結果是這樣……妳不考慮高英嗎？」

「我相信陸小星一定會回到我身邊。」

「如果不呢？妳要搶？這樣對那個女生公平嗎？畢竟那時，是妳先出口傷害陸星晨的，也來不及跟他道歉的吧。」

怔然望著校園裡的人來人往，不如何面對這個問題。

但，竹鈴說的是事實，而且我根本無力反駁，也再找不到任何藉口。

沉默了好久，我下定決心道：「如果真是如此，我……祝福他和那個女生。」

顫抖的語氣裡，只有不捨與無奈，完全沒有灑脫。

但是，喜歡一個人，就該讓他幸福，而不是讓他為難與痛楚。

分離了四年，他不來找我，最該負責的是自己。自己該為當時的口不擇言，付出代價的。

竹鈴馬上抱緊我，大力拍拍我的背：「我的詩雅，妳終於懂事了啊。」

第二十話

高英和左子謙坐在一起，不知在聊什麼。我端著盤子，直接朝他們走過去。快接近時，高英注意到我，馬上移開視線。

我直接坐在他對面，開始吃盤中的飯菜。「你們聊什麼？」

他們互望一眼，都不作聲，開始低頭掃飯。

「喂，左子謙，曉雨找你。」左子謙與廖曉雨從大一時起就是班對。

「蛤？」他抬眼向大雅餐廳食堂內四處張望。

我伸腳往呆頭呆腦的他小腿踹：「叫你打電話給她啦。馬上。即刻。」

「喔。」他丟下筷子，抓起手機就往外走了。

我嚼著雞塊，盯著面無表情的高英。高英不知所措的石化模樣，真好笑。

「我問你。」我挾起他盤裡的高麗菜，吃了一大口。「上次我拒絕你，你會不會難過？喂，不准說煩死！」

正想張口說煩死的他二度石化。我實在忍不住了噗哧笑出來。

他只好癟癟嘴：「不會。」

「蛤？那看來你也不是真心想跟我在一起的囉。」

「是不是真心，對妳而言已經不重要了吧。」

「重要！誰說不重要？交朋友最重要的就是真心，不是嗎？」

「交朋友……」

「做不成男女朋友，就不能做好朋友嗎？」我挾起自己盤裡的烤牛肉送到他的盤裡。「之前你幫我，都是真心的。我很珍惜。」

「工具人？」

「工具人是邵宣蔚，不是你。而且，我也不該把他當工具人，我會找時間跟他道歉的。」

他垂眸掃飯，沒有表情。直到見他挾起那塊牛肉，我立即舉起手，仰天大叫：「噢！吃了！那就是接受我這個朋友了！啊嗚～我好開心啊。」

笑了。他被我逗笑了。

學期在華岡的雲朵飄來游去、日光和雨水交替間很快過去，大三下學期已經過了一半。這天在社辦開會，檢討這學期的活動成果，討論到招募新成員時，婷瑩忽然說她覺得自己從開學努力到現在，直到昨天都還在拉社員。

有幹部揶揄說她自吹自捧。她不服氣，馬上拿出幾張報名卡。

其中一張上面的名字吸引了我的注意：季郁馨。

誰叫我是幸福社社長，我最關心朋友的幸福。

當晚我就帶著鹹酥雞，跟婷瑩一起去拜訪新社員，宣導幸福社的理念和活動。

最後一位拜訪的是在校外租屋的季郁馨

婷瑩去拜訪隔壁寢室另一位學妹。我則來敲季郁馨的門。

她的表情有些意外，顯然認出了我。

進屋後跟她閒聊，她也一直維持禮貌和微笑。直到該說的官方說法都說完，她也答應以後的活動都會參加，這時從她的表情看來，認為我差不多該走了，我就順勢問了：「學妹是為什麼想要來參加幸福社？」

她微怔了一下：「不就是『尋找真愛，因愛幸福』嗎？」

她用幸福社的slogan敷衍。我再八卦地問：「高英學長不是妳的幸福嗎？」

微惱的表情浮現臉上：「……學姊是來炫耀的嗎？」

「喔，別誤會。高英不是我男友，我們只是同班同學兼好友而已。」

「嗳？我以為他說的那個女生是學姊……」

「我也想聽那個故事。妳可以說給我聽嗎？」終於帶出自己上門的另一目的。

她遲疑了幾秒：「妳跟他不是好友嗎？為什麼不自己去問他？」

「他那麼冷，話那麼少，才不會跟我說咧。」

「以後還會在慈幼社的活動裡遇到他，沒經過他的同意就……不太好吧。」

我跟她死纏活求千萬拜託，她還是搖頭。拗到最後，她才稍微透露：「我只能跟妳說，他在等一個女生。」

等一個女生？大一大二，他跟我都沒有交集，當然不可能是等我；可是他現在不等那個女生了，那天在電話裡才決定向我告白嗎？

我還想再挖些什麼，婷瑩就過來敲門了。

離開季郁馨的租屋處，我跟婷瑩學妹在她停放機車的地方分手。

我往學校走，思緒回到那天我跟高英一起吃自助餐時的對話。

「喂，你那天跟郁馨學妹講的故事，我也想聽。」

「我不想講了。」

「還在介意我拒絕你的事？」

「沒呀。但是講故事要看心情的。妳剛才惹得我笑，哪還講得出來。」

「那你什麼心情之下才願意講嘛？」

想不到他直接轉移話題：「我聽曉雨和子謙在聊天時提到，妳以前是長髮？」

「這跟你的故事有什麼關係？」

「看到妳短髮我心情就不好。」

「太扯了，不想講還牽拖到人家的髮型。那我留長髮了你就願意講？」

「看情況囉。」他的臉上閃過一絲笑意。超奸詐。

我決定非要他說不可：「那你也要幫忙我啊。」

「妳才扯。總不能要我在妳頭皮上施肥吧。」

「還灌溉除草咧！」我一拳往他臂上捶：「你每天幫我梳頭，幫它趕快變長。」

大個子的高英拿把小梳子幫我梳頭？畫面想到就好笑，而且一定會成為全班的笑柄。我這樣說就是要看他臉紅的糗樣再好好揶揄一下。

他果然瞬間石化。我笑到東倒西歪，引來旁桌許多異樣目光。

他為了賭氣，紅著耳根低聲說：「小聲一點！妳以為我不敢呀？」

我馬上大聲說：「一言為定！誰做不到誰就被笑沒長雞雞！」

他搔搔後腦，思索了幾秒，才露出恍悟表情，想通原來是被我誆了。必須幫我梳頭的是他，要說故事的是他，做不到會被笑沒長雞雞的也是他。很蠢又很直。我笑到快往生。

但是頭髮長長？我可不想等那麼久，所以今天才會來找季郁馨，可惜仍然無功而返。

就在暗忖明天上課時要逼他用橘粉色還是紅紫色的梳子時，在騎樓下擦身而過的兩個人讓我一怔。那男的我不認識。可是那女的不是……丁嘉嘉嗎？

可能是我髮型變了，身上也沒穿校服，丁嘉嘉怔了快一分鐘，才認出我是誰。

我拚命跟她裝熟，硬跟她扯高中同班生活，甚至提出希望跟她單獨談幾分鐘的無理要求，身邊馬上射來男生不悅的視線。

她跟那男生講了幾句。我等他走遠一點，馬上低聲問她：「妳男友？」

「嗯。我們來這裡看夜景。」

「我們學校的夜景超有名的。啊對了，妳有……陸星晨的消息嗎？」

她馬上露出早知道是要問這個的表情，但搖搖頭：「沒有。」

「妳跟陸星晨那時候不是……很要好？」

「我跟妳一樣，那天之後就完全跟他失聯了。」她語氣裡有同情的味道：「妳還在找他？」

「……」不知是第幾次燃起的希望熄滅，失落總讓人無言以對。

「其實，雖然不容易，但妳可以試試看像少年之家之類機構附近的學校。因為我國中時，就是在那裡認識陸星晨的。」

「……？」

「我國中因為家庭的因素，跟陸星晨被安置住在教會辦的同一家收容機構。當時我很叛逆，經常逃家逃學，讓牧師和老師都很頭疼。因為我跟他的遭遇不同，牧師覺得他很可靠，就叫他幫忙看住我，不讓我跟壞朋友在一起。」

「原來……如此……」我終於明白高中時陸星晨為什麼這麼護著她。

「從小自己沒有什麼人疼愛，只有他忽然給了我滿滿的安全感，就變得十分依賴他，結果卻對他做了很多過分的事。現在想想，真是對不起他。」

聽她這麼一說，自己對陸星晨的愧疚更深了。「我當時也……對妳說了很多很差勁的話，對不起。」

她搖搖頭表示不介意，還握了一下我的手：「班長，加油。」

我深吸一口氣，拍拍她的肩：「快去吧，妳男友快生氣了。」

望著她轉身的輕快步伐，與那男生親密地搭肩離去，我慶幸她現在過得很好。

只是，你現在過得好嗎，小星？

窸窸窣窣的議論和摀嘴偷笑的動作，從我身邊輻射般迅速散開。

有人不時回頭往我這邊瞄，甚至有人拿出手機來拍照。

因為高英為了遵守承諾，真的接過我交給他的梳子，在上課時坐在我後面幫我梳頭。他的動作很小，深怕被別人發現，但——怎麼可能不被發現，坐在他旁邊的郭倍和左子謙馬上就睜大了眼，拉旁邊的人同觀奇景。

手機有人立即傳來直播實況的照片給我。點開是：高英拿著一支粉紅小梳子，臉超臭的。我趴在桌上忍笑忍到抖，還被老師臭臉斜瞪。

換個心態跟高英互動，像朋友般的開玩笑，舒愉極了，原先的尷尬也不見了。

下課後，我轉身斜睨他：「小英子，梳得本宮很舒服。改天再打賞。」

他倒是先賞我一個白眼：「妳老是愛亂講話。煩死。」

雖然如此，後來每次上課，我還是把坐在他前面的人趕走，叫他幫我梳。

有一次他不耐煩了，嘖了一聲說：「今天沒帶梳子啦。」

我馬上從包包裡拿出另一支：「你不想要雞雞啦？」

只好乖乖接過。再梳。

也許是梳久了，他的動作愈來愈熟練，而且還很溫柔。

我的頭髮也不知不覺長長了。

學期快結束前，好幾科的教授不約而同加課趕進度。這天社會工作管理這門學科為了趕課，教授居然上到晚上八點才放我們走。

住山下的人匆匆往公車站跑。我們住山上的人，則不約而同走到校外後山，找還在營業的店家覓食。竹鈴、曉雨、高英和我一起進了一家麵店，各自點了麵食和小菜，邊吃邊討論剛才講課的內容。我們女生七嘴八舌，只有高英低著頭進食，但我發現他不時注意著店外。

順著他的視線往外看，卻沒發現什麼。

「喂，哪有正妹？」趁著竹鈴和曉雨在討論期末考的重點，我問他。

「沒有啦。可能我看錯了。」他皺著眉頭，不知在想什麼。

「欸。看著我。」我伸出食指到他的下巴，把他臉從碗邊抬起來。

他愣愣地看著我。

「看到了嗎？」

「什麼？」

「你沒看到一個大正妹在你眼前嗎？」

笑了。我又把他逗笑了。連竹鈴和曉雨都笑出聲。

接著我們講好大家都各自把上課筆記拿出來共享，並分配哪一科由誰負責整理和影印，以應付快到的期末考。

「物質濫用矯治由曉雨負責，社會研究法比較難讓竹鈴整理。我來做社福理論，那家庭社會工作這科就由高英負責……」我分配道，卻發現高英又不自覺往外瞧。我也向外看，看不出他在看什麼，就伸手把他的臉轉回來：「哈囉，看著我。你看到我臉上有什麼線？」

「流海的髮線？」

「是你的視線。」

「什麼啊……」他又笑了。

不知道為什麼，自己好像很喜歡看到他笑。

「專心點啦，不要再找正妹了啦。」被我消遣兩次，他終於專心加入討論，而且我在講話時，他都很認真看著我。

不知是否錯覺，他注視著我的眼神，好像跟平常不太一樣。眼神裡有話語，有摯熱。還讓我心裡滋生了種奇特的悸動。

當時暗罵三八，是自己要人家注意聽的，卻在胡思亂想，所以我趕緊關閉那些有的沒的畫面。沒有忠於自己的感覺，真是一切錯誤和後悔的開始。

結帳後回學校朝宿舍走去，在大雅館和大莊館的岔路口跟高英說再見。然後我們繼續朝大雅館走去。當抵達大雅館門口時，手機傳來聲音。

電影「不可能的任務」的主題曲。

呆了幾秒，我回神過，擰著心點選進去。

那個叫「別離」的人留言了：「妳是詩雅嗎？我是星晨。」

「天啊！」我失聲叫出。竹鈴湊過來看：「啊！真的是他嗎？」

「他還在線上耶！」曉雨指著那個小小的人頭圖案，是呈現上線狀態的紅色。我趕緊寫下：「我是！

我想見你。

「妳在哪裡？我在大仁館，妳能來嗎？」

我驚喜，忍不住又跳又轉圈：「原來他也唸這裡！天啊！我居然不知道。」

「真是天不負苦心人。而且他好像已經知道詩雅跟他同校？」曉雨道。

「我們陪妳去。」

「人家久別勝新婚，一定有很多話要說，我們幹嘛去當電燈泡啦。」

「也是。那詩雅妳趕快去，記得門禁時間，不然又被關在外面。」竹鈴提醒道。曉雨卻說：「妳管人家，人家情話綿綿聊到天亮都不夠吧。」

「臭曉雨，看我修理妳！」我作勢要抓她，把曉雨嚇得尖叫閃躲。

在她們祝福的笑容下，我興奮又緊張地快步往大仁館走。

找到了！終於找到了……

拾階登上天台。一個身影立在白色的欄杆前。

「陸小星。」我快步上前，輕喚了一聲。

那個身影轉身……是他？

怎麼是他！

乍然停下腳步，我像被突然拋進滿是浮冰的海水裡，全身感受刺骨的冷：「你是那個『別離』？」

「我就是。」

「剛才在線上對話的是你？」

「我就是陸星晨。」

「你屁啦！」
「在妳眼中我只是個屁？」
「你不但是個屁，還很卑鄙！」我氣得掉頭就走，想不到他一個箭步衝上來就箍住我手肘。我被嚇到尖叫，背部及後腦卻被猛力往牆壁重擊，沉重的暈眩襲來，意識在瞬間陷入模糊，也失去叫喊力氣，耳邊只剩對方像隻患了狂犬病的瘋狗從齜牙裂嘴的齒縫間迸出低吼：「我不准妳離開我！不准離開我！」
努力讓自己振作清醒，別過頭閃躲他：「你清醒一點，我不是你的前女友！」
「住嘴！」傳來可怕的壓迫感，掐住頸部的力道毫無節制，他已經完全失控：「連我們交往過的事實都想抹滅？知不知道我多喜歡妳？換來妳怎麼對待我？」
頭部劇烈漲痛，完全吸不到空氣的肺腔急速萎縮，乾燥灼燙的咽喉完全叫不出聲。死神彷彿已經站在身邊冷眼等待下一秒，驚恐讓心臟失速狂跳……
小星，我就要死了……
對不起。我連對不起都來不及跟你說，就要跟你永別了嗎？
如果這樣，我這麼多的努力算什麼呢……不行！
我掙扎扭動，拼盡全身力氣往他身上搥打，還弓起左膝往他下體反擊。這樣顯然讓他痛苦了，手勁稍微放鬆，才能讓我吸進一口空氣，這口空氣讓幾乎昏厥的意識瞬間恢復，更用力抵抗擊打他。
但他沒有被激怒，好像變得異常興奮，噁心的手開始撫摸我的下半身，濁重的呼氣噴在我臉上：「原來妳喜歡這樣？就把我當做妳的陸星晨吧——」
我的陸星晨？我的陸星晨才不會這樣對我！
我放聲尖叫，只喊了一聲，喉嚨就因刺痛而劇烈咳嗽，痛苦不堪。
我憤怒又絕望地瞪著他，抵死掙扎，感覺到他的手已經開始把我下半身的衣物往下拉扯。

「喂！程國硯！放手！」不知道是誰突然冒出聲制止。

猝然，那雙佈滿血絲、附著撒旦邪惡眼瞳的眼睛，急促收縮，張狂暴烈的表情也倏忽變形扭曲，他的脖子上被一個人鋼鐵般堅硬的手臂圈住，手臂上有浮起的青筋和奇怪的傷痕——

然後一陣天旋地轉，我不知發生什麼事被甩出跌坐地上，痛到哭出來。

旁邊傳來竹鈴的尖叫……

從散亂的髮隙間抬眼：在夜色裡，高大身影跳騎在程國硯背上拉扯著，才讓程國硯鬆手放開我。他們兩人扭打成一團，還發出可怕的吼叫。

竹鈴來到身邊扶起我，很快幫我整理頭髮衣服：「妳有沒有受傷？」

我極盡目力，想要看清楚那團糾纏在程國硯背後的身影。

「好痛啊！好痛啊！」程國硯的手臂被那個身影扭制在後，哇哇叫痛。

「你可以冷靜下來了嗎？」

「啊——不敢了、我不敢了。」程國硯躺在地上，哀嚎討饒。

那身影放開程國硯，從地上起身，從陰暗處走向有光線的這邊，朝我們走來。是高英。

「妳還好嗎？」他仔細檢視我全身，滿是擔心的表情。

我還驚魂未甫說不出話，只有點點頭。

竹鈴撫住胸口：「幸好我們來得及時，不然——啊！」

「啊啊啊啊啊啊啊啊啊啊啊啊啊——！」

我們同時發出尖叫，讓高英察覺不對，立即返身，但已經來不及——

全身細胞瞬間收縮，一陣惡寒與恐懼從幽闇的深淵浮起！

眼前寬廣堅挺的背部、身軀，擋在我和程國硯的中間。

這時，有雨滴落在我的臉上。

有熱度的雨滴。有鹹味的雨滴。

是天上落下來的，不是噴濺出來的。我不斷這麼告訴自己。

「喂！你在幹什麼！」有人這時從入口門邊大吼，並吹起刺耳的哨音。

接著，高英一拳往程國硯的臉上揍過去。悶哼一聲，我越過高英肩上看到程國硯整個人往後仰，飛摔出去跌落地上。

跌下去的剎那，他手中的短刀也摔落出去，發出清脆的聲音。

兩個身著制服的警衛大叔大聲喝斥，衝上去壓制住程國硯。他又開始哀哀叫。

是曉雨跑去叫警衛的，她跑來我們身邊，大叫好可怕。

然後我眼前的身軀就如山崩般往前緩緩傾倒，仆臥在地。

「高英！」

一大灘的鮮血，迅速從他腹部向外散流開來。

外科手術室門上的「手術中」紅燈亮起，刺得瞳孔急速收縮。

我癱軟在走廊的等候長椅上。視網膜還烙著高英剛剛被推進去的殘影。

護理師蹲在身邊幫我包紮手肘和小腿上的擦傷。

但我真正會痛的傷在心裡。好大的傷口，好痛。

另一位護理師聽完竹鈴簡要的說明，望著不斷發抖哭泣的我，搖搖頭說：「不行，她這個樣子，一定需要鎮靜劑。」

「我不要我不要我不要！」我歇斯底里地跺腳叫著；「我要等他平安出來。那個死程國硯才需要鎮靜劑！」

她們七手八腳壓住我，一支針隨即刺進臂裡。

不知是哭累了還是藥效發作，不一會兒我失去力氣，也不想哭了。

「妳們誰是患者的家屬？」戴著口罩，全身穿著綠色隔離衣的護理師從手術室出來問。我們四個互望一眼，無法回應。

「Miss楊，快點拿血袋過來！」裡頭傳來呼叫聲。她回頭應了一聲，也來不及確認誰是高英的家屬，就把一張手術同意書塞給我們：「家屬快填一下。」然後就往血庫奔去。

竹鈴拿起筆就亂填一通。文曲跑去跟護理師說他可以捐血。

我往長椅上躺下，覺得天花板一直轉個不停，全身細胞都在喊累。

有人說情況危急，要簽病危通知書……

有人說失血太多，血漿還是不夠。好多人在走廊上焦急地來來去去……

在意識即將消失前，所有的聲音都模糊，視線的知覺也籠上一層薄霧……

依稀看到高英站在面前，彎下腰望著我，輕輕撫摸我的臉頰，很溫柔地說了句什麼，然後緩緩轉身，逐漸消失在走廊盡頭。

最終話

走廊上四處傳來輕鬆的笑鬧聲和行李箱的輪子聲。

期末考的最後一天。下午最後一堂課的鐘聲響起，代表這學期結束，大三生活也就結束了。宿舍裡鬧哄哄的，有的寢室甚至都已經人去室空。

每個人都以期待的心情迎接暑假，就像六月底炙熱的陽光。

「沒有學姊了，以後幸福社怎麼辦啦。」婷瑩學妹撒嬌道。

「妳是新社長，當然就靠妳了啊。」

「其實如果不是妳先說要交棒，應該還是會連任的嘛。」

「我累了。」我苦笑。揮揮手跟她說再見。

從社辦回到寢室。芫媛的床位已經清空，聽說是晚上要參加表哥的婚宴，早早就急奔公車站趕回南部了，真是不怕吃到死、只怕死了都沒吃到的吃貨女。

見我大字形癱在床上，正在將書本裝箱的竹鈴問：「妳真的要退出幸福社？」

「如果不是幸福社的活動，也不會惹來程國硯那樣的變態。都把高英害成那樣了。唉。」盯著天花板，我嘆了口氣道。「竹鈴，妳再說一次，那天妳們是怎麼會到大仁館的天台找我的？」

「那天妳接到那個『別離』寄來的訊息離開後，我和曉雨剛要進來，身後就傳來高英的聲音。」竹鈴坐在桌邊，邊摺著衣服邊回憶著。

竹鈴說，因為我不喜歡拎著背包，而是習慣抱著書本筆記就去上課。那天下課後大家一起去吃麵，起身離開時我居然把課本放在店內桌上忘了拿。高英注意到，就順手幫我收起來。沒想到我們一路上聊得七嘴八舌，在大莊館與大雅館的岔路口時，他居然也忘了交還我，回到寢室才想起來，所以他拿著書本跑來找我。

「給我吧，我會轉交給她。她去找一個高中同學，那個同學約她。」

「高中同學？這麼晚了……是她一直在找的那個人嗎？」

「嗳？她有跟你說過嗎？」

「只有簡單提過，但沒講是誰。」他忽然變得很緊張：「該不會是姓……陸？」

「咦，那你怎麼知道？」

「陸星晨？」高英睜圓眼、提高了聲問。

「對啊對啊！你也認識他？」

「糟了！詩雅有危險！」

高英的緊張讓竹鈴和曉雨都嚇到，說出我被約到大仁館的事。他立刻要曉雨去警衛室求助，然後跟竹鈴跑到大仁館找我。趕到天台時，才發現我已經被程國硯掐到快斷氣，還差點就被侵犯了。

再次聽竹鈴講完，我終於發現奇怪的事：「高英怎麼知道我去找陸星晨？」

「我們真的沒有跟他說，是他自己猜到的。」

「猜到的？我只跟他說過我在找一個人，從沒說那人是誰。」

「蛤？我還以為是妳曾跟他說過哩。」竹鈴一臉疑惑地摸著臉頰。

「唔？怎麼回事……」我像被觸電般跳下床，盤腿坐在地墊上開始回想事情的前後。

「陸星晨好像喜歡妳。不然他剛剛站在那裡，明明應該可以看到妳了，為什麼不把妳抓出來。」

「跟妳一起吃東西，什麼東西都會變得好好吃。」

「喂，班長，以後我們還可以在一起吃東西嗎？」

「班長，妳可以不要送我嗎？……希望妳不要覺得跟我作朋友是丟臉的。」

「我就像那隻老鷹風箏。飛得離妳再遠，也還是有妳牽著。」

「意思是……我是你的牽絆呀？」

「班長永遠是風紀的好夥伴。」

「……我是說妳一天到晚辦聯誼，到底是為了什麼？」

「哼哼，像妳這樣只在意外表虛榮，能找得到什麼幸福？」

「只是覺得，我們都已經唸大學了，不再是不懂事的孩子了，對吧？」

「如果我很喜歡，當然會想辦法跟她在一起了，哪會讓她等我出現。」

「廖老師最後有透露說，陸星晨後來有考上大學喲，目前人在台北唸大學，過得還不錯……我記得她是說應居考上的。」

「真是天不負苦心人。而且他好像已經知道詩雅跟他同校？」

「啊！啊啊啊啊啊啊啊——啊！」我失聲狂叫，雙腿猛踢。

竹鈴嚇得驚慌失措，趕忙坐在我身邊抓住我的手：「怎、怎樣了啦？」

「鈴啊，妳說……高英會不會就是陸星晨？」

「蛤？」她的眼睛睜得又圓又大，偏著頭想了一會兒：「嗳？應該只是五官長得像而已吧。陸星晨有他那麼高嗎？」

「他沒這麼高，但當時他只是高一，還會長高的呀。」

「高英的臉頰比陸星晨消瘦吧？」

「他經歷了那麼多的苦，當然會消瘦啊。」

「是因為妳太想念陸星晨了，才把兩個人想像成同一個人吧？」

「陸星晨喜歡焦糖；高英也喜歡焦糖。陸星晨曾說跟我在一起吃東西什麼東西都會變得好吃；高英為了拉近距離也帶我去吃滷味吃早餐，因為陸星晨跟我一起吃東西時是他最放鬆最開心的時候。陸星晨受了委屈從不還手，只學會自己承受；高英挨了邵宣蔚的打受了委屈也不還手，和陸星晨一樣在我被欺負有危險了他才會出手，因為高英也認為男生打女生就是不對。陸星晨的媽媽很會烤地瓜、做芒果乾，這兩種食物對於陸星晨有特殊的意義；在大孝館時高英請我吃的是什麼？地瓜球和芒果冰沙。陸星晨曾說要帶我去一個叫做星河公園的地方，他實現諾言帶我去了星河公園，星河公園就在這個學校的天空，可是為什麼是高英帶我去的？因為高英就是陸星晨呀！」

「可是，一個叫陸星晨，一個叫高英？」

「陸星晨後來接受社工的保護安置，為了躲他父親，改名叫高英了啊。」

「啊！」竹鈴拿起手機打給文曲，詢問他對我的揣想的看法。

文曲聽完竹鈴說完，在手機那頭沉吟了片刻說：「可能性非常大。而且據我的調查，陸星晨的母親確實姓高。」

我們興奮地抱在一起尖叫。

「問題是我們要如何查證確認？」等我們冷靜下來，文曲問。

「我要直接問高英，他是不是陸星晨。」我毫不猶豫地說，但只勇敢了一秒，隨即又退縮了：「可是，萬一他反問我陸星晨是誰……啊我不就被他取笑……」

竹鈴輕撫我的背，給我打氣道：「我們就大方承認認錯人了有什麼關係。」

「可是我才捉弄他，叫他給我梳頭讓人取笑……」

「是啊，面無表情的高英幫人梳頭，大家都說看起來很厭世很好笑——咦，這是什麼？」竹鈴邊說邊看了我的頭髮一眼，突然發覺了什麼，開始撥弄它。

「是沾到什麼嗎？」

她靠近，仔細地從髮際抓下了什麼：「詩雅，剛剛考試時坐在妳後面的是誰？」

「高英啊。」

她興奮地大叫：「天啊！詩雅妳可以理直氣壯的問他不必怕被他取笑了！」

一張小小的藍色便利貼紙。

正面寫著：「可愛的班長，妳都不想回頭一下嗎？」

背面寫著：「班長，想放風箏嗎？我在大忠館天台等妳。」

一抹茜紅刷在華岡的靚空上。

一支風箏舞在黃昏的天際線。

我快步衝上大忠館，推開天台的門。

他轉身望向我，笑著。無憂無慮無拘無束的溫暖。

沒錯，就算換了時空，因為成長而變了容顏，細看，眉宇間還是我記得的那片藍天，黑瞳裡仍然有我記得的深邃無限。

衝上前去，不斷深呼吸抑制自己快哭出來的激動：「你就是陸小星？」

「我是。我始終都是。」

我往他身上一陣猛搥亂搥：「臭小星臭小星臭小星臭小星臭小星臭小星臭小星臭小星臭小星臭

小星臭小星臭小星臭小星臭小星！」

他抓住我的手，輕輕抹去我眼角的淚水：「我的傷口會痛啊。」

「啊，對不起。我忘了你前幾天才出院。還痛嗎？」我緊張地望著他腹部問。

「不是那裡。是這裡。」他指指自己的胸口；「妳再哭的話，我這裡的傷口會痛。」

似曾相似的溫柔，他只有對待喜歡的人才有的溫柔，我懂。但太久沒有以自己的喜歡與陸小星對話，那一瞬間實在嬌羞，只好避開他的視線：「哼，誰管你那裡這裡啊……」

「妳不管我這裡的話，我這裡也會痛啊。」

「你你你這裡到底有沒有良心呀，」雖然心頭浮上一陣甜，但我用食指戳戳他胸膛：「你知道我在找你嗎？讓人家找那麼久，也不告訴人家你就是……」

「我也等了好久。」彎了彎嘴角，他無奈地說：「大一開學時我從妳身邊走過，雖然被妳的短髮嚇到，但從妳的眼神知道，妳完全認不出我。我以為妳已經忘了我，所以我根本不知道妳在找我呀。」

我拉著他席地而坐：「為什麼不跟我說你就是陸星晨、已經改名了？」

他的手腕上綁著線輪，輪軸因著風發出悅耳的轉動聲。順著細線，他望向天際那隻老鷹風箏：「我以為在妳心裡，我只是一個賣地瓜的窮酸人家孩子。」

「唉，是我跟丁嘉嘉吵架太氣憤，一時衝動口不擇言，傷你太重。」我從口袋裡取出那本在福利社買的紅色封皮的小筆記本，遞給他：「我很後悔，原本要把它送給你。但是你沒有跟我說再見就轉學了。」

打開第一頁：「小雅愛小星。小星可以別再生氣了嗎？」

他望著，苦笑著，搖搖頭，眼眶紅了。

「那個寒流來的早晨，我拎著早餐到妳家門外等妳，那時妳在生氣不理我，是妳媽媽來開門。她跟我說，我們家詩雅以後的對象不會是像你這樣的男生，叫我以後都不要再來煩妳了。我問她我是怎樣的男生，妳媽媽說，你是沒有辦法給詩雅幸福的男生，因為你太窮……所以，我打消了告訴妳我家發生的事，選擇簡單說我媽媽住院了而已。」

天啊，我的老媽呀，妳在幹嘛啦。

我心疼地抱緊他的臂膀，把頭倚在他肩上。

「但我媽趕不走你，你堅持要見我，就是希望知道我是怎麼看你的？」

「當時妳出現在門口，握住我的手，就像捧著我已經裂開的心。幸好有妳捧著，不然我所有的勇氣都會烟消雲散。」

「後來我跟丁嘉嘉吵架生氣時對你說的話，讓你覺得我跟我媽的想法是一樣的？」

「嗯。所以——」

「我不是我不是我不是！我真的不是這樣看你的。」我急得眼淚又快掉下來了；「如果我是這樣看你，就不會花了那麼多的心力尋找你了，為的難道只是跟你道歉而已嗎？」

他把我擁入懷裡：「後來我才知道。起先以為妳不斷參加聯誼、創辦幸福社，因為妳早已忘了我們的曾經。後來，我們一起去參加慈幼社的活動，妳的表現不像我原先以為的，後來又跟妳在大倫館天台上一起看星星，才發覺了誤會。」

「因為我在說夢話時，一直叫著陸小星、小星？你看人家多想你啊。」

「對不起。」臂上被他摟著，傳來溫暖的力量。

「誰叫你那時要幫丁嘉嘉嘛。」

「嘉嘉其實很可憐。從小她都沒有見過自己的爸爸，後來媽媽嫁給她繼父，沒想到繼父居然從小就侵犯她。她自殺被救，罹患了憂鬱症，經常想自殺，對人都沒有安全感，逃家時認識了阿謝，阿謝會帶她吸安非他命。後來被安置在教會辦的機構裡，牧師和老師都要我幫忙照顧她，隨時注意她有沒有想不開，所以——」

「我知道，我已經知道你家發生的事了。難怪有一次我生氣地說如果她想去死也是她家的事，你很嚴肅跟我說：永遠都不要這樣說。」

我望著飛得又高又遠的老鷹風箏，告訴他我請竹鈴和文曲幫忙尋找有關於他所得知的一切。

講到晨媽，他的眼眶又紅了：「所以，那天在吃麵時發覺店外有一個很像程國硯的男生鬼祟探頭，就很緊張。當知道妳被程國硯糾纏時，我發了瘋般一定要及時找到妳，深怕媽媽的悲劇重演，我沒能及時將媽媽從那幾刀下救回來，是心裡最深最黑暗的痛。我很慶幸能為妳擋下程國硯那幾刀，對我而言，那是內疚心理移轉後的救贖。」

「你能跟我講這麼多心裡話，我真的很開心。」我抹去他臉頰上的淚。「晨媽的不幸不是你的錯，你不要什麼責任都往自己身上攬，這個從小當風紀留下來的想法一定要改。」

「妳還記得小時候啊。」他笑了笑。我這時才知道為什麼自己會不自覺希望看到高英的笑。因為這個笑容，始終帶著陸星晨從小到高中時的影子。

「可是，你認為我跟我媽一樣瞧不起你也不理你了，為什麼你始終在身邊保護我？」

「因為班長教小星的因數和倍數、教小星時的模樣，小星始終都記得呀。」

「為什麼不忘掉呢。」

「就算這個忘掉了，那個也忘不掉呀。」

「哪個？」

他從口袋裡拿出一個綁著可愛絲帶的透明小塑膠袋給我。

我驚喜叫道：「是粉紅小豬店的草莓軟糖！」

「不只如此，喝掉熱巧克力時面露嫌惡表情的妳、要求吃草莓冰棒時不知所措的妳、被嘲笑風紀愛班長時趴在桌上哭的妳、頂著書本主動被罰時講義氣的妳、啃著地瓜時驚訝說好吃的妳、捉迷藏時得意笑著的妳、請我吃紅豆麵包當午餐時溫暖的妳、身為班長管同學時神氣的妳、吃丁嘉嘉的醋時生氣的妳、午餐吃便當時那麼近看著我的妳、聽到告白時緋紅著臉卻又理直氣壯要我再說一遍的妳、騎車時坐在我懷裡說著心事的妳。這麼多的妳，我一個都忘不掉。所以，一直沒有告訴妳高英就是陸星晨，一直在等待這些妳的其中一個妳，能回頭發現我仍然在妳身邊等妳。等了好久。」

「你以為我變成了瞧不起你的蘇小雅，殊不知蘇小雅辦那麼多的聯誼活動其實是在找你。直到在慈幼社的活動中發現她不是你想的那樣、在星河公園才知道她睡夢中還在找你。」倚偎在他懷裡，讓清風微拂我的長髮，真的很舒服。

「星河公園是小時候，有一次媽媽心情不好，帶著我來到台北，漫無目的逛到這裡。抬頭發現媽媽偷偷在掉眼淚，當時年幼的我不知怎麼辦，發現媽媽的眼淚旁邊的背景居然是一大片星空，我就指著天空叫媽媽看那顆最亮的星星。」他指著東邊天際線旁已經升起、晶亮閃爍的小星星道：「媽媽抬起頭，仰望著天，就止住了眼淚。因為已經沒有下山的公車，我們就坐在草地上看星星，直到我醒來，發現媽媽的心情變好了。我問媽媽，這裡是什麼地方，媽媽笑著說這個山坡叫華岡，這裡的星星都住在星河公園裡。從此我知道，這裡的星星有個魔力，能讓哭泣的人抬起頭，因頭抬起來，淚水就止住了。」

「我也喜歡星河公園。」望著他沉思的側臉，告訴自己要矜持，要忍住，要保守，要克制——但我還是忍不住往他臉頰上親了一口。

他轉向我，整張臉從鼻頭開始往外，紅成了熟透了的柿子。

好可愛呀。

我嬌羞地把視線往下，用食指戳戳他的胸膛：「我的星河公園在這裡。知道你的這裡一直有我，以後我都不會流淚了。」

然後……我就暈了。

眼前一黑，呼吸就停了。

唇上有溫熱，暈眩帶我回到高中時在海邊放風箏的那天。

我睜開眼，低下頭不敢看他：「你壞死了。你是殘障。」

「我是殘障？」

我坐直，挺起胸口，指指他的胸膛：「因為老師說，我有，你沒有，就是身體有障礙。」

我們相視，一起大笑。我們都笑彎了腰，笑出了淚。

（全書完）

要青春40　PG2118

要有光 FIAT LUX

草莓班長‧焦糖風紀

作　　者　牧　童
責任編輯　喬齊安
圖文排版　林宛榆
封面設計　楊廣榕

出版策劃　要有光
發 行 人　宋政坤
法律顧問　毛國樑　律師
印製發行　秀威資訊科技股份有限公司
114台北市內湖區瑞光路76巷65號1樓
電話：+886-2-2796-3638　傳真：+886-2-2796-1377
http://www.showwe.com.tw
劃撥帳號　19563868　戶名：秀威資訊科技股份有限公司
讀者服務信箱：service@showwe.com.tw
展售門市　國家書店（松江門市）
104台北市中山區松江路209號1樓
電話：+886-2-2518-0207　傳真：+886-2-2518-0778
網路訂購　秀威網路書店：https://store.showwe.tw
國家網路書店：https://www.govbooks.com.tw
總 經 銷　聯合發行股份有限公司
231新北市新店區寶橋路235巷6弄6號4F
電話：+886-2-2917-8022　傳真：+886-2-2915-6275

出版日期　2018年11月　BOD一版
定　　價　330元

國家圖書館出版品預行編目

草莓班長.焦糖風紀 / 牧童著. -- 一版. -- 臺北
市 : 要有光, 2018.11
面 ;　公分. -- (要青春 ; 40)
BOD版
ISBN 978-986-96693-8-2(平裝)

857.7　　　　107018133

讀者回函卡

感謝您購買本書，為提升服務品質，請填妥以下資料，將讀者回函卡直接寄回或傳真本公司，收到您的寶貴意見後，我們會收藏記錄及檢討，謝謝！如您需要了解本公司最新出版書目、購書優惠或企劃活動，歡迎您上網查詢或下載相關資料：http:// www.showwe.com.tw

您購買的書名：＿＿＿＿＿＿＿＿＿＿＿＿＿＿＿＿＿＿＿＿

出生日期：＿＿＿＿年＿＿＿＿月＿＿＿＿日

學歷：□高中（含）以下　□大專　□研究所（含）以上

職業：□製造業　□金融業　□資訊業　□軍警　□傳播業　□自由業

□服務業　□公務員　□教職　□學生　□家管　□其它＿＿＿

購書地點：□網路書店　□實體書店　□書展　□郵購　□贈閱　□其他

您從何得知本書的消息？

□網路書店　□實體書店　□網路搜尋　□電子報　□書訊　□雜誌

□傳播媒體　□親友推薦　□網站推薦　□部落格　□其他＿＿＿＿

您對本書的評價：（請填代號　1.非常滿意　2.滿意　3.尚可　4.再改進）

封面設計＿＿　版面編排＿＿　內容＿＿　文／譯筆＿＿　價格＿＿

讀完書後您覺得：

□很有收穫　□有收穫　□收穫不多　□沒收穫

對我們的建議：＿＿＿＿＿＿＿＿＿＿＿＿＿＿＿＿＿＿＿＿

＿＿＿＿＿＿＿＿＿＿＿＿＿＿＿＿＿＿＿＿＿＿＿＿＿＿＿

＿＿＿＿＿＿＿＿＿＿＿＿＿＿＿＿＿＿＿＿＿＿＿＿＿＿＿

＿＿＿＿＿＿＿＿＿＿＿＿＿＿＿＿＿＿＿＿＿＿＿＿＿＿＿

請貼
郵票

11466
台北市內湖區瑞光路 76 巷 65 號 1 樓
秀威資訊科技股份有限公司 收
BOD 數位出版事業部

(請沿線對折寄回,謝謝!)

姓　　名:＿＿＿＿＿＿＿＿ 年齡:＿＿＿＿ 性別:□女　□男

郵遞區號:□□□□□

地　　址:＿＿＿＿＿＿＿＿＿＿＿＿＿＿＿＿

聯絡電話:(日)＿＿＿＿＿＿＿＿ (夜)＿＿＿＿＿＿＿＿

E-mail:＿＿＿＿＿＿＿＿＿＿＿＿＿＿＿＿

原來 幸福一直都在

定價250元

「我認為有天他一定會送花給我，
而且一定不是玫瑰花。」
「未來的事妳怎麼可能知道？
連會不會送什麼花都知道？」
「相信。因為相信。」
最珍貴的，是純粹的相信。
愈是得來不易的美好愛情，
就愈讓人感到忐忑不安。
捉摸不定的猜測、不安、懷疑，
卻像是重重迷霧，悄悄地遮住了眼前的幸福。
失去了相信，我漸漸看不見，
你心裡始終只有我的身影。
你曾說過，要為我完成三個願望——
即使在我轉身以後，
你的溫柔守候，也從未離開過……

誰是我的守護天使

定價260元

當執念的原則遇上流言的八卦，會掀起什麼爆笑的浪花？
當個性女碰上死纏男，會擦出什麼荒謬的火花？
幸福是只看別人的幸福就能得到，還是即使闖禍了也該勇敢踏出第一步？
本書是不讀到最後，不知道守護自己的天使會不會出現的校園純愛小說。

繼《誰是我的守護天使》、《原來幸福一直都在》後，
華岡傳說系列第三部曲。
青梅竹馬的邂逅，酸甜揪心的初戀；看盡繁花的苦覓，痴心守護的等待。
直率系班長與冷情系風紀的深情捉迷藏，笑中帶淚的扎心傑作。

我好喜歡校園裡那些芒果樹。它們長得好高好大，幾乎把半個校園的天空都遮住了，為酷熱的夏天帶來了涼意。我常在下課時靠在窗台邊仰望著它們和天空的交際線，幻想有個穿著白色衣服的美正太坐在樹梢上，吃著草莓餅乾，發現了我的注目就對我施展魔法，讓我輕飄飄飛起來，飛向他身邊，跟他一起坐在樹梢上吃餅乾……

「我就像那隻老鷹風箏。飛得離妳再遠，也還是有妳牽著。」
「意思是……我是你的牽絆呀？」
「班長永遠是風紀的好夥伴。」

「人間如果沒有別離，該有多好，可以跟喜歡的人一直一直在一起。」
「如果不得不別離，只要記住對方的模樣、記住在一起時的感覺，那對方就依然在自己身邊呀。」

這一刻天上雲朵的樣子，我要永遠記得。
包括嘴裡的味道，手中的溫度，和心底的悸動，也要永遠記得。

那些單純喜歡，那些青澀無知，那些怦然心動，那些尋找等待，
就像一顆顆熒熒煒煒的星星佈滿夜空，在成長旅途中始終閃亮。

草莓班長 焦糖風紀

ISBN 978-986-96693-8-2

建議分類　愛情小說